Victor Guilbert est concepteur-rédacteur et auteur. C'est grâce au théâtre qu'il fait ses premiers pas dans le monde de l'écriture en proposant des pièces qui seront jouées entre Paris, la Normandie et même jusqu'à Shanghai. Il se lance par la suite dans la rédaction de textes de chansons, sketchs, nouvelles, dont certaines primées, et rédige des articles pour divers blogs. En 2017 sort son premier roman, *L'histoire fabuleuse du Français insouciant devenu Chinois insurgé*, aux Éditions Hikari. *Douve* est son premier thriller. La suite des enquêtes d'Hugo Boloren, *Terra Nullius*, vient de paraître aux Éditions Hugo & cie.

Douve

VICTOR GUILBERT

Douve

J'AI LU

À mon père, qui a la bille.

Il te faudra franchir la mort pour que tu vives,
La plus pure présence est un sang répandu.

Yves BONNEFOY,
« Du mouvement et de l'immobilité de Douve »

Prologue

Douve. Aucune promesse joyeuse dans cette traînée monosyllabique. Personne ne sait d'où le village tire son nom. J'ai lu quelque part, sans doute dans le livre de ma mère, que l'abondance de marais dans les environs est une explication que l'on donne parfois. Un hameau terne et marécageux planté au bout d'une route de campagne. Peut-être le seul village non montagneux dont la traversée ne mène nulle part. Douve est une impasse, le dernier village avant le néant. Une seule route y mène, elle le traverse et se meurt en un chemin forestier approximatif que personne n'emprunte jamais. Une forêt hostile et humide qui n'intéresse pas même les randonneurs, avec des sapins trop hauts à perte de vue. On n'arrive pas là par hasard. Sur une carte, l'effet est saisissant. La route pénètre dans le village et s'arrête net. On dirait une aigrette de pissenlit. À la différence qu'on ne peut pas souffler dessus pour que tout s'envole. Certains diraient que c'est dommage.

C'est la carte qui me fascinait, enfant. J'ai commencé à m'intéresser à ce hameau perdu après cette phrase lancée par mon père au cours de la dispute. Un conflit conjugal qui avait dépassé les autres en férocité mauvaise et en mots qu'on regrette. Mes parents s'aimaient d'un amour tendre et sans histoire, mais ce jour-là, dans un élan violent qu'une accumulation de non-dits avait rendu possible, mon père avait lâché : *Jamais je n'oublierai Douve.*

Et il avait ajouté à mon adresse, dans un cri aigu d'une voix que je ne lui avais jamais entendue : *Le gamin a Douve dans les veines.*

J'avais couru dans ma chambre pour ne pas pleurer devant eux. Qu'est-ce que c'était que cette *Douve* que j'avais dans les veines ? Mon père l'avait dit d'une façon si violente. L'impression d'épouvante ne me quittait pas. *Jamais je n'oublierai Douve.* Moi non plus. Elle s'était imprimée pour toujours dans un coin de mon cerveau.

À la bibliothèque du quartier, j'ai demandé des livres sur Douve. La grosse femme avec ses lunettes sales a regardé dans les fichiers. Tout ce qu'elle pouvait me dire, c'est que Douve était un village. Sinon, elle n'avait rien à me proposer. À part un bouquin qu'elle ne pouvait pas me prêter. Sur un fait divers avec un tueur, elle disait que j'étais trop petit. J'ai demandé qui était l'auteur, même si je me doutais de la réponse. C'était ma mère. Je voulais voir la couverture, elle a accepté à contrecœur en secouant la tête. Je le retrouverais dans la bibliothèque familiale. J'ai posé une dernière question à la bibliothécaire : comment un village peut couler dans les veines ? Elle a pris un ton gentil pour me répondre que ce n'était pas possible. J'avais confirmé ses doutes : je devais être un peu débile.

Pendant plusieurs semaines, je suis allé tous les jours après l'école chez un libraire où je me réfugiais au rayon des cartes routières. Je restais à observer Douve cerclée du vert pâle de la forêt au milieu d'une région loin de tout. J'espérais percer le secret de ce village qui me coulait dans les veines en le dévisageant au bout de sa route unique. Le libraire a fini par me donner la carte. Lui aussi pensait que j'étais débile. J'ai obtenu des tas de trucs gamin, parce que les gens croyaient que j'étais débile. D'habitude, les enfants se moquent des détails. La seule explication à ma hargne de comprendre le fond des choses, c'était que j'étais débile. Moi, je savais que c'était à cause de mes parents que je n'ai jamais pu me contenter d'une réponse vague. Depuis toujours, je m'acharne jusqu'à la vérité et plus loin. J'ai fouillé les moindres recoins de notre maison. Je n'ai jamais trouvé le livre de ma mère.

1

— Pourquoi maintenant, Hugo ? Pourquoi justement maintenant ?

— Je sais pas. C'est le printemps.

Avec une explication aussi lamentable, il ne va plus me lâcher. Je ne sais pas inventer des histoires. Broder des mensonges. Ce n'est pas une question d'honnêteté, il y a des vérités parfaitement malhonnêtes. Je n'ai pas d'imagination. Je n'ai pas le courage d'embobiner.

Une femme m'a dit un jour que c'est parce que je suis enfant unique. Je n'ai pas eu besoin d'inventer des trucs avec mes frères et sœurs pour échapper à l'embrouille parentale. Elle a ajouté que mentir, c'est aussi faire preuve de tact, et que je ne mens jamais parce que mes parents m'ont trop couvé, qu'ils ont fait de moi un petit connard d'enfant gâté. Ce sont les mots qu'elle a utilisés avant de m'annoncer qu'elle me quittait. Sans solennité, avec une pointe de mépris. Je ne sais pas si mes parents m'ont couvé. Je ne garde qu'un souvenir vague de mon enfance. Heureuse, oui, couvée, je ne sais pas.

— Merde, Hugo. Le printemps… Dites que ça ne me regarde pas, que c'est vos affaires, que je suis votre patron et pas votre ami, mais me balancez pas un prétexte aussi con.

— Désolé, commissaire. Je préfère ne pas en parler.

Quand le commissaire Grosset veut savoir où on en est dans une enquête, c'est moi qu'il convoque. Si on n'a pas avancé, je lui dis sans ménagement. Au début, ça a fait grincer des dents à la brigade. Puis, quand les collègues ont compris que je ne cherchais pas à me faire bien voir, que j'étais juste incapable de maquiller, ils ont trouvé que c'était confortable. Je suis le porteur de mauvaises nouvelles, ce qui arrange tout le monde. Le commissaire dit souvent que je suis un cas à part. Parfois avec satisfaction, parfois dans un soupir agacé. Il me fout la paix la plupart du temps. Il me laisse faire les choses à ma manière.

— Alors ? Vous voulez bien, commissaire ?

Il va dire oui parce qu'il n'a pas le choix. Il se fait engueuler tous les ans parce que ses équipes ne prennent pas assez de vacances. Il me dévisage en bougeant sa mâchoire de gauche à droite comme chaque fois qu'il est contrarié. Il meurt d'envie de savoir pourquoi je pars et pourquoi dès aujourd'hui. Un commissaire ça reste un flic, c'est normal.

Il m'adresse un sourire narquois et me souhaite de bonnes vacances printanières avec une ironie non masquée. Je le remercie sans relever et sors de son bureau.

La plupart des collègues sont en pause déjeuner. C'est le bon moment pour m'éclipser sans avoir à me justifier. Je passe devant le bureau de Bergeron. Il avale un sandwich dégoulinant de sauce en regardant des vidéos sur son ordinateur. Je le salue d'un geste de la main, il me répond en hochant la tête. Sa femme lui prépare des sandwichs tous les matins. Elle veut contrôler à la fois sa santé et le porte-monnaie. Il paraît que ce qu'elle glisse entre les tranches de pain, c'est de la haute gastronomie. C'est ce qui se raconte. Et il faut avouer que depuis dix ans que je le vois manger ses sandwichs presque tous les jours, il n'a jamais pris un gramme.

Je récupère mes affaires et reste un moment au-dessus de mon bureau à réfléchir. Je ne veux pas m'en aller comme un voleur. Je retourne voir Bergeron. C'est seulement quelques jours, mais par principe.

— Je pars une semaine. Tu préviendras les autres ?

J'ai attendu qu'un gros morceau de pain soit en cours de mastication entre ses molaires pour l'empêcher de poser des questions. Il hausse les sourcils, étonné, incapable de marmonner autre chose qu'un « bonnes vacances » étouffé. Je le remercie et me dirige vers la sortie.

On entend les cris des enfants dans l'école à côté du commissariat. La douceur de la saison souffle de la bonne humeur dans les rues de Paris. Les rires fusent, les mines sont joyeuses. Les meurtres sont moins nombreux.

Je repense à la coupure de journal au fond de ma poche et aussitôt j'ai un goût amer dans la bouche. La sensation que je suis en train de faire une connerie. Ma décision est prise, même si elle n'est pas bonne. Je fais quelques pas dehors puis je m'arrête. Faire une connerie, ça n'empêche pas de mettre un peu de chances de son côté. Je fais une nouvelle fois demi-tour et retourne dans le commissariat. Bergeron est en train de mâcher la dernière bouchée de son sandwich.

— Si on me cherche, je suis à Douve.

2

Le carré de chocolat fond sur ma langue. J'attends toujours un peu avant de croquer. C'est mon troisième carré depuis ce matin. Mon médecin m'aurait averti que c'est un signe manifeste de stress, qu'il faut que je prenne conscience que le stress est une tension qui n'existe que parce que je la crée. Mais il ne me dira rien parce qu'il est mort. Il m'a fait arrêter de fumer en remplaçant mon addiction par une autre. Du chocolat haut de gamme, jamais de grande distribution. Noir et millésimé. Des carrés prédécoupés, l'idée est de pouvoir les compter, contrôler sa consommation. Ils sont rangés dans un étui à cigarettes en argent, tapissé de papier d'aluminium à l'intérieur pour retenir les coups de chaud. Encore une idée du toubib.

On me prend pour un taré chaque fois que je gobe un carré, mais c'est la seule méthode qui fonctionne. Mon médecin est mort quelques mois après m'avoir fait arrêter la cigarette. Un cancer des poumons foudroyant alors qu'il n'avait jamais rien fumé de sa vie. Ma mère dit que c'est mon cancer qui l'a tué. Celui auquel j'ai échappé grâce à lui. Je ne crois pas aux petits arrangements du destin. Je ne vois pas pourquoi la nature éliminerait un médecin de premier ordre pour donner une leçon à un flic qui fume trop. Il y a juste des coïncidences qui mettent mal à l'aise.

Comme ce journal grand ouvert devant mon immeuble ce matin. Un journal régional daté de la semaine dernière, étalé en grand sur le trottoir pour être sûr que n'importe quel badaud qui passera par là pourra lire: *L'ancien maire retrouvé mort: le village de Douve est en deuil.* Douve qui revient après des années de silence pour la deuxième fois en trois semaines.

Ma mère habite toujours dans leur vieil appartement du boulevard Malesherbes. Celui où je suis né et où mon père est mort. Une boucle presque bouclée. Je marche d'un bon pas, mais je crois que c'est foutu. Je ne pourrai pas partir ce soir. Je n'ai pas revu ma mère depuis deux semaines. Je ne sais pas mentir, je ne veux pas lui dire ce que j'en pense. Quatrième carré de chocolat. J'ai marché depuis le commissariat jusque devant son immeuble du boulevard Malesherbes. C'est une trotte. Je partirai demain, il n'y a rien qui presse.

Quand je suis entré à la Brigade criminelle il y a près de vingt ans, une journaliste faisait un reportage sur les nouvelles recrues, elle avait demandé d'où venait notre vocation. Les autres avaient évoqué des histoires de justice, de protection de la population, de monde meilleur… Des salades qu'on sert pour ne pas dire que c'est la vie, qu'on devient inspecteur parce que c'est comme ça, un enchaînement de circonstances. Ou parce que c'est ce que faisait le père.

Je ne voulais pas lui dire que j'étais devenu flic comme papa. J'ai raconté que c'était à cause de la plaque du boulevard Malesherbes, ce qui est écrit sous son nom : « Avocat de Louis XVI ». Je ne comprenais pas cette plaque. Ce n'était pas l'honneur fait à un antirépublicain dans un pays à cheval sur les libertés du peuple qui m'étonnait. C'était la mise en valeur de l'échec. Avocat de Louis XVI. Défenseur d'un homme condamné à la peine capitale malgré des appuis certains en haut lieu. Ce n'est pas le genre de ligne qu'un avocat met en avant dans son curriculum vitae. Alors j'ai mené ma toute première enquête et j'ai forgé le début d'une méthode.

Dans toute situation étrange, il faut tenir compte de deux éléments majeurs : le contexte visible, qu'on découvre sans trop d'effort, et la face cachée.

Dans le cas de mon boulevard, le contexte visible apportait une première explication : on avait donné ce nom au boulevard sous la Restauration, quand le royalisme était redevenu à la mode. Ce n'était pas l'échec de l'avocat qu'il fallait lire sur la plaque, mais le courage d'un royaliste défendant une cause perdue. Mais alors, pourquoi ne pas l'avoir débaptisé plus tard ? À cause de la face cachée. Celle qui nous apprend que dans le noir, il y a du blanc. Qu'il n'y a pas le haut et le bas, l'inverse et l'opposé, mais que tout se fond : le yin et le yang, c'est des conneries. L'univers est bancal.

Malesherbes méprisait le petit peuple et sa quête de pouvoir, mais sans cet avocat membre de l'Académie française, Diderot et d'Alembert n'auraient jamais pu terminer leur encyclopédie. Malesherbes avait servi la littérature française dans l'ombre en soutenant les deux écrivains.

C'est le goût de la face cachée qui m'a fait entrer dans la police, j'ai conclu à l'intention de la demoiselle. Je me suis toujours convaincu que cette explication de mon arrivée à la Criminelle était un moyen de séduire la journaliste, une touche poétique comme la guitare sur la plage. Dire que je suis devenu flic à cause de Malesherbes, ça paraît stupide, mais c'est sûrement un peu vrai puisque je ne sais pas inventer.

La journaliste a fini par se lasser de mon originalité de façade. Elle m'a mis à la porte après m'avoir traité d'enfant gâté trop couvé. Sans solennité, avec une once de mépris, donc. Un flic qui devient flic comme son père et qui séduit une journaliste comme sa mère. Originalité de façade.

Je fais tournoyer la boîte argentée entre mes doigts en fixant la porte de l'immeuble. Je ne peux pas reprendre un chocolat. Les cigarettes, on peut les enchaîner, les allumer les unes après les autres. Les chocolats, c'est impossible. Même millésimés.

— On dirait que c'est efficace.

Je sursaute surtout à cause de la main sur mon épaule.

— Pardon, je ne voulais pas vous faire peur. J'admirais votre étui à chocolat.

Elle prononce les mots *étui à chocolat* avec un air amusé. Je mets un peu de temps à reconnaître l'infirmière qui s'occupe de ma mère. Je bredouille de vagues excuses. Elle me coupe et propose qu'on monte ensemble.

Je lui emboîte le pas. Elle dit qu'elle admire ma façon d'avoir arrêté de fumer et de m'y tenir. Certaines personnes ne supportent pas les silences.

J'ai le cœur qui bat à tout rompre quand je pénètre dans l'appartement. Ma mère est assise dans un fauteuil, un livre à la main. Elle lève la tête et son visage s'illumine en nous voyant.

— Entrez mes enfants, entrez ! Je vais nous faire du thé.

Elle nous embrasse et file dans la cuisine. L'infirmière en profite pour sortir ses accessoires et sa paperasse. Je suis ma mère.

Avant que la maladie ne la ronge, elle carburait au café. La boisson des gens pressés. Maintenant qu'elle passe ses journées dans son grand appartement, à se poser inlassablement les mêmes questions sur le passé, elle s'est mise au thé. La boisson des contemplatifs.

— Comment tu vas ?

— Aussi bien que possible. Tu ne viens pas souvent.

— C'est parce qu'il y a…

Comment font les gens pour mentir ? Pourquoi je n'arrive pas à dire que j'ai beaucoup de travail, comme n'importe qui ?

— Ton père était pareil. Toujours une affaire en cours. Est-ce que mon infirmière est à ton goût ?

Technique de journaliste. Glisser une phrase anodine pour mettre à l'aise, suivie d'une autre qui décontenance. Je souris. Il y a des rocs qui rassurent.

— Maman, tu te souviens de ce que tu m'as dit la dernière fois que je suis venu ?

— On a parlé de ton père.

— Oui. Tu m'as dit...

— Je sais ce que je t'ai dit, je ne veux pas en reparler.

— J'ai besoin du livre. Après, je te laisse tranquille avec cette histoire.

Elle reste un instant à fixer la théière. Elle la rince deux fois, place deux sachets, verse l'eau bouillante et me jette un regard furtif.

— Buvons d'abord le thé.

Je la suis dans le salon en tenant le plateau. Elle retourne dans son fauteuil et remplit les deux uniques tasses à thé de sa vaisselle et une petite tasse à café obligée d'élargir ses fonctions habituelles.

L'infirmière parle à ma mère comme si elles se connaissaient depuis toujours. Elle éclate de rire à ses plaisanteries, se passionne pour ses anecdotes, s'émerveille de ses récits de journaliste et prend des notes dans un calepin. L'idée est de pouvoir l'aider à se remémorer quand les souvenirs seront trop estompés. Je jette un œil parfois, par-dessus son épaule, intrigué par les mots qu'elle écrit au compte-gouttes : ça me semble impossible de résumer ma mère.

Entre chaque digression, la jeune femme effectue une petite tâche nécessaire : elle prend sa tension, lui pose des questions sur son alimentation, vérifie ses repères en l'interrogeant sur ce qu'elle a fait ces derniers jours. Ma mère répond parfaitement à presque tout. Elle s'efforce de nous donner l'impression que tout va bien, elle change de sujet quand elle ne peut plus répondre.

Nous savons tous les trois que dans quelques instants, ce soir, demain, la crise va reprendre. Son esprit va partir ailleurs, loin. Elle va s'affoler un moment, ignorant où elle est et qui nous sommes. Comme il y a deux semaines. Elle voulait me le cacher, j'ai tout vu. Son absence, son air hagard.

Elle oublie chaque jour un peu plus. Elle m'a laissé dans l'ignorance pour ne pas m'inquiéter, mais elle ne pouvait pas le dissimuler éternellement. Je suis terrifié. L'idée des mille vies de ma mère balayées de son cerveau, je ne peux pas.

— Je te le dis pour la dernière fois et après on n'en parle plus : tu n'as pas Douve dans les veines, tu n'as jamais eu Douve dans les veines.

C'était il y a deux semaines. Ensuite l'infirmière est arrivée et j'ai compris que c'était grave. Les rares fois où j'avais tenté une approche sur Douve durant mon adolescence, la froideur de la réaction m'avait fait abandonner.

Elle ne répond plus aux questions de l'infirmière, ou à peine. La jeune femme me regarde. Ses yeux sont tristes. Ma mère serre ses doigts nerveusement. Je glisse mes mains dans les siennes et lui chuchote des mots rassurants. Les crises vont s'accentuer, il paraît. Jusqu'à ce que la courbe s'inverse. Elle sera de moins en moins lucide. Je ne veux pas qu'elle me pose de questions, je ne sais pas mentir. Je me lève pour embrasser son front, lui montrer que je suis là pour elle, mais je n'ai pas le courage de faire plus.

Elle fixe un point imaginaire droit devant elle, concentrée. Je sais qu'elle lutte, elle ne se laissera pas faire. Il y a un livre posé sur la tranche, à côté d'elle. Le titre attire mon attention : *L'Évadé*. J'ai un doute. Je l'attrape et parcours le quatrième de couverture. C'est lui. Le livre qu'elle a écrit sur Douve. Ma mère se replonge donc dans ses souvenirs, ce n'est pas son genre. Ça ne l'était pas, avant.

3

Mon voisin épie mes gestes depuis qu'il m'a vu sortir un carré de chocolat de mon étui à cigarettes. Il me regarde sans bouger la tête pour ne pas que je le remarque. Il va avoir des crampes aux yeux. Comme il est côté fenêtre, une fois que le train aura entamé son glissement et qu'il aura constaté qu'à part ma boîte de chocolat, je n'ai rien de spécial, il fera le point sur sa vie devant les paysages qui défilent, comme tout le monde.

Le soleil se lève à peine et le wagon prend des teintes orangées quand nous quittons la gare. Je sors de mon sac *L'Évadé* et mon téléphone.

Je n'avais pas vu le message envoyé par le commissaire Grosset la veille. *Douve, son arrière-pays typique, sa cuisine, ses meurtres... Revenez bien reposé de vos vacances, espèce de salopard.*

Bergeron a parlé plus tôt que je ne pensais. Ils ont dû taper le nom sur internet. Tout le monde tape tout sur internet. Le commissaire Grosset a bien connu mon père, les années de gloire de la Criminelle, quand flics et truands se canardaient dans le respect. C'est ce qu'il raconte. Il dit que les meurtres aujourd'hui, ce n'est plus que des putes assassinées par des impuissants. Je me méfie de la nostalgie. Elle enjolive le passé. Les meurtres, c'est dégueulasse à toutes les époques.

Mon père et lui n'étaient pas spécialement proches. Il s'est quand même mis en tête qu'il devait me protéger, un vœu qu'il a fait tout seul. Je crois que pour lui, je représente l'honnêteté. Et si l'honnêteté lui échappe sans lui dire où, tout fout le camp. Je sais qu'il va parfois voir ma mère comme on rend visite à une vieille dame, avec des fleurs des champs ou une boîte de chocolat. Il se doute que je suis au courant, mais nous n'en avons jamais discuté. Je ne sais pas quoi en penser. Si ses visites m'irritent un peu, c'est surtout parce qu'elles attisent ma culpabilité. Depuis que le cerveau de ma mère a entamé sa marche arrière, mon boss a passé plus de temps avec elle que moi.

Trois heures de train pour commencer, après je ne sais pas. Je louerai une voiture. J'ai une image très nette de Douve sans y avoir jamais mis les pieds. Je ne vais pas reconnaître. J'imprime l'image que j'ai inventée, pour ne pas l'oublier. Ce que je connais de Douve, ça tient sur une carte et dans les journaux de l'époque, une année avant ma naissance. Je n'ai pas eu besoin du livre de ma mère pour savoir ce qui s'était passé.

Les actualités d'alors n'ont parlé que de ce village perdu. Les archives m'ont renseigné. Mais je veux connaître le point de vue de ma mère, la façon dont elle a vécu ce bout d'histoire. Mon père était là aussi. Douve a joué un rôle dans leur couple, je suis né neuf mois après Douve.

J'ai Douve dans le sang, a dit mon père. Il n'y a pas de hasard. Je n'y suis jamais allé à cause de ce petit doute. Je ne voulais pas apprendre que mon père n'était pas mon vrai père et que le biologique habitait dans un village en forme d'aigrette de pissenlit.

Je fais défiler les pages jaunies contre mon pouce. L'effet recherché arrive bientôt : un doux parfum de vieux livre qui vient me piquer les narines. J'attaque ensuite le quatrième de couverture et la bibliographie de l'auteure. Ma mère n'avait presque rien publié à cette époque. Elle s'est fait un nom avec les années, au fil de ses traques criminelles.

Il paraît qu'ils formaient une belle équipe avec mon père. Le commissaire me le dit quelquefois. À la maison, ils en parlaient le moins possible. J'ai peu de souvenirs de mon enfance. Avant que je parte hier soir, ma mère m'a demandé si je pouvais aller réveiller mon père pour le dîner. Nous ne sommes pas doués pour nous souvenir, dans cette famille. Peut-être que c'est Douve qui a pourri nos cerveaux. Les efforts pour oublier Douve ont égratigné le reste. Qu'est-ce qui s'est passé à Douve ? Raconte-moi, maman.

Sur le petit port d'Akureyri, dans le nord de l'Islande, le voyageur égaré qui s'aventure dans ce bout du monde l'été peut profiter longtemps du clapotis brillant de la mer glaciale, à quelques kilomètres seulement du cercle polaire. Car au cœur de la belle saison, dans le pays de glace, les journées durent vingt heures. C'est au sud de cette deuxième ville du pays, dans le village de

Hrafnagil, qu'est né celui qui deviendra le professeur Andrès Drengursson, un éminent médecin et botaniste.

Il restera peu de temps dans son village natal. C'est à Dieppe que son père poursuit sa carrière, dans notre pays abîmé par la guerre et reconnaissant des bonnes âmes qui viennent du monde entier participer à sa reconstruction. Le futur médecin est un enfant de cinq ans lorsqu'il découvre pour la première fois ce nouveau pays, « Frakkland », la France. Comme en témoignent ceux qui l'ont connu, il n'a jamais été plus attaché à l'une ou l'autre de ses patries. Durant son enfance française, il passera chaque été en Islande, ne rompant ainsi jamais le lien avec ses origines.

Après des études brillantes dans son pays d'adoption, il effectue ses dernières années d'apprentissage à l'université de Reykjavik puis exerce comme médecin dans l'hôpital de la même ville. Andrès y rencontre celle qui deviendra son épouse, l'infirmière Duna Davidsdottir. La jeune femme est enceinte de leur deuxième enfant lorsqu'ils quittent Reykjavik pour la France.

Le professeur Drengursson s'intéresse aux plantes et aux champignons, à leur usage dans la médecine. Il souhaite poursuivre ses recherches dans les riches forêts de l'Hexagone, où la diversité de la flore est à la hauteur de ses ambitions.

Ils parcourent le pays et s'installent finalement dans une petite maison isolée en bordure du parc régional du Pilat. La famille passe tout un été à donner à cette chaumière en vieilles briques grises le confort nécessaire afin qu'elle fasse honneur au nom que d'anciens propriétaires lui ont donné : « La Merveilleuse ». Une désignation que peu connaissent, car quelques mois plus tard, au cours de l'année 1979, elle fut rebaptisée d'un autre nom retenu dans toute la France et même au-delà : « La ferme de l'horreur ».

— Contrôle des billets.

Je sors de la poche arrière de mon pantalon un bout de papier cartonné plié en quatre que je tends au contrôleur. Il le saisit en secouant la tête, comme si je lui avais donné un mouchoir sale.

— Ils sont trop grands, vos billets.

Je ne sais pas pourquoi je me justifie. Il scrute en détail les dates et horaires indiqués. Quitte à être chiffonné, j'ai l'impression qu'il préférerait qu'il ne soit pas valable. Il jette ensuite un œil à ma tablette où trône mon étui à chocolat soigneusement fermé.

— L'arrêt dure deux minutes. C'est court pour vous en griller une.

— Je ne vais pas m'en griller une.

Mon voisin pouffe. Le contrôleur le regarde sans comprendre. Il faut vraiment qu'il n'y ait que l'étui à chocolat qui m'empêche de fumer pour que je le garde. Si je le range dans ma poche, on me laisse tranquille, mais les chocolats fondent.

— Le wagon-bar, il est où, s'il vous plaît ?

— Le wagon-RESTAURANT est en voiture 14.

— Merci.

Il y en a qui ont le goût du travail bien fait.

Le serveur me tend le verre et la canette de bière. J'avale une bonne lampée parce que c'est la première qui compte vraiment, et je me replonge dans le bouquin de ma mère. Elle a écrit des dizaines de livres sur ses enquêtes criminelles, certaines menées avec mon père. J'en ai lu très peu. Enfant, je n'avais pas le droit, et plus tard... Je ne sais pas. Le temps passe, on se laisse prendre par les habitudes. Lire les enquêtes de ma mère n'en a jamais fait partie.

L'Évadé, on sent que c'est un de ses premiers. Il y a quelque chose de fébrile. On ne se fait pas encore renverser par le côté moissonneuse-batteuse qui fera son succès. C'est le surnom que lui donnaient ses collègues, la moissonneuse-batteuse. Mon père aussi. Il riait. S'il la voyait aujourd'hui... Je prends une deuxième lampée de bière, celle qui change de sujet. Je lis en diagonale jusqu'à la nuit des meurtres.

Le 23 janvier 1979, Brice Bernard vient de terminer ses comptes. Il sirote un verre de vin en lisant son journal comme il le fait tous les soirs à la nuit tombée. On frappe à la porte. Surpris d'avoir de la visite dans ce coin reculé où nulle âme ne passe jamais durant l'hiver, il vérifie l'identité de son visiteur à travers la fente d'un rideau. Il ouvre immédiatement lorsqu'il reconnaît son «voisin suédois», comme ils l'appellent dans le coin, l'Islande et la Suède représentant une entité froide et lointaine indifférenciée.

Deux kilomètres séparent «La Merveilleuse» d'Andrès et sa famille de la ferme de Brice Bernard. Cette distance fait d'eux de proches voisins dans cette zone faiblement peuplée.

« Son visage était aussi blanc que ses mains étaient rouges », dira le fermier à la police. Sous le choc, le médecin murmure quelques mots dans sa langue natale, incapable d'expliquer au fermier ce qui s'est passé. Un ou deux remontants plus tard, Andrès parvient à faire comprendre à son hôte que quelque chose de grave s'est produit. Brice Bernard couche Andrès sur son canapé et prend sa voiture pour aller chercher de l'aide.

Au petit matin, la police découvre les corps de Duna Davidsdottir et de leurs deux enfants au milieu du salon familial. La quantité de sang fait d'abord penser à une exécution à l'arme blanche ou à feu, mais l'autopsie révélera que les souffrances des trois victimes ont été pires encore : un poison violent a provoqué des hémorragies internes terribles. La femme et les deux fillettes ont expiré après avoir vomi de grandes quantités d'eau et de sang.

Ce poison, encore aujourd'hui, n'a pas été formellement identifié. Il s'agirait d'un mélange complexe de différents agents de haute toxicité, un concentré mortel élaboré à base de champignons et de plantes.

Le contrôleur serre la main du serveur derrière son comptoir étroit et lui commande un café. Il s'assoit à côté de moi. Je lui adresse un bref sourire poli et replonge la tête dans mon livre. Il a ce regard que je crains. Les yeux qui vous fixent en attendant de trouver le point d'accroche pour entamer la discussion.

Une femme m'a dit un jour que j'étais atteint de névrose parisienne, une maladie psychotique qui pousse à haïr l'inconnu qui veut communiquer. Je crois qu'elle exagère. Elle n'a rien de parisien, cette pathologie. C'est une aspiration humaine, l'envie qu'on nous foute la paix.

— Vous allez à Douve ?

Je lève la tête. Le contrôleur s'installe aussi confortablement qu'il est possible sur un tabouret de bar de train, en se calant contre le comptoir. Il a du mal à dissimuler sa satisfaction. Il m'a sorti de mon livre en quatre mots.

— Vous en prenez la direction, en tout cas.

Je ne réponds rien. Il a trop envie de parler pour avoir besoin d'encouragement.

— Vous vous demandez comment je sais ? C'est votre bouquin, *L'Évadé*. Il était dans presque toutes les maisons de la région. Mes parents l'avaient, comme tout le monde. Je l'ai jamais lu, pas besoin, il suffisait d'écouter la radio. J'étais môme à l'époque, pour une fois qu'il se passait un truc dans le coin, surtout à Douve.

Il boit une gorgée de café en se tournant vers la fenêtre. De petites gouttes étirées par la vitesse s'accumulent contre la vitre.

— Vous êtes journaliste ?

— Pourquoi ?

— Je sais pas… À cause du meurtre. J'imagine que vous êtes au courant. Et puis le bouquin.

Il hésite. Il doit se demander si la bière au petit-déjeuner, c'est aussi un truc de journaliste.

— Pourquoi vous dites *pour une fois qu'il se passait un truc à Douve* ? Qu'est-ce que Douve a de spécial ?

— À l'époque, la France baignait dans la croissance et le plein emploi. Le pays se portait bien partout, sauf dans notre région. Le chômage, l'exode rural, l'alcoolisme... Toutes les saloperies dont on a parlé bien plus tard, on les avait déjà. Le rendement des terres agricoles était faible, la nature accidentée ne faisait pas envie aux touristes... Eh bien dans ce marasme-là, les jours sombres, quand les adultes se plaignaient de leurs malheurs, il suffisait que l'un d'eux rappelle qu'il y avait pire, qu'il y avait Douve, et tout le monde retrouvait un peu de courage. Pourquoi vous avez pris vos cigarettes ? Vous comptez pas fumer dans les toilettes, au moins ?

— Qu'est-ce qui était pire, là-bas ?

— Imaginez un marais encaissé, fermé par une forêt de sapins trop dense. Les nuages restent bloqués et même quand ils annoncent du soleil dans tout le pays, ils arrivent encore à avoir de la pluie, là-bas. Et pour couronner le tout, c'est un village qu'on ne traverse pas, il est au bout d'une route, en cul-de-sac. C'est à devenir cinglé. Il n'y a quasiment jamais aucun visiteur. Vous comprendrez quand vous verrez.

Il boit sa dernière gorgée de café jusqu'au bout, comme s'il s'agissait du plus pur des arabicas, puis il consulte sa montre.

— Je descends à la prochaine. Vous fiez pas trop au bouquin. On dit que le type qui l'a écrit est une femme.

Il éclate d'un rire puissant, imité par le barman visiblement amateur du genre.

Andrès Drengursson n'est pas immédiatement inculpé pour meurtre. Il raconte aux policiers qui l'interrogent qu'il a passé l'après-midi dans la forêt à cueillir les plantes nécessaires à ses expériences. L'inspecteur Levasseur, en charge de l'enquête, écoute attentivement les déclarations du médecin, mais garde ses distances vis-à-vis de cet homme décrit par tous comme « extrêmement sympathique ».

Il a l'habitude de consacrer deux jours par semaine à la récolte de ses herbacés et champignons avant de procéder à leur examen. Ce jour-là, il est rentré un peu avant la tombée de la nuit et a trouvé sa femme et ses deux filles gisant dans leur sang. Médecin, il a compris tout de suite qu'il n'y avait plus rien à faire. Il se souvient à peine de s'être rendu chez son voisin.

Bien qu'il soit le principal suspect, il se montre d'une grande aide pour les enquêteurs, qui ignorent tout des poisons. L'inspecteur Levasseur reconnaît lui-même qu'il apprendra énormément sur le sujet à ses côtés.

L'enquête est délicate car le champ des possibilités est large. Le meurtre, l'accident ou le suicide sont tous les trois à prendre en considération.

L'accident est rapidement écarté pour une raison qui jouera plus tard en la défaveur du médecin : le poison utilisé n'est retrouvé nulle part, ni dans le laboratoire, ni dans la cuisine. Si la mère de famille avait commis une erreur tragique en préparant les boissons, la police aurait dû en retrouver les traces ailleurs que dans les trois verres de jus de pomme bus par les victimes.

Le suicide est alors évoqué. Le mal du pays, l'isolement, la dureté de la vie en forêt… Les défenseurs du médecin plaident pour un accès de folie de la jeune femme qui a empoisonné les verres avant de se débarrasser de la fiole de poison. Elle a pu l'enterrer quelque part dans la forêt.

Cette version ne satisfait pas l'inspecteur Levasseur. Spécialiste en botanique médicinale, Andrès Drengursson avait sans conteste le moyen de commettre le meurtre. Isolé à « La Merveilleuse », loin de toute habitation, il en avait également l'opportunité. Le mobile ne tardera pas à être trouvé. Il arrivera de loin, d'Islande, où habitent toujours les parents de Duna Davidsdottir. Elle entretient avec eux une relation épistolaire régulière.

Ils font parvenir à la police française quelques lettres accusatrices. Elle y écrit par exemple que les disputes avec son mari sont fréquentes, qu'elle s'ennuie dans leur maison et qu'elle craint pour l'éducation de leurs filles, qui ne voient pas d'autres enfants. Elle évoque son désir de rentrer en Islande bientôt, avec ou sans son mari. Pour les enquêteurs, il ne fait plus aucun doute qu'Andrès n'aurait pas supporté l'annonce du départ de sa femme et de ses enfants.

Le 7 février 1979 au petit matin, soit deux semaines après la mort tragique de Duna Davidsdottir et de ses deux filles, la police se rend à « La Merveilleuse » pour procéder à l'arrestation d'Andrès Drengursson pour meurtre. Mais la maison est vide. Les policiers fouillent partout. Ils partent à la recherche du médecin dans la forêt environnante, en vain.

Le soir même, l'inspecteur Levasseur convoque la presse pour annoncer qu'un mandat d'arrêt est lancé contre Andrès Drengursson. Dans les villages alentour où on a l'habitude de l'apercevoir se ravitailler, personne ne l'a vu. Pour les habitants du coin, il n'y a aucun doute : il s'est réfugié dans la forêt. Il la connaît mieux que personne.

Levasseur et son équipe vont vivre des semaines difficiles. Moqués par l'opinion publique pour leur légèreté dans la façon dont ils ont conduit l'enquête, ils sont de surcroît confrontés à une météo épouvantable qui empêche de mener les recherches aussi consciencieusement qu'ils le voudraient.

Essuyant les remontrances régulières de ses supérieurs, Levasseur espère que les tempêtes à répétition vont faire sortir de la forêt l'homme le plus recherché de France.

Mais qu'est-ce que la volée glaciale d'une pluie incessante face à la lame implacable de la guillotine ? Car l'opinion publique, les journalistes, les policiers... tout le monde en est persuadé, c'est la peine capitale qui attend le médecin islandais.

4

Je sors de la gare avec mon sac sur le dos, à la recherche de l'agence de location de voitures indiquée par le guichetier.

Après avoir suivi ses conseils, tout droit deuxième à gauche, j'entre dans une petite boutique éclairée par un plafonnier orange. La femme derrière le comptoir sélectionne aussitôt les documents adéquats tout en me demandant où je compte me rendre, un sourire forcé au coin de ses lèvres trop rouges. J'hésite à lui répondre. Je lance un *Douve* bref et sonore en l'observant attentivement. Elle hausse les épaules. Elle n'a jamais entendu parler de ce village. Je suis soulagé. Pas prêt à ce qu'on me dise une fois de plus que je m'apprête à plonger dans les entrailles de l'enfer. Elle griffonne le nom du village sur un bout de papier et jette un œil à mes sourcils froncés.

— C'est pour avoir une idée de la direction que vous prenez. Ça veut pas dire que vous pouvez pas aller ailleurs. C'est la gendarmerie qui nous a demandé. Il y a deux ans, on les a avertis qu'un type avait deux jours de retard sur son retour de location. Ils ont mis six mois avant de le retrouver au fond d'un ravin. Le type et la voiture ne formaient plus qu'un seul bloc. Depuis, ils veulent qu'on sache à peu près où les gens vont, pour savoir où chercher.

— Où se situe la gendarmerie ?

— Vous allez pas leur raconter ce que je viens de vous dire ? Si mon patron l'apprend, il va me tuer...

Je lui décoche mon sourire le plus rassurant. Elle rougit en m'indiquant comment trouver la gendarmerie. Si j'ai besoin de quoi que ce soit, je l'appelle au numéro qui figure sur le contrat, elle est au comptoir toute la semaine. Elle me demande si je viens de Paris, parce qu'elle rêve d'aller à Paris. Pour de vrai, elle veut dire, pas pour des vacances. Elle aimerait s'y installer, loin de cette végétation déprimante. Elle ne comprend pas la fascination citadine pour les plantes vertes et les forêts silencieuses. Elle sourit, heureuse d'avoir pu partager sa détestation botanique avec quelqu'un. Je me suis fait une amie. Dans ce coin de France où toutes les histoires semblent finir mal, c'est bienvenu.

La petite antenne de gendarmerie n'est qu'à une centaine de mètres de l'agence de location. J'y vais à pied malgré la bruine glaciale peu engageante.

C'est rare de prendre un train vers le sud et de trouver une météo moins bonne qu'à Paris. Je souris à cette pensée. Le pessimisme ambiant déteint sur moi.

J'espère qu'un gendarme pourra me renseigner sur l'équipe qui a enquêté sur le meurtre de Douve. Je suis reçu dans le bureau du gradé. À son accueil exagérément sympathique et bienveillant, je comprends qu'ils ont des journées peu remplies.

Le lieutenant Marchand m'offre un café. Comme je m'en doutais, il ne sait rien sur le meurtre, à part ce qui est écrit dans les journaux. Il me montre celui du matin : le frère de la victime a été arrêté il y a plusieurs jours, mais l'information vient seulement d'être révélée.

L'article précise que c'est la PJ de Lyon qui s'est occupée de l'enquête. Rien de plus, aucun nom. Marchand me demande pourquoi ça intéresse un flic de Paris ; je joue la carte de l'affaire de famille, ce qui est en partie vrai. Et puis la famille, c'est un argument qui pousse les hommes bien élevés à ne pas en demander davantage. Le lieutenant Marchand est sans conteste un homme bien élevé.

Je le remercie pour le café et lui donne mon numéro de téléphone pour qu'il m'informe s'il a du nouveau. Il n'y a aucune raison qu'on le tienne au courant de quoi que ce soit, mais quelque chose me dit que j'ai aiguisé sa curiosité. Mon impression est confirmée quand il me glisse, au moment où je lui serre la main :

— J'ai quelques contacts à Lyon.

Mon amie loueuse de voitures m'a confié les clés d'une familiale avec un siège bébé à l'arrière. Le crochet est resté coincé, impossible de l'enlever. C'est pour ça qu'ils la louent comme une trois places. Elle a ajouté avec un clin d'œil qu'il n'y avait pas de frais supplémentaires malgré la catégorie supérieure. Un type qui voyage avec un siège bébé sans bébé et qui range des chocolats dans un étui à cigarettes, c'est parfait pour se fondre dans Douve.

5

Les premiers kilomètres me laissent entrevoir sous les nuages gris une campagne agréable avec des champs à perte de vue. Rien d'éblouissant, mais ce vide m'apaise.

J'ouvre la fenêtre pour respirer l'air frais. Les gouttes de pluie sur mon bras ne me dérangent pas. Si mes calculs sont corrects, j'aurai atteint l'aigrette de pissenlit au bout de la carte dans une heure trente.

Il m'aura fallu presque quarante ans pour me décider à me rendre dans ce village qui me coule dans les veines. Quarante ans et cinq minutes. Les cinq minutes nécessaires pour lire l'intégralité de l'article trouvé sur le trottoir devant mon immeuble.

Je crois que j'avais besoin d'un prétexte pour m'éloigner. Je ne sais pas partir en vacances. Mes parents ne m'ont pas appris. Ils choisissaient toujours des campings ou des villages de famille, des endroits avec des activités pour les gosses. Et quand les animateurs leur expliquaient que j'allais peut-être en avoir assez de refaire les mêmes jeux d'une semaine à l'autre, ils me prenaient avec eux dans leurs filatures.

Je n'ai pas le souvenir d'avoir visité une région où il ne venait pas de se passer un crime sordide. En dehors de la juridiction de mon père, ma mère prenait les commandes des opérations, et si au contraire on était sur une affaire confiée à mon père, elle devait lui obéir sans broncher. J'ai eu une éducation moderne, avec alternance de l'autorité parentale. Je ne fais aucun reproche. Je n'échangerais pour rien au monde mes rares souvenirs de planques à l'arrière de la vieille Peugeot familiale, à aider mes parents dans leur enquête. J'étais persuadé d'être un maillon important. Mais après une enfance de vacances scolaires à courir les meurtriers, lézarder deux semaines sur une plage à remplir des grilles de mots fléchés n'est plus envisageable.

Ma mère qui déraille, le commissariat, mes clopes qui me manquent, le quotidien qui se ressemble... Douve est arrivée quand j'avais besoin d'elle.

Un meurtre dans le village qui me coule dans les veines, impossible de ne pas s'approcher. Le sens des mots employés par mon père ce jour-là a évolué au fil des époques, des saisons, de mon humeur. L'avantage d'ignorer la vérité, c'est qu'on peut lui donner la forme qui arrange sur le moment. Mais quand on reproche à la mère de son fils un sang qui vient d'ailleurs...

Je n'ai jamais réussi à le croire. Je ressemble trop à mon père. Dans le caractère, dans notre vision du monde, notre goût pour la solitude. Et physiquement, aussi, d'une certaine façon.

Le même nez fin et long qu'on prétend venir de mon grand-père. Le nez qui fait tomber les femmes, disait ma grand-mère qui adorait son mari. Il y a plus de femmes qui m'ont fait tomber que l'inverse.

Ma mère avait peur que je ne sois devenu flic pour forcer la ressemblance avec mon père, pour m'assurer que j'étais bien son fils. Je ne lui ai jamais parlé de Malesherbes. Admettre avoir confié son avenir à l'avocat de Louis XVI, il y a de quoi effrayer une mère. Ça m'effraie moi-même. Il serait peut-être temps de reconsidérer mon avenir. Douve d'abord, l'avenir ensuite.

Les champs laissent place à des forêts de plus en plus denses à mesure que je m'éloigne de la civilisation. Il n'y a bientôt plus que des sapins des deux côtés de la route et je double parfois un camion qui transporte de longs troncs d'arbre. Les voies de dépassement sont nombreuses, le sapin doit être au cœur de l'économie locale.

La hauteur démesurée de leurs cimes dans la forêt qui nous entoure les fait pencher au-dessus de la route, de part et d'autre de la chaussée, créant un tunnel qui empêche le soleil de filtrer.

Il est à peine midi, et le zénith a des airs crépusculaires. Je laisse la fenêtre ouverte encore un peu pour que l'odeur de sapin s'imprègne. L'eau ne traverse pas plus que la lumière, j'ai le bras momentanément sec.

J'arrive à la dernière intersection avant la ligne droite vers le village. Je bifurque à gauche vers la pancarte qui vante la cuisine de l'auberge des Trois Sapins. J'ai déjà faim et je veux rencontrer le village de mes veines dans de bonnes conditions. L'auberge est au bord de la départementale. Un havre de civilisation au milieu des bois. Avec quelques voitures garées devant, suffisamment pour me rappeler que je n'ai croisé rien d'autre que des camions transporteurs de conifères.

Je m'attends à une petite pièce sombre avec des nappes à fleurs en plastique, mais la salle de restaurant de l'auberge est grande, lumineuse, avec d'immenses tables en bois et des bancs de la même matière. Du sapin, sûrement. Un lieu vivant, accueillant. Je dois chasser les a priori de mon crâne trop influençable. Peut-être que je serais plus rassuré si Douve et ses environs étaient aussi infâmes que ce qu'on m'a promis. L'humain réagit mieux aux excès. Il n'y a rien de pire que d'être un peu déçu. Secoué, malmené, oui, mais un peu déçu… C'est le flasque, le mal du siècle, l'intermédiaire, l'indécis. C'est quand on commence à se contenter qu'on sombre pour de bon.

Les routiers côtoient les quelques touristes qui se dirigent vers le sud sauvage, les fesses sur une même planche de sapin avant de reprendre des chemins opposés. Les uns vers le labeur, les autres vers le farniente. Je passe la main sur un nœud de bois dans le coin de la table pour chasser mes idées noires sur les dégâts du flasque et de l'indécis. Oui, certainement du sapin.

La tenancière est une femme d'une cinquantaine d'années, puissante et décidée. Elle prend les commandes sans carnet et les répercute vers les cuisines en hurlant. Je lui demande une bière et un plat du jour sans même savoir ce que c'est. Elle crie *lapin moutarde* vers la petite pièce d'où parviennent les plats. J'aurais dû regarder le menu.

— Vous êtes journaliste ?

Elle me pose la question en jetant le sous-bock et la bière devant moi. Je vais finir par croire que je commande des bières comme un journaliste.

— Vous allez à Douve, n'est-ce pas ?

Mon père avait raison, j'ai ce trou dans les veines, tout le monde croit que je vais à Douve. Et tout le monde a raison.

— C'est juste pour vous dire : allez pas foutre la merde, ils en ont pas besoin.

Elle attend que je dise quelque chose. Je bois une première gorgée de ma bière, celle qui compte, et je repose le verre avec un soupir de satisfaction. Elle s'éloigne en secouant la tête.

Une femme m'a dit un jour que s'il y a une catégorie de personnes à ne jamais vexer, ce sont les serveurs dans les restaurants. Ils n'ont pas besoin de plus de deux secondes pour cracher dans un plat ou y glisser un poil pubien. J'avais rétorqué que l'important était de ne pas le savoir. Elle m'avait traité de con, ou quelque chose d'approchant. Elle m'avait quitté peu de temps après parce que j'étais un enfant gâté qui avait été trop couvé.

Je fais signe à l'imposante tenancière de s'approcher.

— Pourquoi vous pensez que je suis journaliste ?

— Le siège bébé. Vous avez loué la voiture à la gare. Et il n'y a rien à visiter dans la région.

Le dernier que j'ai vu avec cette voiture, c'était un journaliste. La semaine dernière.

On devrait lui envoyer les petits jeunes de la PJ pour qu'elle les forme.

— Je suis pas journaliste.

— Tant mieux. Mon neveu tient un restaurant à Douve, il est sûr que ça va recommencer à cause de la presse. Les tarés excités par le sang viennent voir de près le village du meurtre. Si vous êtes pas journaliste, vous venez faire quoi ?

Le sous-entendu n'est pas très subtil.

— Pourquoi il dit que ça recommence ?

— *La ferme de l'horreur*, il y a quarante ans. Je vous croirai pas si vous me demandez ce que c'est. Quand un homme enchaîne les catastrophes, on dit qu'il a pas de chance, quand c'est un village, on dit qu'il est maudit. Douve, c'est qu'un petit village comme les autres. C'est juste qu'il a la guigne.

La sauce à la moutarde est parfaite. Je dévore mon plat en silence et commande une autre bière. Je plie une feuille de journal sur la couverture du livre de ma mère, pour ne pas confirmer les doutes de l'aubergiste sur mes goûts pour les faits divers, puis je poursuis la lecture en sauçant la moutarde sur les bords de l'assiette.

Ma mère détaille les problèmes diplomatiques entre la France et l'Islande. Le pays d'origine de Drengursson reproche aux médias français et à l'opinion publique d'avoir déjà condamné le médecin avant tout procès. Ils ne voient pas la tournure des événements d'un bon œil. C'est un pays fraîchement indépendant et les politiques veulent montrer l'image d'une nation unie et forte qui n'abandonne pas ses ressortissants.

Je parcours en diagonale ces considérations diplomatiques. Ce qui m'intéresse, c'est l'arrivée d'Andrès Drengursson à Douve.

Après vingt-trois jours de cavale, par un joli matin d'avril, le médecin islandais se présente à l'antenne de gendarmerie du petit village de Douve. Le brigadier Fauvier et son fils, l'adjudant Fauvier, procèdent à l'arrestation d'Andrès Drengursson et informent leur hiérarchie.

Le prisonnier est en bonne santé mais très amaigri par son errance en forêt. Les deux gendarmes lui servent son premier vrai repas depuis plus de trois semaines dans l'unique cellule de leur antenne. En attendant qu'on vienne le chercher, ils l'interrogent sur sa cavale, plutôt par curiosité que pour les besoins de l'enquête.

Il leur raconte qu'il s'est nourri d'insectes et de plantes, qu'il a dormi à la belle étoile et n'a jamais fait de feu pour ne pas laisser de trace de sa présence. Les petites tempêtes qu'il a subies ont été difficiles à supporter et l'ont usé. Et lorsque le fils Fauvier lui demande pourquoi il s'est finalement rendu, il répond très simplement qu'une tempête bien plus terrible va s'abattre sur la région dans les prochaines heures. Les animaux qui se taisent, c'est plus fiable qu'une antenne météo.

Et le soir même, en effet, le vent se lève et le tonnerre commence à gronder. Il y a des années que personne n'a vu les éléments se déchaîner avec cette puissance dans ce coin de pays où le temps se contente d'être maussade toute l'année.

Les arbres tombent, les branches volent dans un fracas épouvantable. Une apocalypse qui dure des jours et qui explique pourquoi le médecin islandais a été laissé si longtemps aux deux gendarmes de Douve. Par la suite, la mauvaise météo va servir de prétexte à nos gouvernants pour prolonger l'isolement de l'ennemi public numéro un.

Les considérations diplomatiques ont plus de répercussions que n'importe quelle tempête. Les autorités voient dans Douve l'occasion de calmer l'opinion publique et de résoudre les différends avec l'Islande. Il s'agit d'apaiser les esprits échauffés. Avec son antenne de gendarmerie créée après la guerre, Douve est parfaite pour garder au chaud l'encombrant médecin islandais. Les journalistes ont interdiction de l'approcher avant l'instruction, et la situation géographique du village permet de faire respecter facilement cet ordre. Le contexte est idéal. En apparence du moins. Car ils sont bien loin de s'imaginer comment tout va finir.

Pour comprendre comment l'arrestation d'Andrès Drengursson a pu dégénérer en l'histoire que nous connaissons tous, il faut s'intéresser d'abord à Douve, au brigadier Fauvier et aux raisons de la présence d'une antenne de gendarmerie dans un coin aussi reculé.

Lorsque la guerre s'est terminée, de nombreux soldats allemands ont tenté de fuir la France pour échapper à la prison, ou pire. Les mouvements de résistance ont découvert alors que Douve était un point stratégique pour les occupants et collaborationnistes en déroute qui y voyaient une cachette transitoire idéale, le temps de se faire oublier. Une seule route y menait, permettant de voir venir l'ennemi, et on pouvait s'enfuir dans la forêt attenante.

C'est ainsi que, durant quelques jours, une poignée d'Allemands prirent en otage les habitants de Douve, le temps de préparer leur fuite. Ils n'eurent pas l'occasion de mettre leur plan à exécution. Un mouvement de résistance décima les fuyards jusque dans la forêt, aidé par les villageois qui connaissaient cette immense étendue de sapins mieux que l'ennemi.

Par la suite, les combattants français décidèrent de rester quelque temps dans Douve pour décourager toutes nouvelles velléités du camp adverse. Puis, lorsque la résistance s'est dissoute pour rendre le commandement à l'armée et aux autorités officielles du nouvel État, la question de Douve est revenue sur le tapis. Certains pensaient que le village ne représentait plus une tentation pour les fuyards, d'autres craignaient que sitôt les combattants partis, les traîtres cachés dans la région ne s'y précipitent. Les habitants de Douve, quant à eux, craignaient surtout d'éventuelles représailles après le massacre des Allemands qui avaient tenté de se réfugier chez eux.

Or, il se trouve que le préfet Georges Dambricourt, à qui revenait la décision, avait une dette envers un homme ayant combattu à ses côtés pendant la guerre. Le lieutenant Gérald Fauvier lui avait sauvé la vie et avait failli perdre la sienne durant cet acte de bravoure. Il s'en était sorti avec une blessure à l'épaule. Et Gérald Fauvier avait plusieurs fois fait part de son désir d'intégrer la gendarmerie au sortir de la guerre.

C'est ainsi que le préfet Georges Dambricourt lui proposa de prendre la direction de l'antenne de Douve. Contrairement aux bruits qui ont couru, le brigadier Fauvier n'était donc pas un lâche ayant trouvé dans Douve une planque sans contrainte. Bien au contraire, il avait combattu avec courage durant les cinq années de guerre.

Les routiers et les touristes affamés se succèdent aux tables en bois. J'avais la sensation d'être seul à rouler parmi les sapins. D'où viennent tous ces gens? Les clients des restaurants de bord de route me font penser à des escargots: personne ne sait où ils se trouvent jusqu'à ce qu'il commence à pleuvoir.

Je range mon livre pour éviter toute question et je hèle la vaillante aubergiste.

— Vous savez s'il y a un hôtel à Douve?

— Je vous ai dit, il y a mon neveu.

— Il a aussi des chambres?

Elle pousse un soupir irrité et me demande si je veux un café. Je réponds que oui.

— Et vous pouvez me réserver une chambre chez votre neveu?

— On n'est pas sur la Côte d'Azur. Maintenant que les journalistes sont partis, c'est pas quelques tarés obsédés par le macabre qui vont remplir les chambres de Maurice.

Je n'imaginais pas son neveu s'appelant Maurice. Elle n'est pas si vieille.

J'avale mon café d'un trait et règle mon repas au comptoir. Je la remercie d'un geste en sortant, elle me jette un regard à mi-chemin entre l'agacement et la défiance. À nous deux, village qui a la guigne.

6

Je rebrousse chemin jusqu'à la bifurcation à quelques kilomètres de là et emprunte enfin la route qui fait office de tige à mon pissenlit. À mesure que je roule, un frisson désagréable me parcourt l'échine. L'air est plus humide, plus froid. Les sapins ont peut-être moins d'aiguilles, ou alors c'est la route trop droite dans l'ambiance grisâtre qui donne l'impression de foncer dans des limbes. La luminosité ambiante ne correspond à aucune heure de la journée, ce n'est ni de l'aube ni du crépuscule, plutôt une longue lueur baveuse informe. Comme si le jour et la nuit avaient été des couleurs mélangées sur une palette de peintre. Un sale mélange.

Un peu moins de quinze minutes de bitume fantomatique plus tard, j'entre dans Douve. Je m'arrête au panneau indiquant le nom du village et ferme les yeux pour me souvenir de l'image que je m'en faisais avant qu'elle ne soit remplacée par la réalité. Je déteste laisser l'idée que je me faisais d'un endroit disparaître une fois que je l'ai foulé.

Douve n'échappe pas à la règle, mon imagination était plus éloquente que l'originale. J'avance lentement dans la rue principale qui traverse le village. De chaque côté de la route, des maisons en enfilade. Derrière ces maisons, on en devine d'autres un peu plus en hauteur, éparses, construites à flanc de coteau à la place probable de sapins partis meubler les villes moyennes du coin. Sur la plupart d'entre elles, les volets semblent définitivement clos.

Au milieu de la rue, sur la gauche, apparaît une petite place avec la mairie au bout. Se faisant face de chaque côté de ce renfoncement et encadrant la mairie, un hôtel et une épicerie. Je viens de trouver où se cachent Maurice et le centre-ville de Douve.

Je continue mon avancée dans la rue sans croiser âme qui vive. Probablement qu'à cette heure-là, ils travaillent. Ou peut-être qu'ils restent chez eux. Ou peut-être qu'il n'y a personne.

Les nuages sont si bas qu'on ne distingue pas la cime des sapins autour du village. Pas vraiment un temps à se promener. La rue se prolonge en une courbe assez serrée. Quelques maisons épousent la forme du virage, puis la route s'étire encore sur quelques mètres avant de devenir un chemin boueux fermé par une barrière en bois. Et derrière, un même paysage qui se répète : des sapins, encore et toujours des sapins.

Je fais demi-tour devant la barrière et gare ma voiture sur la petite place. J'attrape mon sac calé dans le siège bébé et m'en vais demander l'hospitalité à Maurice.

Dans la petite salle de restaurant par laquelle on entre, un bar en zinc jauni par les années prend une place démesurée dans l'espace mais donne un charme immédiat à l'endroit. Il y a quelques rares tables et chaises en bois usé. Les hauts tabourets devant le bar rutilant m'apparaissent d'un confort largement supérieur. Ils sont positionnés de telle façon qu'on ne peut qu'avoir envie de s'y caler une bière à la main. C'est ce qu'on doit appeler le *feng shui*.

Ce zinc me plaît et j'ai envie de sentir son lustre sous mes mains. C'est en glissant mon doigt le long du bord bombé que je remarque le petit homme presque chauve qui me scrute derrière ses lunettes avec un air amusé. Il est assis sur une chaise derrière le comptoir, sa tête dépassant à peine.

— Belle bête, n'est-ce pas ?

Je l'ai repéré juste à temps pour éviter la crise cardiaque.

— Il est magnifique.

— Vous voulez le tester ?

— Un demi, ce sera parfait.

Je sors mon étui à chocolat. Je le fais virevolter entre mes doigts avant de l'ouvrir et d'en gober un. Je contemple le dos souple de Maurice qui s'agite autour de la tireuse. Il sert la pression avec élégance et dextérité, concentré sur le mouvement vertical du verre et sur la mousse qui se forme. Il est plus vieux que le neveu que j'avais imaginé. Un décalage de génération avec l'aubergiste vaillante. Ou alors c'est elle qui fait jeune. Et c'est surtout le métier qui leur donne un air de famille.

On les repère tout de suite, les professionnels du shaker, comme les vieilles danseuses. Il a officié dans des bars chics avant d'atterrir ici. Il a la prestance, le mouvement, le scintillement dans l'œil quand il sert. On croirait qu'on va ingurgiter un breuvage merveilleux alors que c'est le même désastre pour le foie que dans n'importe quel rade. Malgré son crâne dégarni et son gilet de vieux bonhomme, il resplendit sitôt qu'il fait le barman.

— À l'auberge des Trois Sapins, on m'a dit que je n'aurais pas de mal à trouver une chambre ici.

— Il paraît que vous n'êtes pas journaliste.

Il a un sourire qui étire largement sa peau ridée. Ses yeux rieurs disparaissent presque derrière le plissement satisfait. Je suis moins amusé que lui. Je pensais pouvoir mener ma petite enquête sur mes parents à peu près incognito, la tâche va s'avérer plus difficile que prévu.

— C'est pas pour vous espionner, c'est notre système de protection à nous. On s'informe, on s'avertit d'où on va, de ce qu'on fait, de qui vient rendre visite… Vous savez qu'en Islande, il y a des promenades qu'on n'a pas le droit de faire sans avoir averti les autorités ?

Je me demande s'il a choisi l'exemple de l'Islande par hasard.

— C'est un bel étui. C'est dommage de rien mettre de plus sérieux que du cacao.

Un tenancier préfère l'alcool et le tabac à l'eau en carafe et au chocolat. C'est logique. Et quand on appelle ça du cacao, il y a quelque chose de personnel en plus.

— Moi, j'aime pas le chocolat.

Qu'est-ce que je disais.

— Vous seriez venu il y a quelques jours, je vous aurais envoyé vers Sainte-Eudoxie. Voire plus loin encore, mais maintenant qu'ils ont arrêté le pauvre Dodi, tout le monde a foutu le camp. Même les tarés ils préfèrent rester à Lyon pour l'instant. C'est là qu'ils ont mis Dodi.

— C'est le frère de l'ancien maire ? Dodi ?

— Ce type est un miracle, une performance vivante. On a tous peur que l'arrestation le brise. Il ne tient qu'à un fil. Il va pas supporter qu'on bouscule son équilibre.

— Vous pensez qu'il est innocent ?

— Qu'il ait tué Dédé ou non, il va manquer au paysage. On n'a pas de quoi beaucoup rigoler par ici.

Dodi et Dédé, donc. L'un suspect, l'autre victime. Il y a les bases d'un polar pour enfants. Je lui demanderais bien ce que leur Dodi a de si spécial, mais je savoure d'abord la première lampée. Celle qui compte. La bière est bien fraîche, l'équilibre de la mousse est impeccable. Un vrai pro, il n'y a pas de doute.

— Si vous n'êtes pas journaliste, qu'est-ce que vous venez faire ici ? Ma tante dit que vous êtes un taré. Je pense pas que ce soit la raison.

Je le remercie pour le bénéfice du doute. Je me fous de ce qu'il pense, mais ça me permet d'éluder la question. Je lui demande une carte des environs, un rouleau adhésif et une chambre. Il me brandit fièrement la clé de sa plus belle suite. Il n'y a pas d'ironie quand il prononce le mot *suite*. Elle est au deuxième et dernier étage, en angle, et dispose ainsi de deux fenêtres. L'une donne sur la place et l'autre sur la rue principale.

Nous gravissons ensemble les marches recouvertes de moquette et Maurice m'explique les conditions tarifaires et les principes de la maison. Il me présente rapidement la chambre avant de fermer la porte et me laisser me reposer. Il m'a vu bâiller deux fois.

Un lit, une petite table, une salle de bains privative avec toilettes. C'est tout le luxe que je demande. Je retire mes chaussures sans les mains, à coups de talon, et m'allonge sur la couette aux motifs de palmiers. Mes parents ont-ils dormi dans cet hôtel ? Dans cette chambre ?

Douve n'est rien d'autre qu'un petit village qui se maintient en vie comme il peut. Ma première impression est plutôt bonne. Après les avertissements qu'on m'a servis, je ne pouvais être qu'agréablement surpris. Je sors *L'Évadé* de mon sac avec le papier journal. À l'aide de l'adhésif de Maurice, je fais une couverture au livre pour le rendre anonyme une fois pour toutes. Puis je reprends ma lecture. Andrès Drengursson et moi, nous venons d'arriver à Douve.

Le médecin islandais commence donc son incarcération dans ce minuscule village au passé déjà violent. Les gendarmes père et fils débarrassent la cellule des quelques cartons qui l'encombrent et y mettent leur tout premier prisonnier.

Le jeune Fauvier habite avec ses parents à quelques centaines de mètres de là, dans la rue principale. Il propose à son père d'installer un lit dans la gendarmerie pour ne pas laisser le médecin seul. Le père accepte volontiers. Ils ne craignent pas une évasion, il s'agit d'une mesure de sécurité. En cas d'incendie ou s'il venait à se trouver mal, il faut pouvoir le sortir de sa geôle. Et c'est un moyen de s'assurer que les journalistes les plus audacieux n'en profitent pas pour tenter d'obtenir leur scoop.

Les journées des gendarmes Fauvier sont calmes. Une dispute de voisinage à l'occasion, un sapin qui bloque la route, un accrochage entre voitures... Leur présence est avant tout dissuasive.

Dans les premiers jours du médecin islandais au village, personne ne s'intéresse à lui. Il y a plus important à régler. La tempête s'abat violemment et on cherche à mettre à l'abri les animaux, à se barricader, à s'assurer de la solidité des toits et du remplissage des garde-manger.

Seul Irénée Moustier, le boulanger, continue de venir chaque après-midi à l'antenne de gendarmerie. Il joue aux cartes avec les deux gendarmes jusqu'à ce qu'il se passe quelque chose, ou jusqu'au soir les jours les plus tranquilles. Ils ne changent rien à leurs habitudes, à part le café qu'ils préparent pour quatre au lieu de trois. Et dans la petite cuisine qui servait peu, ils confectionnent désormais des plats simples à leur prisonnier. Ils placent la table à quelques mètres de la cellule, l'Islandais pouvant suivre les parties pour se désennuyer, tandis que les trois autres n'ont pas besoin de le surveiller.

Chacun s'observe en silence, de son côté des barreaux. Les deux gendarmes interrompent parfois leur partie pour réparer un volet qui a claqué trop fort, aider à boucher un trou dans un toit qui laisse passer la pluie. Puis une fois que le village est définitivement paré à affronter sa tempête historique, les trois hommes passent des heures plus tranquilles. Les cartes sont battues, distribuées, ramassées dans un silence approximatif souvent brisé par le vacarme du vent et de la pluie.

La tempête s'éternise, le préfet en profite. En haut lieu, on lui demande de laisser l'Islandais dans ce village isolé. On négocie avec son pays pour trouver un accord qui respecte les lois de la République, mais surtout, on attend que l'opinion publique se lasse et que le peuple oublie ce meurtrier présumé. On ne veut pas froisser l'Islande.

Le préfet Dambricourt demande à son vieil ami Fauvier de le garder encore. Le gendarme racontera plus tard que dans les premiers jours, ils évitèrent de commenter autre chose que leurs parties de cartes devant un inconnu suspecté d'un triple meurtre particulièrement sordide. Mais comme l'avait déjà rapporté l'inspecteur Levasseur à l'époque où Drengursson le renseignait sur les poisons, le médecin est un homme sympathique.

Les Fauvier père et fils et Irénée Moustier se sentent à l'aise en sa présence. Et on ne peut pas indéfiniment se taire. « On aimait les cartes. Tous les quatre », expliquera Irénée Moustier. Ils ne savent plus qui a eu l'idée. Un jour, ils ont collé la table à la cellule pour que le médecin puisse jouer avec eux tout en restant derrière les barreaux. « À quatre, les jeux de cartes sont plus variés. »

Au fil des parties, les langues se délient, ils évoquent leur quotidien, le village, la guerre, leurs rêves pour Douve, les jeunes qui s'en vont... Un seul sujet n'est jamais mentionné : la ferme de l'horreur.

Chaque après-midi, ils retournent à leurs cartes comme une habitude de toujours. Sans que les Fauvier ou Irénée Moustier en prennent alors conscience, une amitié commence à naître entre eux et l'Islandais. Les rires fusent, l'impatience de se retrouver à quatre chaque après-midi remplace le besoin de passer le temps, à tel point que la femme de Gérald Fauvier avertit son mari et son fils : il est leur prisonnier, pas un camarade de jeu. Un prisonnier suspecté des meurtres les plus abjects, de surcroît. Mais pour l'instant, se défendent-ils, l'homme est là et ils ne peuvent pas agir comme s'il n'existait pas. Aucun d'eux n'imaginait ce qui était en train de se tramer.

7

Des coups d'abord discrets puis plus insistants me tirent de ma sieste. Je les intègre à mon rêve avant de réaliser que je me suis endormi. Il me faut quelques secondes pour me souvenir où je suis et encore quelques autres pour comprendre que c'est moi qu'on appelle.

— Monsieur Boloren ? Quelqu'un vous demande en bas.

— J'arrive.

Je réponds avec l'assurance exagérée de celui qui ne veut pas montrer qu'on le réveille. J'attrape mon portable tombé sur la moquette grise. Il est presque dix-huit heures. J'ai dormi trois heures. Pour quelqu'un qui ne sait pas ce que sont des vacances, j'entame ma semaine avec un sens certain de l'oisiveté. Je suis venu sous le prétexte de mettre mon nez dans un meurtre, mais comme Dodi a tué Dédé, je dois trouver une nouvelle légitimité à mes vacances à Douve.

Je regarde par la fenêtre, il continue de pleuvoir mollement. Je croque dans un chocolat. La cigarette quand je me réveille est celle qui me manque le plus. Un peu d'eau sur le visage et je descends m'enquérir de ce que me veut Maurice.

Je dévale l'escalier et atterris dans la salle du restaurant en une poignée de secondes. Maurice est en grande discussion avec un jeune type. Il se tourne vers moi en affichant un large sourire exagéré, le genre qui rehausse un visage tout entier, et il s'approche en me tendant la main.

— Benjamin Chebot, enchanté. Merci d'être descendu à ma rencontre.

Il n'a pas trente ans. Ou tout juste. Il est dans la tranche d'âge impossible à identifier, quelque part entre vingt-quatre et trente-six. Avec sa barbe de trois jours, ses lunettes rondes et ses cheveux en bataille, il me rappelle le vendeur de sandwichs bio à côté du commissariat. Il ne colle pas dans le paysage.

— Je vous offre à boire ?

Il doit avoir l'habitude que tout le monde s'installe au comptoir parce qu'il me pose la question en m'indiquant une petite table à l'écart avant que j'aie pris l'initiative du zinc. Il garde le bras tendu dans la direction proposée pour me confirmer que ce n'est pas un geste de convenance. Il veut causer d'une affaire privée.

Je m'assois à contrecœur près du courant d'air en lorgnant le zinc patiné. Le barbu prend une limonade, je l'accompagne avec une bière. Il attend que Maurice s'attelle à préparer nos commandes avant de parler.

— Je suis le maire de Douve. Bienvenue chez nous.

Je ne sais pas mentir, même avec les yeux. Mon regard lui crie qu'il ne se fond pas dans le décor.

— Je ne viens pas d'ici. Je suis arrivé il y a cinq ans avec ma petite amie. J'avais envie de voir autre chose que la ville. Lyon, en l'occurrence. Je suis graphiste freelance, j'ai juste besoin de mon ordinateur et d'une connexion internet. C'est pratique. Ma copine est partie au bout de six mois, je suis resté. Quand le maire a pris sa retraite, les villageois m'ont demandé de le remplacer. Belle preuve d'amitié. Vous connaissez mon histoire. À vous. Vous travaillez à la Brigade criminelle ?

Il me pose sa question rhétorique au moment où Maurice apporte nos boissons. Avec son entraînement de serveur haut de gamme, il parvient à faire semblant de ne rien avoir entendu. Mon arrivée discrète est définitivement un échec.

— C'est la raison pour laquelle je voulais vous voir. Enfin, l'une des deux. La première, c'est que le lieutenant Marchand cherche à vous joindre. Votre portable ne capte pas. Vous pourrez le rappeler de la mairie. C'est lui qui m'a dit qui vous étiez.

Oubliant son devoir de réserve, Maurice intervient en ajoutant, au moment où il retourne derrière son bar :

— Votre chambre est le seul endroit où on capte dans le village. Mais il faut vous mettre à la fenêtre et ça fonctionne uniquement les jours de beau temps.

— C'est-à-dire pas souvent, ajoute le jeune maire dans un chuchotement amusé.

J'avale une bonne gorgée du demi bien frais puis sors un chocolat de mon étui. Autant me dévoiler complètement.

— Quelle est la deuxième raison, monsieur le maire ?

— Tout le monde m'appelle Ben. Ce que je voulais vous dire…

Il se penche vers moi en prenant soin de ne pas être entendu par Maurice.

— Quelqu'un est entré par effraction dans la mairie cette nuit.

— On vous a volé quelque chose ?

— Non. Il n'y a aucun objet de valeur. Mais j'ai l'impression que quelqu'un a fouillé mon bureau. Pas de désordre, mais une sensation. Et la serrure est foutue.

— Vous l'avez signalé à la police ?

— Douve a eu trop de publicité ces derniers temps. Je préfère que ça reste entre nous. Je ne suis pas détective, mais la coïncidence est quand même troublante. Quelqu'un s'est introduit dans la mairie justement le soir de l'arrestation de Dodi.

— Vous le croyez coupable ?

— Dodi ? Je ne sais pas. Mais je suis content que vous soyez là. Et que tout le monde sache qu'il y a un policier parmi nous. Vous restez combien de temps ?

Il a fait exprès de crier que j'étais flic devant Maurice. Je pourrais lui dire ma façon de penser, mais il vient de me donner une nouvelle bonne raison de rester ici. Sous prétexte de l'aider à savoir qui est entré dans sa mairie, je vais accéder aux archives de Douve.

— Vous soupçonnez quelqu'un ?

— J'ai pensé à un journaliste en mal de scoop, mais ils sont tous partis après l'arrestation de Dodi. Venir en voiture la nuit ne passe pas inaperçu. Et je ne vois pas ce qu'il y a d'intéressant dans cette mairie.

— Je peux y jeter un œil ?

— J'espérais que vous me le demanderiez.

Je termine ma bière d'un trait et il abandonne sa limonade à peine entamée. C'est étrange que le corps soit capable d'ingérer de grandes quantités d'alcool et de tabac mais pas de limonade et de chocolat.

La pluie tombe plus franchement, nous traversons la petite place vers la mairie en courant. Je jette un œil à l'épicerie en passant. Elle est fermée. Une fois à l'abri dans le petit bâtiment municipal, j'interroge le maire.

— L'épicerie est à l'abandon ?

— Elle ouvre seulement le matin, trois jours par semaine. C'est la petite Mathilde qui s'en occupe. Sans cette boutique, nous serions obligés de faire dix kilomètres pour nous acheter un bout de pain. Elle a des subventions de la région, c'est pas rentable ici. Rien n'est rentable à Douve. Même les sapins, qui nourrissent pourtant tous les environs, personne ne prend ceux de Douve. Il y a des marécages disséminés un peu partout. L'exploitation est trop compliquée.

Les mots de ma puissante aubergiste me reviennent : *c'est un village qui a la guigne.*

— J'aime bien cet endroit.

Ben me regarde pour savoir si je parle de la mairie ou du village. Mon visage est presque collé à la vitre d'où je scrute la place foncée par la pluie. J'entends le sourire dans sa voix quand il me répond.

— Ce patelin, on l'aime ou on le déteste. Il n'y a pas de nuance. Si je devais lui donner une devise, vous savez ce que ce serait ?

Il s'approche pour mettre un peu de suspense et une touche de solennité à son slogan mûrement réfléchi, et tout en se plaçant à côté de moi pour contempler la même pluie qui tombe par la même fenêtre, il murmure :

— C'est quitte ou Douve.

8

Difficile de savoir si la lumière opaque, grise et rare est la conséquence des épais nuages qui continuent de cracher leur humidité ou si le soleil a entamé sa descente. J'ai laissé mon portable dans la chambre puisque c'est le seul endroit où il y a du réseau et je n'ai aucune idée de l'heure qu'il est.

Je m'éloigne de la petite place, centre névralgique de Douve, et me dirige vers la forêt en poursuivant la route empruntée le matin en voiture. Je remarque alors sur le trottoir d'en face un homme bedonnant, assez âgé, et qui me dévisage. Ce n'est pas tant son regard inquisiteur que son accoutrement qui me fait penser qu'il est simplet. Il porte un tee-shirt très sale qui a dû être blanc il y a longtemps avec un slip dans les mêmes teintes. Juste un slip.

Je lui adresse le sourire le plus naturel dont je sois capable, un rictus qui ne doit pas être plus grandiose que sa tenue. Il me répond en m'adressant une phrase pour le moins mystérieuse :

— Y a de l'embrouille. Tôt ou tard. L'embrouille, c'est tôt ou tard. Tôt ou tard.

Malgré son aspect général et le fond incohérent de son propos, l'homme énonce cette vision personnelle du monde avec une grande maîtrise, sans bafouillage et à haute et intelligible voix.

Je lui réponds qu'on verra bien, si ça doit arriver, ça arrivera. C'est une habitude que j'ai prise dans le métier. Les policiers sont souvent confrontés à ces idiots du village, des esprits gentiment dérangés qui effraient parfois les populations qui n'aiment pas le hors-piste.

Il faut aller dans leur sens, sans pour autant embrasser leur position. Se moquer d'eux ou les contrarier ne mène nulle part.

Il m'observe un instant me diriger vers la forêt. Je le sens dans mon dos, puis il s'en va dans la direction opposée en grommelant quelques mots que je n'entends pas. Il faudra que j'interroge Maurice.

Je m'aventure dans le chemin boueux qui prolonge l'unique route de Douve, dans la forêt de sapins et de marécages. Je bondis d'une racine à l'autre, profitant de ces protubérances boisées qui sortent de terre pour éviter de mettre les pieds dans le sol gluant. Je quitte ensuite le chemin pour avancer entre les sapins où le parterre d'aiguilles empêche les pieds de patauger.

La pluie se fraie une descente entre les branches et je peste parfois quand une goutte plus grosse se faufile entre mon col et ma nuque. Je reste en bord de chemin pour éviter de me perdre.

Me voyant paré à explorer la forêt inhospitalière au bout de la route, Benjamin m'a raconté une anecdote sans doute destinée à me dissuader.

Au moment de la chasse aux nazis à Douve, les résistants étaient persuadés qu'un des Allemands avait réussi à s'échapper à travers la forêt. Ils ont organisé une battue pendant deux jours avec les villageois, mais ils ne l'ont pas trouvé. Enfin, pas immédiatement. Deux ans plus tard, trois gamins partis chercher des champignons ont trouvé son corps. Le médecin qui l'a examiné pense qu'il n'a pas tenu trois jours. Mort de soif ou de froid. Il n'y a pas eu d'enquête poussée. C'était un SS, pas une vraie victime.

J'ai beau ne pas aimer le genre barbu à lunettes propre sur lui, le petit maire dégage une aura sympathique. Pas étonnant que le village lui ait confié son âme. Il a une bonne humeur qui déteint, c'est exactement ce dont cet endroit a besoin.

Notre petite inspection de la mairie n'a rien donné. La porte a probablement été ouverte avec un pied-de-biche et tout ce sur quoi le ou les intrus ont pu mettre la main, ce sont quelques archives du village. Principalement des actes de naissance et de mariage, rien qui ne soit impossible à trouver sur internet ou en posant une ou deux questions dans le coin. À moins que le sourire du maire ne me cache une partie de la vérité. Pourquoi faire appel à moi, dans ce cas ?

J'ai parcouru les dossiers dans les tiroirs métalliques de la mairie. Ce n'est pas là que je trouverai pourquoi ce village me coule dans les veines. Les archives des mairies françaises, ce ne sont pas les fichiers de la Stasi.

Le jeune maire avenant a raison : c'est le timing qui est intéressant. Pourquoi justement après l'arrestation de Dodi ? Pour attendre le départ des flics et des journalistes ? Je suis sorti de mes pensées par mes yeux qui commencent à piquer. Je vois moins bien mes pieds. Cette fois, ce n'est plus la météo. Il ne va pas tarder à faire nuit, mieux vaut ne pas traîner pour éviter qu'on ne me retrouve à la saison des cèpes.

Je trottine vers le village que je rejoins en peu de temps. Je ne m'étais pas avancé bien loin. Je reviendrai en profiter plus longuement demain. Cette forêt m'apaise. J'ai laissé les dérives désagréables de mon esprit sur le bitume dès mon premier pas dans la boue et les aiguilles de sapin. J'oublie ma mère, le commissaire Grosset et mes cigarettes en chocolat. Il n'y a plus que Douve et mes pieds qui pataugent.

En passant la barrière de bois qui sépare le chemin forestier de la route, j'ai une impression étrange. Je me retourne vers la forêt désormais très sombre. Un frisson me parcourt l'échine. Je ne vois personne, mais j'ai la sensation qu'on m'observe. Pour quelle raison quelqu'un se gèlerait sous la pluie à m'espionner ? Pour le plaisir de me voir me promener sous les sapins ? Mon simplet bedonnant en slip ne se cacherait pas, ou maladroitement. Serait-ce l'âme errante du soldat allemand ? Je n'aimerais pas le croiser. Je n'ai rien contre les fantômes, mais je préfère me promener seul.

Parvenu au virage, quelques mètres plus loin, je me retourne une dernière fois vers les sapins que la nuit transforme en une masse noire compacte. L'obscurité dans les forêts est la plus propice à fouetter l'imaginaire, et rarement dans une direction optimiste. La branche la plus frêle devient bras de sorcière, le hululement d'une chouette un avertissement maléfique... Peu à peu, la sensation d'être observé s'évanouit. Je suis à nouveau seul. Le SS a rejoint ses marécages.

En passant la porte de l'hôtel, j'éternue une première fois. Puis une seconde en atteignant le zinc.

— Je ne vous demande pas ce que vous faisiez dehors par ce temps parce que ça ne me regarde pas, en revanche, je peux vous préparer une boisson qui vous empêchera d'attraper la mort.

Je donne mon feu vert à Maurice. En jetant un œil dans la salle, je remarque deux petites vieilles qui me dévisagent avec un air sévère. Elles boivent toutes les deux un verre rempli d'un liquide verdâtre. Peut-être de l'absinthe. Elles sont habillées de façon identique, avec une robe à petites fleurs qui correspond exactement à l'image que je me fais des vieilles dames à la campagne.

Je les salue poliment, elles me répondent par un soupir irrité. C'est à cet instant que je le remarque. Elles ne se contentent pas de boire la même boisson et de porter la même robe. Elles ont le même visage. Ce sont des jumelles parfaites. Cette soirée semble mettre tout en œuvre pour que je me sente mal à l'aise.

— Les doyennes de Douve, m'annonce solennellement Maurice en posant le cocktail magique devant moi. Cent soixante-deux ans à elles deux. Il ne faut pas leur en vouloir si elles vous ignorent. Elles détestent la presse et la police : elles sont anarchistes.

Je lève les yeux vers Maurice pour vérifier s'il plaisante. Il ne plaisante pas.

— Félicité et Grace Baldwin. Descendantes d'Anglais. On les surnomme les sœurs Twin, comme *jumeau* en anglais, et aussi à cause de leur nom qui ressemble.

On a le sens du surnom, dans ce village.

Cent soixante-deux ans... Une division et une soustraction plus tard, je conclus qu'elles avaient la quarantaine à l'époque où ma mère menait son enquête dans le coin. Elle les a certainement rencontrées. Je suis pris d'une violente quinte de toux après avoir trempé mes lèvres dans le breuvage de Maurice. Il me sourit à pleines dents.

— C'est une variante avec de la bière, j'ai noté que vous aimiez.

La deuxième tentative s'avère moins féroce et à la troisième, je commence à y prendre goût. C'est à la fois amer et sucré, un mélange indéfinissable de plantes et de spiritueux, une combinaison subtile tout en étant fracassante. Je lui demande ce que c'est.

— Un Maurice, me répond Maurice avec un clin d'œil.

Il faudra que je lui pose des questions sur son passé dès que j'en aurai l'occasion. Pour l'instant, c'est celui de ma mère qui m'intéresse. Encouragé par les vapeurs d'alcool qui agitent déjà mon cerveau après moins d'un quart du verre, je m'avance vers la table des jumelles à fleurs.

Elles me dévisagent avec leurs deux regards noirs identiques. Je me concentre pour réprimer un rire. Deux vieilles jumelles anarchistes aux mines sévères en guise de doyennes, Douve ne fait rien pour se fondre dans la masse.

— Vous êtes quoi exactement ? Le vieux flic solitaire qui pense que Dodi n'a rien fait, alors il reste pour découvrir la vérité quand tout le monde est parti ?

La jumelle de droite a enchaîné ses deux questions pendant que celle de gauche me jaugeait des pieds à la tête.

— Non, je ne suis pas là pour ça.

— Dommage. Ce pauvre Dodi va crever avant d'avoir perdu son procès.

C'est la jumelle de gauche qui a pris le relais. J'ouvre la bouche pour répondre mais elle me prend à nouveau de court.

— Vous avez trois minutes, pas une de plus. Ensuite, vous nous laissez boire notre Alaska en paix. Asseyez-vous.

Je ne me fais pas prier et m'assois à leur table.

— C'est quoi, un Alaska ?

— Gin et chartreuse. J'imagine que c'est pas pour causer cocktails que vous vouliez nous parler ?

Voilà donc l'origine de cette teinte vert pâle.

— J'ai une question personnelle à vous poser.

— Si tu veux réaliser le vieux fantasme pervers de te taper des jumelles, tu peux faire une croix dessus.

— Quoi ? Non...

— T'es mignon, mais nous on est sœurs.

— Faudra un jour que les gars se mettent ça dans le crâne.

Elles se relaient dans les explications avec une fluidité fascinante. Je finis par me demander si elles ne sont pas une seule et même personne. Le Maurice qui me monte au cerveau ne m'aide pas à garder un fil logique dans mes réflexions.

— Je crois que vous avez rencontré mes parents. Vous pouvez peut-être m'aider. Ils étaient là en 1979, à l'époque de l'affaire de la « ferme de l'horreur ».

L'évocation de ce vieux souvenir interrompt leur débit de parole diabolique. J'en profite pour m'accorder une gorgée de Maurice avant de reprendre la conversation.

— Trois minutes, ça ne va pas suffire. Je reste à Douve quelques jours. Si vous êtes d'accord, on pourra continuer à en parler plus tard. Pour ce soir, j'ai deux questions et après je vous laisse en Alaska.

Les deux jumelles portent leur cocktail aux lèvres dans une coordination parfaite. J'ai toute leur attention.

— Est-ce que vous vous souvenez de ma mère ? C'est la journaliste qui a mené l'enquête ici et qui a écrit le livre *L'Évadé* sur toute l'affaire.

— La deuxième question, c'est quoi ?

— Est-ce que ma mère a eu une aventure avec quelqu'un d'ici ?

Elles se regardent un bref instant, comme si un coup d'œil échangé suffisait à les mettre d'accord sur ce qu'il fallait répondre, puis elles se lancent dans une explication à deux voix sous la forme d'un canon volubile aussi étonnant que maîtrisé.

— Tous ceux qui habitaient Douve en 1979 se souviennent. Impossible d'oublier.

— Ceux qui vous diront le contraire ne veulent pas en parler.

— Et c'est compréhensible. Que vous enquêtiez sur la mort de Dédé, c'est votre problème, mais que vous alliez fouiller dans le Douve d'il y a quarante ans, ça devient le nôtre.

— On se souvient très bien de votre mère, pour répondre à votre première question.

— Quant à savoir si elle a couché avec un type d'ici, on n'en a pas la moindre idée.

— C'était un sacré bazar, tout est possible.

— Oui, rien n'est impossible.

Je les remercie et retourne au bar près de Maurice, le cocktail homonyme à la main. Je suis resté moins de trois minutes. J'y vais en douceur pour économiser leur patience. Elles ont la tête pleine de souvenirs, à moi de savoir les extraire. Et peut-être que je découvrirai ce que j'espère trouver depuis ce jour où mon père m'a mêlé à ce village : rien du tout.

Maurice me tend la carte du restaurant. Elle est identique à celle de sa tante aubergiste, à ceci près qu'un autocollant blanc recouvre le logo des Trois Sapins pour le remplacer par le nom de l'hôtel-restaurant de Maurice, écrit à la main et en lettres capitales : LE DOUVE. Concis, précis, imparable.

— Je vous préviens : j'ai pas tout.

Après avoir commandé trois plats qu'il n'a pas en cuisine, j'opte pour une omelette frites. La gorge me brûle agréablement à chaque rasade de mon Maurice. J'accepte volontiers le bol de chips qu'il me tend pour éviter de tomber ivre mort à la fin de mon verre. Il disparaît ensuite dans les cuisines pour s'atteler à mon omelette.

Je tourne la tête vers la porte qui s'ouvre. Deux hommes portant le même uniforme font irruption. Grands, la démarche puissante, le teint hâlé. Je les regarde s'installer au bar sans pouvoir détacher mes yeux. On dirait presque qu'ils sont jumeaux eux aussi. Mais je suis influencé par les doyennes à l'Alaska et mon Maurice plus que revigorant. Ils portent tous les deux un bleu de travail, des collègues de labeur probablement. Leurs visages se ressemblent parce qu'ils ont vieilli sous les coups du même burin.

Pas besoin d'être enquêteur à la Criminelle pour deviner qu'ils sont bûcherons, ou qu'ils travaillent au moins dans une scierie. Les deux types ne disent rien. Ils attendent le retour de Maurice. Celui qui est plus près de moi finit par lancer à son camarade :

— Je croyais que les journalistes étaient partis.

— Je suis pas journaliste.

Il me toise en prenant son temps, comme pour évaluer mon aptitude au mensonge. S'il savait.

— Pourtant, il m'a semblé voir le siège bébé dans votre voiture.

Il y a des conclusions qui n'ont de sens que dans ce coin du monde, je me dis en avalant un chocolat. Cela fait longtemps que je n'avais pas eu autant envie de fumer.

— Je suis là pour raisons personnelles.

— Vous êtes malade ?

— Pardon ?

— Vous buvez un Maurice.

L'inventeur de ce cocktail visiblement célèbre fait irruption à cet instant, m'annonçant que mon omelette frites sera prête dans une poignée de minutes. Il salue Maxence et Damien, c'est donc comme ça qu'ils s'appellent, en s'enquérant du bon déroulé de leur journée.

Ils racontent les grandes lignes de leur emploi du temps de la saison qui consiste à préparer le bois coupé durant l'hiver, si j'ai bien saisi tout le jargon.

Moi qu'une femme accusa jadis d'être un détestable représentant du syndrome parisien, j'énumère intérieurement les moyens de m'incruster dans la conversation. Je commence par imiter les deux hommes qui commandent une bière. C'est un domaine que je maîtrise et j'ai besoin par ailleurs d'un peu de fraîcheur après mon Maurice flamboyant.

— Vous travaillez loin d'ici ?

Maxence me regarde avec un air étonné. Je crois qu'il meurt d'envie de me répondre *qu'est-ce que ça peut te foutre ?* et qu'il se retient parce que je suis un client de Maurice. Je suis en train de me rendre dans un endroit où je déteste qu'on m'emmène : le terrain de la discussion anodine au moment de la journée qui appelle le plus à la contemplation tranquille, le gosier arrosé par la douceur amère d'une bière silencieuse.

À Paris, les lieux où on loge, travaille, sort, fait son sport, sont des sujets de discussion très courus. Vous habitez dans quel coin ? Quelle est la station de métro la plus proche ? Vous mettez combien de temps pour aller bosser ? Il faut un plan de métro imprimé dans le crâne pour suivre une entame de conversation parisienne. Mais à Douve... Il suffit de voir les visages de Maxence et Damien pour douter de l'intérêt de cette question. Et pourtant, sans le savoir, j'ai mis le doigt sur quelque chose.

Damien boit sa première gorgée de bière, celle qu'on n'a pas le droit d'interrompre. Ensuite, il prend la parole.

— Vous vous demandez : à quoi bon habiter Douve alors que la scierie est à vingt kilomètres et que la région est pleine de patelins bien plus agréables ?

Maurice se caresse le sommet du crâne d'un geste machinal et commence à rire.

— Damien a une belle métaphore sur Douve, elle va vous plaire.

Damien jure amicalement, intimant l'ordre à son ami barman de se taire et de le laisser finir.

— De quinze à vingt-cinq ans, j'ai mis des femmes dans mon lit, vous pouvez pas imaginer comme elles étaient belles. À vingt-cinq, j'en ai croisé unc, personne ne se serait retourné. Mais moi, j'ai vu ce petit truc indéfinissable qu'elle avait. Je l'ai épousée et à l'époque, ça a surpris tout le monde que le coureur que j'étais se range aux côtés d'une petite que j'aurais pas remarquée six mois plus tôt. Elle est toujours ma femme et je l'adore. C'est pas le clinquant qui fait le bonheur. Douve, je l'ai dans la peau et je ne la quitterais pour rien au monde.

Il est trop à l'aise pour ne pas avoir raconté sa parabole à tous les journalistes qui ont envahi le village les semaines précédentes. Je note que c'est la deuxième fois de la journée qu'on me parle de ce village comme d'une personne. Douve est une femme exceptionnelle qu'on ne remarque pas et qui a la guigne.

9

Ils ont du mal à prononcer le mot, mais le fait est là. Entre le brigadier Gérald Fauvier, son fils Vincent Fauvier, le boulanger Irénée Moustier et le prisonnier Andrès Drengursson s'est forgée une amitié. Leurs parties de belote quotidiennes finissent par faire oublier aux quatre hommes que l'un d'entre eux jette ses cartes sur la table à travers des barreaux en métal.

L'inspecteur Levasseur, qui veut boucler son rapport sur le meurtre des trois femmes, décide de se rendre à Douve afin de rencontrer son suspect numéro un. Il n'a que faire des tergiversations diplomatiques qui font traîner les choses : il veut comprendre et que justice soit faite une fois pour toutes.

Ce n'est pas le refus du médecin de répondre à ses questions qui va le mettre hors de lui, mais ce qu'il voit en se rendant à la gendarmerie. Il alerte ses supérieurs sur les conditions de détention du suspect qui joue aux cartes avec ses geôliers et reçoit la visite des habitants. Car la scène à laquelle assiste l'inspecteur Levasseur lorsqu'il se rend à Douve ce jour-là est pour le moins insolite.

Au moment de pénétrer dans la petite antenne de gendarmerie, il croise une femme sortant de la cellule d'Andrès Drengursson tandis que le brigadier Fauvier referme la porte derrière elle. Le médecin islandais termine d'expliquer à la femme le régime alimentaire qu'elle doit suivre pour mettre fin à ses brûlures d'estomac.

L'inspecteur Levasseur demande des explications au brigadier et une dispute éclate lorsqu'il comprend que son meurtrier présumé est devenu médecin du village et camarade de jeu des gendarmes. Depuis sa cellule, Andrès Drengursson prend la défense de Gérald Fauvier et, pour montrer son soutien, refuse de répondre aux questions de Levasseur.

Le préfet Dambricourt admettra plus tard qu'ils auraient dû réagir immédiatement après avoir reçu l'avertissement de l'inspecteur, mais on demande en haut lieu de patienter encore. Il y aurait des négociations en cours avec le gouvernement islandais. Il est probable que l'affaire brûle les doigts des diplomates, qui comptent sur le temps pour calmer les Islandais opposés à la décapitation d'un des leurs. Alors rien n'a été fait. Ou en tout cas, trop tard.

Car cinq jours après sa visite à Douve, Levasseur reçoit un appel d'Irénée Moustier. Il l'informe qu'en sa qualité de vétéran de l'armée et à la demande du gendarme lui-même, il a procédé à l'arrestation de Gérald Fauvier. L'inspecteur Levasseur met du temps à comprendre ce que le boulanger de Douve est en train de lui expliquer : le brigadier Gérald Fauvier est sous les verrous à sa propre demande. L'adjudant Vincent Fauvier, son fils, ainsi que le docteur Andrès Drengursson ont disparu.

Un bruit attire mon attention. Je sors du lit dans lequel je me suis emmitouflé pour lutter contre le froid et je regarde par la fenêtre, ma couette aux palmiers toujours sur le dos. Une ombre avance dans la rue. À sa démarche, je dirais que c'est un homme. Il fait trop sombre pour en être certain. L'individu avance en faisant cogner un bâton contre les murs. C'est ce bruit continu qui m'a sorti de ma lecture. Il s'éloigne lentement, sans cesser de racler les briques. Étrange apparition. J'ai la tête lourde du Maurice et des bières que j'ai enchaînées avec les deux bûcherons.

Au moment où je commençais à tituber, Maxence m'a invité à dîner chez lui le lendemain. Avec Damien. Il m'a juré qu'il n'avait jamais invité qui que ce soit sur des paroles en l'air, et que toutes les bières du monde ne l'empêcheraient pas de penser ce qu'il dit. Après une première impression qui ne m'avait pas enchanté, il s'est avéré plus volubile et accessible qu'il ne voulait le montrer. Il a fini par m'avouer que les journalistes étaient ce qu'il détestait le plus sur terre.

— Faut me comprendre, Hugo. Quand on habite Douve, il n'y a personne d'autre que les journalistes pour vous raconter le monde. Alors quand vous lisez la presse et que c'est rempli de scandales et de tristesse, on se dit qu'il n'y a d'espoir nulle part.

Je lui ai répondu que ma mère était journaliste, spécialisée en désenchantement le plus pur : le crime était son gagne-pain. Il a souri avant de m'avouer qu'il avait lu tous les bouquins de ma mère.

— Je me contredis pas. Le crime a un statut particulier. À la différence de la guerre qui ravage tout sur son passage, le meurtre, c'est de l'horreur au compte-gouttes. Ça vaccine. C'est une saleté de journaliste, ta mère, Hugo. Une saleté de journaliste qui sait raconter les choses.

Le père de Maxence a investi la totalité de l'argent familial dans les forêts environnantes. Il pensait faire une affaire sitôt que les bois de la région seraient à court de sapins.

— On attend encore, ajoute Maxence en riant.

Une famille liée solidement à Douve et ruinée. Il y a de quoi devenir amer. Maxence dit que son père est mort en se consolant que ses enfants héritaient d'une petite fortune en devenir. Lui n'a pas cette naïveté. À moins que tout ne brûle dans le coin en épargnant Douve et ses marécages qui deviendraient la seule ressource en sapins, ils sont propriétaires d'une gigantesque surface non seulement sans avenir, mais coûteuse. Une forêt, ça s'entretient, il a conclu. Et les sapins de Douve n'intéresseront jamais personne.

Il vit avec sa femme, ses deux filles et sa sœur dans la plus grande maison à l'entrée du village.

— C'est le coin le plus cher de Douve. Vous savez pourquoi, monsieur l'agent ? me demande-t-il avec un sourire triste. Dans ce village, plus votre maison est proche du reste du monde, plus elle a de la valeur.

J'ai du mal à garder les idées claires. L'alcool tambourine dans mes tempes. Le bruit du bâton frappant les murs se fait à nouveau entendre. Mon corps réclame le sommeil tandis que je rêve d'escapades nocturnes. J'appuie sur le bouton qui sort mon portable de sa veille : il est deux heures. Après tout, je suis en vacances, rien ne m'oblige à me lever le lendemain matin.

J'enfile l'unique pull que j'ai emporté du Paris tiède que j'ai quitté, je ferme jusqu'au cou mon blouson trop léger et je quitte l'hôtel noir et silencieux.

Dehors, tout est calme, plus de bâton qui cogne les murs. Je suis tenté d'appeler dans le noir, mais je ne veux pas réveiller tout le village. Je sors mon étui à chocolat et place l'un de mes derniers carrés en équilibre entre mes lèvres. J'avance prudemment vers la forêt. La rue est plongée dans l'obscurité la plus dense. On oublie comme la nuit est noire quand on habite Paris. Il n'y a pas de lampadaire et toutes les maisons sont endormies. Aucune différence entre le village et l'orée de la forêt, c'est une même masse impénétrable.

J'ai beau ne pas avoir peur des fantômes de SS, le bois la nuit n'a rien de rassurant et la lampe de poche de mon téléphone n'est pas d'une puissance suffisante pour ôter toutes les ombres. Je suis saoul. Il n'y a aucun doute. L'appel de la forêt. Il n'y a que les citadins dans mon genre qui ont une telle fascination pour ces bois mystérieux. Et il n'y a que les citadins saouls qui l'ont au milieu de la nuit. Je franchis la barrière en bois qui sépare la maigre civilisation de la forêt boueuse.

J'hésite un instant à cause du froid avant de profiter finalement du grand air pour me soulager la vessie contre un arbre. Je lève la tête pour regarder au-delà de la cime, vers le ciel sombre sans étoiles. La pluie s'est arrêtée, les nuages sont restés.

Une douleur aiguë me foudroie les jambes et je bascule en arrière en poussant un cri. Le coup violent derrière les genoux m'a précipité à terre. Je n'ai pas le temps de poser les mains pour masser à l'endroit de la douleur : je reçois un nouveau coup, dans le ventre cette fois. J'en ai le souffle coupé. Cette deuxième attaque est encore plus douloureuse. Je me plie en deux en roulant tant bien que mal pour me mettre à l'abri d'un éventuel troisième assaut.

J'ai à peine le temps de deviner une paire de chaussures. La droite vient me frapper la pommette avec la semelle. Je tente de saisir le pied qui m'a blessé au visage, en vain. Je reçois un coup de bâton sur la main. Entre la douleur et l'alcool, je suis incapable de me défendre. Je me recroqueville sur moi-même en me protégeant le crâne. Un coup dans la cuisse. Un autre dans les côtes. Puis plus rien.

Je reste un moment en position fœtale. Dès que je suis sûr que mon bourreau est parti, je me relève en poussant un grognement. Un mélange de douleur et de colère.

Je ne sais pas où j'ai le plus mal. Je déplace mon corps endolori avec lenteur, marquant une pause en atteignant la barrière en bois. Les quelques mètres jusqu'à l'hôtel me paraissent une éternité. Je sursaute au moindre bruit, craignant que mon assaillant ne revienne terminer ce qu'il a commencé.

Je n'ai pas peur de la douleur, mais de ma rage de ne pouvoir lui rendre les coups qu'il m'a infligés. Je regagne ma chambre sans croiser personne. J'ai la pommette en sang et sans doute une côte fêlée. Je m'en sors bien. Il ou elle n'avait pas beaucoup de force. Ou a volontairement maîtrisé ses coups.

Je pousse la lourde porte de l'hôtel en retenant un cri. Les deux étages s'avèrent une véritable ascension. Je m'allonge enfin sur ma couette à palmiers, tout habillé, en jurant à voix basse que je retrouverai ce salopard. Je m'endors sur ces vociférations vengeresses, d'un sommeil lourd et profond.

Je rêve du fantôme SS. Il me regarde me faire tabasser dans sa forêt en fumant tranquillement une cigarette en chocolat.

10

Comme je m'y attendais, je me réveille avec des courbatures dans tout le corps et le crâne en feu. Un lendemain de cuite et de semi-marathon à la fois.

Je sors de mon lit raide comme un piquet et me traîne sous la douche que je règle en mode bouillant pour me détendre les muscles. Je m'interroge sur ce qui a pu provoquer une telle violence. Qui ai-je bien pu faire sortir de ses gonds à ce point ?

J'ai encore des feuilles mortes collées dans les cheveux. Je les observe disparaître à mes pieds, entraînées par l'eau trop chaude qui m'apaise. Je ferme les yeux. Il se passe quelque chose. Je presse mes paupières à en avoir des crampes et je me concentre. Une idée fait son chemin. Je connais ce processus par cœur. C'est un vieux truc de flic sur la bonne voie. À la Criminelle, quand les collègues me voient gamberger avec cet air satisfait de celui qui se rapproche, ils disent que je suis en train *d'avoir la bille*.

Une petite bille aux allures métalliques qui roule doucement dans le cerveau, empruntant des chemins sinueux, des spirales, des montées, des descentes… Comme ce jeu pour enfant, ce labyrinthe dans lequel s'engouffre la petite boule qui se promène à la seule force de la gravité après une légère impulsion du doigt. Je la visualise parcourant son chemin à son rythme. L'objectif est de l'entraîner au bout de son dédale, d'attendre qu'elle cogne dans le petit gong. Et dès qu'elle aura déclenché ce son aigu et cristallin, ce sera le signe qu'il est enfin revenu, ce détail qui m'a échappé mais que ma dérouillée a placé sur le devant de la scène.

Il s'est passé quelque chose hier, un événement resté coincé en arrière de mon cerveau. La plaie sur ma pommette se réveille à cause du sourire qui me tire les joues. Je m'en fous. Je ne me suis pas fait secouer en vain. Espérons que la petite bille ne mettra pas trop longtemps à faire résonner son *ding*. J'adopte d'habitude une respiration lente méditative afin de m'assurer que la bille entame son parcours, mais la côte fêlée m'empêche les grandes inspirations qui font bomber le torse.

Je m'habille à la hâte et descends déjeuner. L'énergie de l'estomac à défaut de celle des poumons. Tout est bon pour fouetter la bille.

— Vous allez bien ? Qu'est-ce que vous avez fait à votre visage ?

— Je suis tombé du lit ?

Je ne peux pas m'empêcher de tourner mon mensonge en question. Je rassure Maurice sur le fait que j'ai bien dormi, par ailleurs. Il me sert un café en me regardant en coin pendant que je m'installe sur mon tabouret de bar.

Après une bonne minute d'hésitation, il finit par me lancer :

— En tout cas, mon Maurice vous a empêché de tomber malade !

C'est vrai que je n'éternue plus. J'ignore si c'est son Maurice ou l'adrénaline des coups. Je bois son café noir en fermant les yeux pour repasser la journée de la veille dans ma tête et donner un coup de pouce à la bille.

— C'est vous le flic ?

Une jeune femme s'est plantée à côté de moi. Elle porte un gros pull en laine et un jean qui remonte au-dessus du nombril comme dans les années quatre-vingt. Ce qui ne l'empêche pas d'être jolie. Peut-être même qu'elle l'est encore davantage avec sa silhouette anachronique.

— Qu'est-ce qui vous est arrivé ?

Maurice répond à ma place et en profite pour partager le fond de sa pensée.

— Il est tombé de son lit. Sur la moquette.

Elle plonge son regard dans le mien. Une intrusion que je connais bien. Elle jauge la confiance qu'elle peut ou non m'accorder.

— Je m'appelle Mathilde. Je tiens l'épicerie en face de l'hôtel. Passez me voir après votre café. Si vous êtes à Douve pour faire du tourisme, la supérette est l'un des plus vieux bâtiments du village.

Elle salue Maurice d'un signe de tête et s'en va en faisant claquer la porte de l'hôtel. Le cynisme est une arme indispensable pour survivre à Douve.

Benjamin le maire et Damien le bûcheron sont les seuls à admettre leur amour pour cet endroit. Les autres semblent partager un devoir de réserve. Je termine le café et mon croissant à la hâte, impatient de découvrir les trésors historiques de Douve.

— Mathilde nous ravitaille trois jours par semaine. Jolie fille, pas vrai ?

Maurice essuie et range les verres avec une aisance et une fluidité qui transforment cette corvée ménagère en une danse esthétique.

— Où est-ce que vous avez appris le métier, Maurice ?

Il ne cache pas le plaisir que lui procure ma question. Il y voit avec raison la reconnaissance de son talent.

— Je vous raconterais bien l'histoire du barman que tout le monde s'arrache et qui termine sa carrière dans un coin perdu, mais au risque de vous décevoir, je suis né à Douve. Et c'est probablement ici que je finirai mes jours.

Il scrute l'horizon qui s'arrête au fond de la petite salle du restaurant. Il erre dans les souvenirs où je l'ai plongé.

— Comme tous les jeunes du coin, quand j'ai eu dix-huit ans, je suis parti voir le monde. Je savais que je reprendrais cet hôtel un jour, rien ne pressait. J'ai appris dans les plus grands palaces du pays. La gestuelle, les manières, les recettes de cocktails, les techniques pour inciter le client à consommer, l'art de faire croire au pochetron ravagé qu'il ressemble à un dandy façon Hemingway. Quand j'ai fait le tour des lieux les plus incroyables et que j'ai senti que je n'y apprendrais rien de plus, je suis revenu pour reprendre Le Douve. Je rêvais d'en faire un lieu haut de gamme, tellement réputé que les gens viendraient de loin. De toute façon, ils n'auraient pas eu d'autre choix que de venir de loin... Finalement, je suis content de la tournure des choses. Les gens d'ici, ils sont heureux de ce qu'ils ont. En tout cas, ils ne s'en plaignent pas. Quand il y a une mouche dans le café, pas de scandale. Ils l'enlèvent avec la pointe de l'index et la posent sur le coin de la table.

Je remercie Maurice pour le café sans mouche et m'en vais traverser la place vers la supérette. Après avoir écouté les bribes d'une vie résumée en quelques souvenirs nostalgiques, je me sens chaque fois cafardeux. Il y a des millions de vies qui mériteraient d'être racontées en détail, pourtant la plupart s'en vont sans laisser de trace. Voilà les vraies origines de mon syndrome du Parisien. Je ne veux pas écouter les anecdotes de vie parce qu'elles me rendent mélancolique. Elles m'intéressent toutes, le mieux est de n'en écouter aucune.

Les inconnus qui vous abordent, c'est soit pour partager des opinions dont on se fout, soit pour vous raconter un bout de vie qui vous prend aux tripes. Ou pour vous mettre dans leur lit, aurait ajouté cette femme qui m'a quitté sans solennité il y a quelques années.

La même pluie fine a repris avec le lever du jour. Je remonte mon col et glisse mes mains dans les poches. Boire des Maurice tous les jours m'empêchera peut-être d'attraper un rhume, mais on doit risquer plus gros à la longue.

En entrant dans la petite boutique où des produits de toutes sortes sont éparpillés de façon anarchique, je tombe sur les deux vieilles jumelles en grande discussion avec Maxence. Il m'accueille avec un sourire franc qu'il abandonne en remarquant mon visage tuméfié.

— Tu avais meilleure mine quand je suis parti hier soir, Hugo… Avec qui tu t'es battu ? Maurice ?

Une voix de femme résonne dans l'arrière-boutique :

— Avec la moquette de sa chambre.

Mathilde apparaît avec une caisse de bières. Maxence s'empresse de l'aider à poser le carton sur le sol. Il attrape ensuite une bouteille qu'il contemple avec satisfaction.

— La bière du Colonel, brassée tout près, à Sainte-Eudoxie. Je prends la caisse pour ce soir. Faut que tu découvres les quelques avantages d'habiter dans le coin. T'as pas oublié que tu viens dîner ? Ma femme et ma sœur t'attendent comme le messie. Je leur ai raconté que t'étais le fils Boloren… Elles ont lu tous les livres de ta mère.

Mathilde me regarde avec un air étrange. Elle ne savait pas que j'étais le fils de ma mère. Il y a même peu de chances qu'elle sache qui est ma mère. Maxence apporte ses courses à la caisse et règle ses achats à Mathilde qui l'a rejoint. Les jumelles en profitent pour me prendre à partie.

— Si vous voulez savoir pour votre mère, on peut vous donner la liste des hommes d'ici qui avaient à peu près son âge à l'époque.

— Merci, cela m'aiderait beaucoup.

— C'est bon pour notre cerveau de le faire cravacher dans le passé. On sera à l'hôtel à dix-sept heures pour boire un Alaska. Passez à ce moment-là.

Elles s'éloignent de la supérette à travers l'unique rue, portant chacune un parapluie dans une main et un sac de provisions dans l'autre. Maxence les suit bientôt en me rappelant de venir à dix-neuf heures tapantes. Je reste à l'entrée de la boutique, contemplant la grand-rue de Douve que je n'ai jamais vue aussi animée avec ses trois habitants qui en foulent le bitume.

J'accepte le café que me propose Mathilde. Sa boutique ressemble à un appartement qu'on déménage. Contre un des murs qui mériteraient un coup de peinture, des denrées non périssables – conserves, pots en verre… – sont entassées sur de fragiles étagères. Le reste des aliments est réparti dans des cartons dispersés dans la pièce, à même le sol en chaux irrégulier qui attend un revêtement qui ne viendra probablement jamais. Le prix des produits est inscrit au marqueur sur les emballages et les clients font leurs courses en piochant. À l'extrémité de la pièce rectangulaire, un recoin plus sombre forme un angle droit. Dans ce renfoncement, Mathilde a installé sa caisse enregistreuse sur une petite table derrière laquelle on devine les vestiges d'une cuisine années soixante-dix. Elle ne sert pas beaucoup. Seule la cafetière semble avoir une activité régulière. Au milieu de ce grand espace rectangulaire, une porte mène à la pièce attenante, d'où Mathilde a sorti le carton de bières. La maigre réserve d'une boutique presque éphémère.

— Vous savez ce qu'il y avait ici, avant ?

Elle me tend mon café avec le sourire en coin de ceux qui ont le savoir. Comme je n'ai pas l'air d'avoir la réponse, elle m'en fait profiter.

— C'était la gendarmerie. Ils l'ont fermée après l'histoire du meurtrier, il y a quarante ans. Celle que votre mère a racontée.

Elle connaît donc l'écrivaine et journaliste Ingrid Boloren.

— Un incontournable site touristique de Douve. La pièce qui me sert de réserve, c'était la cellule où ils gardaient l'Islandais. J'ai pas connu les barreaux, ils avaient déjà remplacé la porte quand je suis arrivée ici.

Elle habite à une trentaine de kilomètres, elle étudie le droit par correspondance et elle nourrit le village depuis trois ans. Un job d'été transformé en mi-temps à la demande de la région. Elle a accepté en échange d'un poste à la préfecture dès qu'elle aurait son diplôme.

— Mais je crois surtout qu'une fois mes études terminées, je vais partir loin. Au moins un temps. Et vous, c'est quoi votre histoire ?

Je prends mon étui à chocolat dans ma poche et sors un carré tout fondu. J'achèterai tous les pantalons de l'inventeur des poches réfrigérées. Mes chocolats sont une diversion efficace pour éviter de parler de moi et pour décourager les plus curieux de chercher à en savoir davantage.

— Vous aviez quelque chose à me dire ?

Elle ignore ma question et examine mon étui à chocolat. Pendant un instant, je crois qu'elle hésite à me demander un carré. Elle abandonne l'idée et m'explique ce qui la tracasse.

— L'arrestation de Dodi a été très rapide. J'ai pas eu le temps de parler aux flics. Ils sont partis tout de suite.

— Vous vouliez leur dire quoi ?

— Dodi ne peut pas être coupable. Du moins pas tout seul.

— Comment vous le savez ?

— C'est pas important, la raison. Ce qui me préoccupe, c'est...

Elle s'arrête de parler, va jusqu'à la porte de la boutique et la ferme après s'être assurée que personne ne venait. Elle revient se placer devant moi et poursuit à voix basse :

— Le tueur est toujours dans le village.

— Vous savez qui c'est ?

— Je n'en ai aucune idée et au fond, je m'en fous. La véritable question, monsieur le flic, la plus importante si vous voulez mon avis, c'est pourquoi tout le village a laissé Dodi se faire arrêter en sachant qu'il était innocent ?

11

Je scrute en détail la lisière de la forêt, là où je me suis fait assommer la veille. Je n'en veux pas au fantôme du SS. Il ne pouvait rien pour moi. Et puis en sa qualité de nazi, ce n'est pas son rôle de faire preuve d'humanité. À plus forte raison en étant mort à Douve, à cause de Douve. Je n'oublie pas qu'elle me coule dans les veines.

J'ai acheté un parapluie à Mathilde pour ne plus sentir les gouttes gelées qui tombent dans la nuque. Maurice m'a prévenu que cette pluie allait empirer. Sur la carte météo grossière du journal local, la France entière est couverte de dessins de petits soleils sans nuage.

Mathilde m'a lancé un défi. Elle a entendu que je dînais chez Maxence et m'a demandé de faire parler mes hôtes. Elle veut que je les interroge sur les raisons pour lesquelles tout le monde dit que Dodi est un personnage unique, un spécimen rare qui va dépérir et mourir en dehors du village. Elle a dit que je comprendrais pourquoi il ne peut pas être coupable.

Je cherche un éventuel indice dans la terre boueuse et pleine d'aiguilles de sapin. Je ne trouve rien. Pas de portefeuille avec l'adresse de mon agresseur ni de paire de lunettes cassées avec le numéro de série. Je n'ai fait que prendre les coups. Il n'a pas eu besoin de s'agiter. Ou *elle*. Je tourne sur moi-même en regardant dans toutes les directions. J'étais peut-être sur le point de découvrir quelque chose qu'il ne fallait pas ? D'un côté la rue, de l'autre la forêt et son chemin boueux. Entre les deux, une barrière de bois. Je la scrute en détail. Rien non plus de ce côté-là. Pas même un couple d'amoureux qui aurait gravé sa passion pour la postérité. La colère de la veille me reprend. Si je savais pourquoi j'ai pris les coups et par qui, j'accepterais les ecchymoses. Avoir une côte fêlée et la pommette douloureuse dès que je change d'expression de visage, ça mérite une explication.

Je m'éloigne du village à travers la forêt. Même les oiseaux sont rares. J'entends parfois un piaillement lointain. Un bruissement. Je ne m'écarte pas du chemin, cette fois. Je me connais. Si je décide de vagabonder à travers les arbres, je vais me laisser envahir et je me perdrai pour de bon. Je marche d'un pas décidé en profitant des plaisirs simples de la promenade, comme le craquement des aiguilles sous mes chaussures ou le *plic-ploc* régulier sur le parapluie.

La trace indélébile que Douve a laissée dans ma famille me paraît soudain dérisoire. Le destin scellé à un village qui a la guigne, c'est seulement parce que je l'ai voulu ainsi. Flic à cause de Malesherbes. L'insignifiant prend trop de place dans mes choix. Je dramatise le vide en le remplissant avec des petits cailloux. J'ai la même impression que la veille. Celle d'être suivi, observé. Je la prends beaucoup plus au sérieux après les coups reçus. Je conserve mon allure régulière sans rien laisser paraître.

J'attends quelques pas puis, dans un mouvement aussi vif que soudain, je me retourne en jetant mon parapluie au sol et m'élance sur le chemin en sens inverse. J'ai à peine le temps de voir l'ombre s'engouffrer sous les sapins. Je quitte le chemin à mon tour et pars à sa poursuite. Je lui ordonne de s'arrêter, en vain. L'ombre slalome entre les arbres. J'ai du mal à la suivre. Les petites branches de sapin qui dépassent des troncs me fouettent le visage et la vitesse rend la pluie aveuglante. Je jure à voix haute quand ma côte commence à me lancer. Mon poursuivant devenu poursuivi est vêtu d'un imperméable noir, la tête abritée sous une capuche. Il s'engouffre dans un labyrinthe de sapins plus resserrés encore et je perds définitivement sa trace. Je m'arrête, essoufflé, et m'assois au pied d'un arbre. La phrase du maire me revient pendant que je reprends mon souffle : *c'est quitte ou Douve*.

12

Avec mon visage encore bleui de la veille, Maurice ne remarque pas les nouvelles griffures. L'odeur de résine de sapin me colle à la peau. Je le salue d'un signe de la main et monte dans ma chambre. Je passe de l'eau sur ma figure esquintée. Ces ombres hostiles n'arriveront pas à me faire détester cette forêt. Difficile de savoir si la même personne se cache derrière la silhouette qui m'a roué de coups la veille et celle qui s'est enfuie. C'est tout le principe des silhouettes, de ne pas se différencier.

La bille a ralenti. Elle ne ralentit jamais. C'est mauvais signe. Je ferme les yeux et laisse défiler mes idées, debout devant le petit lavabo. Je sens les piqûres des branches de sapin sur ma peau, ou peut-être les coupures de la veille. On reconnaît mieux son reflet quand on a le visage bousillé. Passé l'étonnement de le voir bouffi, on réalise qu'il est exactement comme on le ressent : abîmé, douloureux, fatigué. Il ne triche plus.

Le contexte visible et la face cachée. Je ferme les yeux pour ne pas me laisser déconcentrer par cette figure griffée qui me ressemble. Le contexte visible et la face cachée.

Je fais deux colonnes. Côté contexte, je glisse le meurtre de Dédé, l'arrestation de Dodi, la mairie visitée, l'arrivée d'un flic fils de la journaliste qui a enquêté chez eux quarante ans plus tôt, un village qui a la guigne… Côté face cachée, je n'ai rien d'autre que la facilité avec laquelle le village a lâché Dodi sans broncher, d'après Mathilde. Je veux pouvoir me promener dans cette fichue forêt sans revenir chaque fois en sang.

Douve coule dans ses veines et ses veines s'écoulent dans Douve. Un chiasme comme les aime ma mère. Un de ses romans d'investigation qui a connu le plus de succès avait un titre évocateur de ce goût linguistique pour le chiasme morbide : *Meurtre en bord de mer et mère au bord du meurtre*.

13

La fuite d'Andrès Drengursson et de l'adjudant Fauvier est le point de départ d'une investigation devenue nationale. Les négociations avec l'Islande sont mises entre parenthèses ; le gouvernement et les habitants de cette île lointaine se mettent à douter de l'innocence de leur compatriote en fuite pour la deuxième fois. L'opinion publique islandaise se lasse : qu'il aille à la guillotine, si tel est son désir. Des jours de négociations anéantis en un éclair, l'éclair qui va bouleverser pour toujours l'affaire de la « ferme de l'horreur ».

C'est à partir de la disparition des deux hommes que je me suis moi-même rendue à Douve pour enquêter aux côtés de l'inspecteur Pierre Boloren, dépêché depuis Paris avec son équipe dans le but d'appuyer les recherches conduites par l'inspecteur Levasseur.

À cette occasion, j'ai découvert ce village, sa modeste population, son âme égarée entre l'homme et la forêt. « Douve, déjà, c'est un nom qui se bave plutôt qu'il ne se prononce », me confiera une habitante.

Reclus parmi les reclus, le brigadier Gérald Fauvier, muet dans sa cellule, toujours vêtu de son uniforme de gendarme, mais sans ceinture ni écusson. Un homme secret, muré dans le silence à l'instar de son ami le boulanger Irénée Moustier et de l'ensemble de la population. Le médecin islandais et le fils Fauvier ont disparu, et Gérald Fauvier ne donne aucune explication. L'inspecteur Levasseur enrage. Il aimerait les jeter tous en prison. Quel secret peut être à ce point important qu'il fasse préférer la prison à la vérité dévoilée ?

Dans un premier temps, la police soupçonne un élan spontané anti-peine de mort, qui aurait poussé la population à libérer le médecin si dévoué. On rencontre dans tout le pays de plus en plus de mouvements pacifistes qui expriment leur souhait d'abolir cette barbarie judiciaire. Mais Douve n'a rien d'une communauté militante et il est difficile de concevoir que ce hameau trop paisible abrite une population de révoltés. La théorie qui ferait de Douve un village engagé n'explique pas non plus pourquoi le jeune Fauvier a disparu.

Les polices de Lyon et de Paris tentent conjointement de lever le mystère sur cette double disparition et elles unissent leurs forces pour retrouver les deux hommes. Un peu plus de vingt ans après la dernière battue à la recherche de nazis en fuite, la forêt de Douve est à nouveau sondée par les autorités. On fouille les voitures sur les routes alentour, on surveille les auberges, les gîtes… S'ils sont cachés dans les bois qui prolongent Douve, ils ne pourront pas rester longtemps sans nourriture à se terrer là-bas.

Les inspecteurs Boloren et Levasseur ne croient pas à un départ précipité. Le médecin sait ce qu'il fait et où il va. Il avait déjà survécu de longs jours avant de réapparaître et personne n'avait réussi à le trouver; il s'était rendu de lui-même. Le travail des équipes de recherches consiste à penser à la place du médecin, à prévoir ses déplacements et ses objectifs, de manière à l'intercepter à l'un des points stratégiques inévitables.

Pour l'inspecteur Levasseur, l'aide de Gérald Fauvier est indispensable. Son silence est la preuve qu'il sait quelque chose. Il reconnaît avoir laissé partir Andrès Drengursson, raison pour laquelle il a demandé à son ami Irénée Moustier de l'arrêter pour complicité d'évasion. Il est prêt à en subir les conséquences. Mais il reste silencieux au sujet de son fils.

Les deux hommes ont disparu depuis près de quarante-huit heures lorsque le gendarme déchu demande à parler aux enquêteurs. J'accompagne les inspecteurs Boloren et Levasseur dans la petite cellule.

Si le gendarme à l'origine de la convocation est très calme, l'ambiance est tendue. La police perd son temps à cause du mutisme d'un homme qui devrait être de leur côté. C'est Irénée Moustier qui conseille à son ami de réclamer la présence d'un journaliste pour s'assurer que l'interrogatoire ne dérape pas. Les deux policiers sont exemplaires, une carrière irréprochable, mais Fauvier sait qu'il joue avec leurs nerfs. L'inspecteur Boloren mène l'interrogatoire. Voici le contenu de leur échange.

Boloren : Brigadier Fauvier, nous sommes le dimanche 20 mai 1979, il est presque midi.

Notre entretien est enregistré. Vous avez demandé à nous voir, nous vous écoutons.

Fauvier: Je suis désolé de ne pas pouvoir vous aider.

Boloren: Vous avez des informations à nous communiquer?

Fauvier: Je ne peux encore rien vous dévoiler, mais posez-moi des questions et je répondrai chaque fois que je le peux.

Boloren: Où sont Andrès Drengursson et Vincent Fauvier?

Fauvier: Je ne sais pas.

Boloren: Ont-ils pris la fuite ensemble?

Fauvier: Oui.

Boloren: Pourquoi sont-ils partis ensemble?

Fauvier: Je ne peux pas répondre à cette question.

Boloren: Quelle est leur destination finale?

Fauvier: Je ne sais pas.

Boloren: Votre fils connaît-il bien la forêt de Douve?

Fauvier: Oui.

Boloren: Est-ce la raison pour laquelle il accompagne Andrès Drengursson?

Fauvier: Je ne peux pas répondre à cette question.

Boloren: Je ne vais pas vous poser des questions pendant des heures en attendant que de petites informations arrivent au compte-gouttes, monsieur Fauvier. Votre silence nous fait perdre un temps précieux. Avez-vous oui ou non une information importante à nous communiquer?

Fauvier: J'aimerais pouvoir vous aider.

Boloren: Répondez à la question.

Fauvier: Quand vous les trouverez, parce que vous les trouverez, avec ou sans mon aide, s'il vous plaît, ne tirez pas.

Boloren: Votre fils est-il otage d'Andrès Drengursson?

Fauvier: Je ne peux pas répondre à cette question.

Boloren: Votre fils est-il l'amant d'Andrès Drengursson?

Fauvier: Quoi? Non, bien sûr que non.

Boloren: Rien n'est sûr, brigadier, parce que vous refusez de nous aider. Nous pouvons tout croire, tout imaginer. Ne demandez à nous voir que si vous avez quelque chose de valable à communiquer. Concernant votre fils, tant que je ne disposerai pas d'éléments contraires, il reste suspect, armé et dangereux. Si mes hommes le croisent, ils ont ordre de l'arrêter par tous les moyens nécessaires.

L'entretien prend fin ainsi. Nous sortons tous les trois en silence. Aucun mot ajouté, aucune supplication de Fauvier, toujours cette mine désolée, comme s'il portait le poids du monde sur ses épaules. Son refus d'apporter des explications est difficilement compréhensible. On aimerait croire que le médecin a pris son fils en otage, mais rien ne semble aller dans ce sens dans le discours du brigadier. Le silence rend coupable, et parmi les policiers qui participent à la battue, la rumeur se répand: l'adjudant est un traître. Le père a raison de s'inquiéter pour son fils; mais c'est son obstination qui risque de le condamner.

Je jette le livre au sol. J'avais complètement oublié que le lieutenant Marchand attendait mon appel. Je me précipite hors de ma chambre, dévale l'escalier et cours vers la mairie. Maurice a tout juste le temps de me demander si je suis intéressé par le menu du jour. Je lève un pouce vers le ciel en passant la porte pour lui signifier que l'idée me tente.

La dizaine de mètres qui sépare l'hôtel de la mairie ne m'empêche pas d'y entrer trempé par la pluie déchaînée. J'ai abandonné mon parapluie dans ma course-poursuite matinale, il gît quelque part dans la forêt profonde. Je sonne puis me cale contre la porte de façon à m'abriter autant que possible sous le porche. En observant le fracas de la pluie sur le bitume, j'ai en tête l'image des soleils qui brillent sur toute la carte de France. Je me souviens alors que la mairie n'a plus de serrure et que je n'ai qu'à pousser la porte pour me retrouver au sec.

Le petit maire aux lunettes carrées arrive au même instant. Il m'invite à entrer dans son bureau et retourne derrière son écran fabriquer des formes commandées par d'autres barbus trentenaires qui ne se doutent pas que leur graphiste est un représentant de l'État.

L'humidité s'est emparée du moindre recoin du modeste bureau. Je ne peux m'empêcher d'éprouver de l'admiration pour ce bonhomme qui ne se fond pas dans le décor et reste malgré tout au premier rang, stoïque. Je compose le numéro de la ligne directe de Marchand qui répond dès la première sonnerie. Certains hommes ne sont pas faits pour l'oisiveté.

Il parvient difficilement à dissimuler son excitation. Un ancien camarade de classe travaille sur l'affaire de Douve à Lyon. Il lui a transmis un flot d'informations sur le dossier. Je les recevrai par la poste le lendemain. L'acte d'accusation, les résultats de l'enquête, tout ce dont j'ai besoin pour me faire une idée. En revanche, Erwan Brotec continue de nier son implication dans le meurtre de son frère. J'en déduis qu'Erwan et Dodi ne sont qu'une seule et même personne. C'est étrange d'avoir un surnom à ce point éloigné de son prénom. Je remercie chaleureusement le lieutenant pour son aide précieuse et je lui promets l'exclusivité de mes nouvelles pistes. Nous raccrochons, satisfaits de chaque côté du combiné.

— Du nouveau concernant la mairie ?

Mon regard qui ne cache rien trahit mon incompréhension et Benjamin reformule sa question.

— Vous n'avez aucune piste pour ma porte fracturée ?

— Non, je suis désolé.

— Vous êtes en vacances. Vous ne me devez rien.

Il n'en est pas moins préoccupé. Mathilde a raison. Elle n'est pas la seule à penser que Dodi est innocent et que le tueur est encore dans le village.

— Ben, est-ce que vous savez d'où vient ce surnom, Dodi ?

— Son frère s'appelait Amédée mais pour tout le monde, c'était Dédé. Dodi est un dérivé. Dédé et Dodi. Je ne connais même pas son vrai prénom.

— Erwan.

— Rien à voir.

14

Traverser la place en courant et tremper mes chaussures ou marcher lentement pour mouiller uniformément mes habits ? Il y a eu des études scientifiques sur la question. Les experts ont évalué avec précision la vitesse optimale sous la pluie pour être le moins mouillé possible en fonction de l'orientation et la force du vent. Mon amour pour l'insignifiance est comblé par ce genre de calcul.

J'opte pour les chaussures trempées et débarque dans la salle de restaurant de l'hôtel avec une énergie proportionnelle à la puissance des gouttes. Maurice n'est pas derrière son bar, mais une délicieuse odeur de poulet grillé flotte au-dessus du zinc. Je résiste à l'envie de m'avaler un carré de chocolat.

Je m'installe au bar et j'attrape un sachet de sucre que je fais glisser entre mes doigts. Les grains qui roulent sous le papier, c'est le meilleur des antistress. Y a-t-il un détail utile à retenir de ma course matinale dans les bois ? L'imperméable noir était-il gaucher ? Grand ? Pourquoi me suivait-il ? Pourquoi s'est-il enfui ? Parce que je me suis lancé à sa poursuite avec trop d'empressement ? J'ai peut-être effrayé l'imperméable alors qu'il avait une chose capitale à me communiquer.

Une assiette contenant cuisse de poulet et pommes de terre surgit sous mes yeux après avoir glissé en silence sur le bar. Je n'ai pas entendu Maurice s'approcher. Il me sourit, satisfait. L'art du maître d'hôtel invisible, qui s'efface derrière les plats.

— Maurice, est-ce que vous pouvez me dire ce qui est arrivé à Dédé, exactement ? Comment on l'a assassiné ?

— Ça doit faire pas loin de trente ans que je sers toutes sortes de clients de tous les milieux sociaux, tous les horizons... Il y a une constante que j'ai jamais comprise : pourquoi c'est toujours au moment des repas que les gens réclament les détails sordides.

On me reproche rarement de faire comme tout le monde, je suis rassuré, pour une fois.

J'entame la cuisse de poulet tant qu'elle est fumante et j'attends qu'il m'explique, assumant fièrement ma position d'individu banal.

— J'y connais pas grand-chose en assassinat, mais je crois que celui-ci n'a rien d'original. Dédé a été retrouvé mort, le crâne fracassé à coups de marteau.

La télévision et la littérature ont su normaliser le crime et son horreur avec une réussite qui force l'admiration.

— Qui l'a trouvé ?

— Le maire, Benjamin.

— Les empreintes de Dodi étaient sur le manche ?

— Je sais pas. Les flics l'ont embarqué sans nous donner d'explication.

C'est rare de nos jours que la peau du poulet soit si croustillante. Je mâche avec délectation en prenant mon temps, jusqu'à ce que tout le croquant ait disparu.

— Vous pensez que Dodi est innocent?

— J'en sais rien. Ils se chamaillaient parfois. Mais si vous aviez vu le Dodi, vous vous poseriez des questions.

— C'est-à-dire?

— Si vous faisiez une sélection de tous les types qui semblent incapables de tuer qui que ce soit, il serait sur le podium. Les flics de Lyon, ils doivent avoir une sacrée imagination pour l'avoir coffré. Ou bien des preuves solides.

Je sens bien que Maurice préférerait parler d'autre chose. Je vais suivre le conseil de Mathilde et demander à mes hôtes de ce soir qui est ce saint Dodi si digne de sympathie et pourtant suspect principal dans une affaire de meurtre. Je félicite Maurice pour son poulet croquant et pour changer de sujet. La lettre de Marchand devrait me dire ce qui a fait tomber Erwan.

J'utilise ma dernière pomme de terre pour saucer mon assiette et commande un café à Maurice. Je sors mon étui à chocolat et pose un carré sur ma langue. Je le laisse fondre dans ma bouche en fixant le zinc brillant du bar. La bille revient.

Il s'est passé quelque chose. Un mot, une impression... L'inconscient est un allié de taille quand on est peu attentif à la réalité. Maurice dépose la tasse devant moi.

— Vous vous sentez bien ?

— Oui, j'étais en pleine réflexion...

Il acquiesce d'un signe de tête, comme pour m'encourager à continuer. J'abandonne ma bille à sa mission de recherche pendant que mon esprit vagabonde au-dessus du café.

Si le commissaire voyait l'état de mon visage, il secouerait la tête d'un air de dire « j'avais prévenu », comme il en a souvent l'habitude et bien qu'il ne prévienne jamais vraiment de rien. Attiré dans l'aigrette de pissenlit par un meurtre classé et une déclaration paternelle vieille de trente ans, je parviens malgré tout à déranger quelqu'un. J'aurais aimé connaître l'avis du commissaire. Il m'aurait conseillé de ficher le camp, de laisser ce village inutile où il est et de rentrer là où je ne risque pas de m'abîmer, à Paris l'inébranlable. Mais je suis fatigué de l'inébranlable, des murs qui s'effritent et qui tiennent toujours debout. Je veux abattre des cloisons, bousculer le monde. Une dernière question puis je le laisse tranquille.

— On l'a assassiné où, Dédé ?

— Chez lui, dans la maison juste à côté de l'hôtel.

— Vous savez à qui je dois m'adresser si je veux jeter un œil ?

— À moi.

Il me regarde avec son air rieur, le visage illuminé de celui qui s'apprête à dévoiler une bonne blague.

— Je me permettrais pas de remettre en question votre professionnalisme, monsieur l'inspecteur de Paris, vous êtes certainement un enquêteur hors pair, mais...

Il s'interrompt, penche sa tête vers moi, comme pour me révéler une information confidentielle, et lâche, dans un sourire :

— Amédée Brotec était mon père.

15

La petite maison est très simplement meublée. Le salon par lequel on entre dispose d'une cheminée, d'une table avec une nappe à dentelle et ses quatre chaises et d'un canapé tourné vers la télévision. Un vieil écran bien épais suspendu en hauteur dans un coin, comme dans les chambres d'hôpital, pour gagner de la place.

Après le modeste salon, la cuisine, du même acabit. Des traces de calcaire au fond de l'évier, des casseroles en cuivre pour décorer les murs, et dans les placards, des denrées classiques. Riz, pâtes, farine, sel... Comme si le propriétaire des lieux s'apprêtait à rentrer d'un instant à l'autre. Peu de morts font le ménage en partant.

J'ouvre le réfrigérateur, plein à craquer de boîtes en plastique contenant des plats tout prêts et de bouteilles de bière. J'en prends une et jette un œil à l'étiquette : la bière du Colonel. La fameuse bière locale que Maxence a achetée chez Mathilde et que je pourrai donc découvrir sans avoir à attendre le dîner. Je la décapsule contre l'évier et m'apprête à retourner dans le salon pour emprunter l'escalier qui mène à la chambre, lieu du crime, quand j'aperçois une petite porte discrète au fond de la cuisine.

J'appuie sur la poignée et la vieille planche de bois cède dans un grincement terrible. Une odeur d'humidité et de moisi vient titiller désagréablement mes narines. L'interrupteur ne fonctionne pas. J'attrape une boîte d'allumettes à côté de la gazinière et descends prudemment les fragiles marches en bois. Ma réserve de lumière s'épuise rapidement. J'ai le temps d'entrevoir l'essentiel : une cave de la même taille que le salon juste au-dessus, avec quelques caisses de vin sur les côtés et une petite grille d'aération qui donne sur la rue. Je remonte à tâtons après avoir brûlé ma dernière allumette et je referme la porte en frissonnant. Le froid, l'odeur et l'obscurité forment un cocktail inamical. Particulièrement dans une maison où un meurtre a été commis.

Je savoure la bière artisanale récupérée sur le bord de l'évier avant de grimper à l'étage supérieur. En gravissant les marches, je repense à l'air ravi de Maurice m'annonçant qu'il était le fils de Dédé. On ne peut pas dire qu'il ait montré beaucoup de tristesse ou de regret, dans cette affaire. Je n'avais aucune raison de penser qu'elle le touchait d'aussi près. Je tente de me rassurer de n'avoir rien deviné. Malgré ce qu'il a dit sur leurs rapports compliqués, sur leur absence de communication ces dernières années, j'ai du mal à comprendre. Son père est mort assassiné, tué par son oncle, et il sert des Maurice avec bonhomie. Et comment peut-on cesser de s'adresser la parole dans un village aussi petit ?

J'ai été aveuglé par un maître d'hôtel haut de gamme. Rien ne colle dans ce village. Il sent le conifère moite et la désolation, mais son maire est un jeune cadre dynamique et l'unique bar est tenu par un type qui a la carrure pour faire des cocktails au Ritz. Le détachement de Maurice s'explique peut-être par un héritage suffisamment conséquent pour lui redonner le sourire ? Il faudra que j'interroge Maxence ce soir. Je ne pourrai rien dire aux jumelles à l'hôtel, en revanche, avec le propriétaire des lieux qui arpente son territoire. J'espère aussi trouver quelque chose dans le dossier envoyé par Marchand.

À l'étage, une salle de bains vétuste fait face à deux petites chambres. L'une sert de débarras et de bureau, avec des dossiers, des photos accumulées, du papier à lettres... Les marques laissées par la poussière dans la bibliothèque m'intriguent ; la police a dû emporter une partie de la correspondance pour la décortiquer. Avant d'aller mettre mon nez dans la paperasse restante, je pousse la porte de la chambre de Dédé. Maurice n'a pas pris le temps de remettre les affaires en ordre. Les draps sont défaits, une marque rouge sur la moquette grise à droite du lit indique l'endroit où il a été assassiné.

J'ouvre les tiroirs de la petite commode et la porte de l'armoire. Il n'y a que des piles d'habits mal ordonnés. Je retourne dans le bureau pour en savoir plus sur la vie de cet homme.

J'en veux à mon barman de luxe. Je me sens trahi. Je puise dans ce sentiment la légitimité pour fouiller librement. Et pour retourner à la cuisine m'ouvrir une nouvelle bière du Colonel avant de poursuivre mon exploration. Un prélèvement sur son héritage.

Je commence par les deux seuls albums photos de la famille. Il en manque certaines qui se sont décrochées avec le temps et qu'on retrouve parfois dans la pièce, collées à d'autres dossiers. Elles sont toutes assez anciennes. Je ne trouve qu'une dizaine de photos de Maurice enfant, avec sa mère. Ou jouant devant les sapins. Et des personnes que je ne connais pas. Un homme revient souvent. Je suppose que c'est Amédée. Et cet autre type qu'on retrouve aussi dans les portraits de famille, ce doit être Erwan.

Je glisse un cliché des deux hommes dans ma poche et je repose les albums à moitié vides, témoins laborieux d'une vie de famille sans éclat. Je suis traversé par un éclair de sympathie pour Maurice. Il fallait être solide pour devenir un adulte jovial après une enfance à errer dans le coin.

Des centaines de factures des commandes de l'hôtel sont réparties dans des dossiers enfermés dans des cartons. Je sors une pile de petits carnets de l'un d'entre eux. Amédée y a noté l'évolution des stocks pendant des années. Des lignes et des lignes de descriptions de produits divers : détergent, nourriture, alcool, papier toilette... Tout est consigné. Je termine ma deuxième bière du Colonel sur cette lecture fastidieuse.

Je me fraie ensuite un chemin parmi les dossiers et l'un d'entre eux attire mon regard. Il détaille la tenue des comptes. Je l'ouvre et découvre six cahiers, chacun couvrant une décennie. Le dernier s'arrête deux ans auparavant, date probable à laquelle Maurice a repris l'affaire de son père et entamé une nouvelle comptabilité. Sur les cinq premiers cahiers, une même écriture liste les dépenses et rentrées d'argent avec minutie. Un certain Hervé Grandchamp, comptable, signe chacun des bilans annuels.

Sans grande surprise, je constate que tenir un hôtel à Douve n'est pas une affaire prospère. Je feuillette machinalement les pages couvertes de chiffres quand je remarque enfin un détail intéressant. Je dissimule le cahier de comptes dans ma ceinture pour que Maurice ne remarque pas que je pille son héritage. Je le feuilletterai plus tard.

Je grimpe au dernier étage. Des combles aménagés, avec encore des dizaines de cartons et un lit qui n'a pas dû servir depuis longtemps. Probablement celui de Maurice quand il habitait encore ici. Je n'ai plus envie de fouiller dans la poussière triste de ces vieux souvenirs de famille. Je redescends les deux étages et quitte la maison après avoir jeté les bouteilles de bière du Colonel dans la poubelle de la cuisine. Je résiste à l'envie d'en emporter une autre.

16

Maurice n'est pas dans les parages. Je laisse le trousseau sur le comptoir et grimpe jusqu'à ma chambre, le cahier dissimulé dans mon pantalon. Je jette mes chaussures dans la pièce et m'installe sur le lit, mon larcin entre les mains. Je reprends la lecture là où elle commençait à devenir intéressante.

Durant le printemps 1979, les comptes de l'hôtel rédigés sous la plume d'Hervé Grandchamp connaissent une réelle embellie. L'arrivée de la police, de mes parents, des journalistes et des curieux a permis de gonfler le chiffre d'affaires. Mais comment expliquer que cette amélioration relative se soit prolongée les mois suivants ? Grâce au fameux tourisme morbide dont parlait la tante de Maurice ? Ou pour une autre raison, une face cachée qui n'a pas encore montré son visage ? Je glisse la photo de Dédé et Dodi jeunes dans le carnet et j'attrape *L'Évadé* en quête de réponses.

Le gendarme muré dans son silence n'apportant aucune aide, je pars à la rencontre des villageois pour en découvrir davantage sur Douve et ses habitants. Je commence par interroger mon hôte, le gérant du Douve, seul hôtel des environs. C'est là que je réside avec les policiers en charge des recherches.

Amédée est un homme réservé et discret. Il reste derrière son comptoir toute la journée et ne quitte son antre que pour s'activer dans la cuisine. L'intendance et les chambres, c'est à sa femme Linda qu'il en délègue la responsabilité. Elle n'est guère plus volubile que son mari et un sourire triste la suit partout, comme une marque indélébile laissée par des années sans joie. Dans l'ombre de ces deux-là, on croise parfois dans les couloirs un gamin d'une dizaine d'années, la mine effrayée. Sur la manche de son pull-over trop grand, on aperçoit des reflets brillants laissés par la morve qu'il essuie sans arrêt sous son nez enrhumé.

Il me faudra la totalité de mon séjour à Douve pour obtenir quelques maigres informations sur leur vision des événements et leur histoire dans le village. Amédée a repris l'hôtel de son oncle, une famille installée à Douve depuis plusieurs générations. Il ignore combien exactement et ne semble guère intéressé par la question. Il a rencontré Linda, sa femme, à Sainte-Eudoxie, le village le plus important des environs. Un couple du cru. Quant à cette histoire de meurtrier islandais en fuite, leurs épaules se secouent avec la même indifférence qu'ils semblent afficher à propos de tous les sujets. Pas même un sourire cynique qui trahirait leur satisfaction de remplir l'hôtel pour la circonstance. Ce drame national ne les touche pas.

Le Douve ne compte pas dans ses murs ce seul trio familial à l'indolence inquiétante; un autre individu plus coloré et pourtant du même sang vient parachever ce sinistre tableau. Erwan est non seulement le meilleur client d'Amédée, passant de longues heures à contempler son verre de vin rouge ou son demi pression, mais il est également son frère. L'alcoolisme de l'un est entretenu par l'entreprise de l'autre, avec toujours cette même indifférence qui frise le spectaculaire.

Je griffonne ces quelques lignes sur le zinc, me retenant de noircir davantage cette terrifiante désolation. À quelques tabourets de moi, Erwan sirote en silence sa bière qui descend avec une rapidité vertigineuse, en face de son frère qui l'observe sans un mot. Je commence volontairement ma description du village par cet hôtel misérable car je déconseille aux voyageurs qui liront ces lignes d'y poser jamais leur bagage. Le Douve est hanté par une tristesse inhumaine; il faut laisser mourir en paix ce lieu sans âme. Je souhaite à cet hôtel d'être repris un jour par d'autres, qui sauront redonner un peu d'éclat à ce village.

La pluie fouette la vitre de ma chambre par intermittence, comme si j'étais dans un bateau. Mes yeux se perdent dans les gouttes qui s'écrasent par vagues. La virulence de ma mère m'étonne. Cette haine ne lui ressemble pas, d'autant qu'à l'écrit, on a le temps de mûrir ses pensées. Heureusement pour Douve qu'elle n'a pas fait carrière dans les guides touristiques.

Mes parents ont donc croisé le chemin de Dédé et Dodi. Ils dormaient peut-être dans cette même suite que Maurice m'a attribuée. Ils avaient peut-être aussi pris la même habitude de jeter un œil par les fenêtres à la grand-rue de Douve ou à la petite place. J'ai du mal à imaginer Maurice en petit garçon morveux et craintif. Qu'est devenue sa mère, Linda ? Morte, elle aussi ? Partie loin de l'étouffement décrit par ma mère ? Est-ce la raison pour laquelle Maurice ne s'entendait pas avec son père ?

Je relis les dernières lignes. *Je souhaite à cet hôtel d'être repris un jour par d'autres.* Ton vœu a été à moitié exaucé, maman. Amédée a disparu, mais c'est le gosse à la manche vernie par le mucus qui a repris le flambeau.

Je regarde ma montre, il est déjà presque dix-sept heures. Bientôt le rendez-vous des doyennes en Alaska. Je remets mes chaussures et aperçois par la fenêtre deux parapluies avançant côte à côte vers l'hôtel. Je vais pouvoir consulter mon archive vivante en deux volumes. Je glisse *L'Évadé* dans ma poche et descends l'escalier de l'hôtel quatre à quatre, comme si j'avais habité ici toute ma vie.

Je commande une bière à Maurice et m'installe au bar en attendant qu'elles arrivent. Un léger souffle humide s'engouffre dans la salle lorsqu'elles ouvrent la porte. Elles ferment lentement leurs parapluies, sans jeter un regard dans notre direction. Un vague *bonsoir* émerge de cette vieille paire indissociable tandis qu'elles se dirigent vers la même table qui les attend sans doute tous les soirs depuis des années.

Je les laisse savourer leur Alaska quotidien en silence pour ne pas gâcher le bonheur des premières gorgées. J'ai le respect des instants sacrés, rien ne rivalise avec l'apaisement de cette parenthèse unique de fin de journée. J'attends, guettant le moment idéal pour faire mon entrée, comme un comédien dans les coulisses. Dès qu'elles auront cligné sept fois des paupières, j'y vais. Pour me donner un objectif. Je perds le fil au bout de quatre. Ce n'est pas si facile de compter des clignements à plusieurs mètres de distance. Je me lance.

Elles sirotent leur liquide vert en me dévisageant de leurs yeux interrogateurs et j'avale de grandes lampées de bière sans les quitter du regard. Pour démarrer en douceur, je sors un carnet et un crayon, signe que je suis prêt et que je commencerai dès qu'elles le seront aussi.

— Vous vous êtes battu avec qui ? C'est à cause d'une femme ?

J'avais oublié mon visage post-apocalyptique. C'est l'occasion de m'entraîner à mentir. Je prends une grande inspiration et je lâche :

— Il m'a eu par surprise.

Raté. Je me suis trop concentré sur la forme, ne surtout pas montrer que je mens. Du coup je suis passé à côté du fond. Je mentirai la prochaine fois. Je l'espère. Les jumelles font une moue dubitative avant de rentrer dans le vif du sujet.

— Nous avons identifié cinq hommes susceptibles d'avoir séduit votre mère.

Elles entament sans détour, visiblement excitées par cette mission tapageuse.

— C'était une belle femme, dans nos souvenirs. Cette bande de vauriens n'aurait jamais hésité un instant devant une si belle prise. Les hommes sont des brutes obsédées, particulièrement dans ce village privé de voisins et où la chair fraîche ne se renouvelle pas.

Comme un écolier sage, je pose la pointe de mon crayon sur la première page de mon carnet, prêt à y noter les noms qu'elles s'apprêtent à me livrer.

— Nous avons évidemment éliminé le gendarme Fauvier, qui croupissait dans sa cellule, et son ami Irénée Moustier, qui n'avait pas le profil. Un peu plus de quarante ans à l'époque, gras et laid.

Je note les noms malgré tout. On ne sait jamais ce qu'il pourra en sortir.

— Pas le profil de l'amourette de vacances, si vous voyez ce qu'on veut dire. Sans compter que nous sommes persuadées qu'Irénée préfère la compagnie des hommes.

— Il est encore en vie ?

— Il habite trois maisons après celle de Dédé.

Les deux sœurs s'accordent une petite pause Alaska avant de poursuivre.

— Une fois éliminés ces deux-là, le premier homme auquel nous avons pensé, c'est Dédé. Celui qui s'est fait assassiner. Il tenait l'hôtel quand votre mère est venue. Bel homme, charmeur, avenant... Et comme ils étaient sous le même toit, ça facilitait les rapprochements, pas besoin de vous faire un dessin.

— Je ne pense pas que ce soit lui, ma mère en fait un portrait peu flatteur dans son livre. Un mou horripilant qui encourageait la déchéance de son frère.

— Alors c'est sûrement lui.

— Je ne comprends pas.

— Quand un charmeur se fait détruire le portrait par une femme, c'est qu'il l'a déçue. Il a fait des promesses qu'il n'a pas tenues. Alors elle a profité du bouquin pour se venger.

— Je note votre théorie. Qui sont les autres hommes auxquels vous avez pensé ?

Les jumelles échangent un regard avant de porter à nouveau leur Alaska aux lèvres dans un mouvement de poignet parfaitement synchronisé. Je les imite avec ma bière, surtout pour cacher ma gêne. On a beau savoir que c'est naturel, la gémellité met mal à l'aise quand on n'est pas habitué.

— Vous êtes sûr que vous voulez le reste de la liste ? Amédée était un homme apprécié dans tout le village, si votre mère avait un avis contraire, c'est qu'il y a de la romance là-dessous.

Je préfère me forger ma propre opinion. Je ne sais pas comment leur expliquer sans les froisser, alors j'attends, mon crayon sur le papier. Elles soupirent, ou peut-être une seule des deux.

— Le frère d'Amédée, Erwan. Mais on est moins convaincues, surtout après ce que vous venez de raconter. Il tenait encore debout à l'époque, mais il buvait déjà pas mal. On connaît pas votre mère, mais les femmes raffolent rarement de ceux qui ont tendance à avoir le gosier toujours sec. Si vous voyez ce qu'on veut dire…

— Après, on a pensé à Amaury, celui qui a acheté la première maison quand on arrive dans le village. Le plus riche de nous tous, à l'époque.

— Le père de Maxence ?

— Le père de Maxence. C'était un passionné. Pas particulièrement beau, mais passionné. Et il a mis beaucoup d'énergie à aider les flics. Votre mère l'a forcément croisé. Les femmes, elles aiment les hommes passionnés.

Elles échangent un sourire entendu, probable rappel d'un homme passionné qui a croisé un jour leur route au fond de cette aigrette de pissenlit ou ailleurs.

— Sans compter qu'à l'époque de l'Islandais, il était maire. C'était le seul notable du coin. Le truc qui nous chiffonne, c'est qu'il était réputé fidèle à sa femme. Mais on sait bien que les égarements, c'est le propre des mâles. Ils sont fidèles jusqu'à ce qu'ils ne le soient plus.

Un nouvel échange de regards termine de me convaincre que ces deux-là ont eu une vie sentimentale un peu trop similaire. Je chasse les images dérangeantes que cette pensée suggère.

Je me concentre sur la liste de noms et j'inscris consciencieusement toutes leurs remarques, en espérant y trouver quelque part des pistes qui me concernent. Je laisse parler les deux femmes sans les interrompre. Elles sont bien plus à l'aise quand elles tiennent les rênes de la conversation. Et s'il y a une chose que l'expérience policière m'a apprise, c'est que les informations les plus importantes sont celles que les interrogés lâchent négligemment. Le contexte visible et la face cachée. Certains éléments demeurent insignifiants tant qu'ils ne sont pas éclairés sous le bon angle.

— Il y a évidemment François, mais c'est surtout à nous deux que ça ferait plaisir…

Elles partent dans un rire étrange et toujours à l'unisson avant d'avaler une nouvelle gorgée d'Alaska. Même les glottes montent et descendent dans un parallélisme impeccable.

— François, c'est notre petit frère. Il passe ses journées devant la télé, il s'aventure rarement dehors, alors vous risquez pas de le rencontrer. Il n'a jamais rien fait de ses dix doigts. Des jobs par-ci par-là… Rien d'honorable. On aurait bien aimé qu'il ait une aventure avec une journaliste cultivée, une vraie femme comme votre mère.

— Votre frère, est-ce que c'est… Comment dire… un homme un peu bedonnant susceptible de ne porter rien d'autre qu'un tee-shirt et un slip ?

Les sourires qui plissaient leurs visages ridés s'effacent en un éclair.

— Vous l'avez vu ?

— Je ne sais pas si c'est lui, mais…

— On est à Douve, celui que vous décrivez ne peut être que François. Vous lui avez parlé ?

— Non, c'est lui qui s'est adressé à moi. Il mentionnait une histoire d'embrouille qui arriverait tôt ou tard. Ce n'était pas très clair.

Les sœurs échangent à nouveau un regard. Elles ne sont visiblement pas au courant de l'escapade de leur frère. Elles jettent un œil vers le bar pour s'assurer que Maurice n'a rien entendu. Il garde son flegme de serveur discret, la tête plongée dans la paperasse éparpillée sur le zinc.

Je note malgré tout le nom de François dans mon carnet, en plaignant le pauvre homme qui a dû subir bien des choses avec cette paire de sœurs aussi remarquable qu'intraitable. Amédée, Erwan, Amaury, Irénée, François... Est-il possible que l'un de ces hommes soit mon père biologique ?

— On n'en voit pas d'autres. Bien sûr, ils n'étaient pas les seuls hommes à Douve à l'époque de votre mère, mais ceux-là représentent l'échantillon un peu digne d'intérêt. Ceux que votre mère a sûrement rencontrés dans le cadre de l'enquête. Et encore, vous pouvez rayer notre frère de la liste. Ce bon à rien n'a sans doute jamais approché une femme à moins de deux mètres.

Elles semblent fâchées contre le pauvre homme qui a réussi à s'échapper sans qu'elles s'en aperçoivent. Elles évoquent un paresseux, j'ai plutôt rencontré un simplet.

Je suis soudain pris de vertiges. La tête me tourne et j'avale une lampée de bière pour recouvrer mes esprits. Je suis en train de parler à une paire de vieilles jumelles qui me détaillent la liste d'énergumènes qui auraient pu coucher avec ma mère alors que mon père était aussi dans le village avec elle. Qu'est-ce que je suis venu faire à Douve ?

Mon père était l'inspecteur Pierre Boloren et le sera toujours, quoi qu'il se soit passé ici. Il faut que je quitte ce trou, que j'arrête de me faire tabasser dans les bois et que j'abandonne cette tentation de me trouver une généalogie parallèle. C'est ma première semaine de vacances depuis une éternité. Elle est à peine entamée, je devrais en profiter pour aller marcher dans des régions où les forêts valent quelque chose ou aller voir la mer pour respirer un air sain.

— Vous vous sentez bien ? Maurice, sers-lui un truc fort, il tourne de l'œil. C'est pas facile de se confronter à ses origines. Personne ne veut apprendre qu'il vient de Douve.

— Pourquoi vous dites ça ?

— Quand un type de quarante ans part à la recherche d'un flirt de sa mère d'il y a quarante ans, pas besoin d'être prix Nobel pour en déduire qu'il se demande qui est son vrai père.

Maurice dépose un cognac à côté de ma bière. J'attrape ma boîte de chocolat et dépose deux carrés d'un coup sur ma langue. Je tente de retrouver mon calme en fixant mes deux verres. Le grand blond gazeux et le petit brun profond. Le grand léger et frais et le petit fort et sombre.

La bille s'agite, elle revient.

J'abandonne mes pensées dans ces deux verres sans cligner des yeux. Roule la bille, descends, tourbillonne... Approche-toi, dis-moi quelque chose. Est-ce que c'est la violence sucrée du cognac ou le tourbillon amer de la bière qui t'a remise en route ? Il n'y a pas de yin et de yang, ni opposés ni identiques, ces deux liquides flinguent le foie de la même façon, ce n'est qu'une question de concentration.

La bille s'éloigne. Plus rien. Elle retrouve son rythme de croisière, sa position d'arrière-plan. J'avale le cognac d'un trait, puis je retourne à mes jumelles.

— Et Hervé Grandchamp ?

Elles me regardent comme si j'avais parlé une autre langue. Maurice, qui attendait de voir si le cognac me ferait du bien, répond à leur place.

— C'était le comptable de l'hôtel. Il est mort il y a quelques années, pourquoi il vous intéresse ?

— Il venait parfois à Douve ?

— Rarement. Dédé lui envoyait les chiffres et les factures. Il venait tous les deux ans, peut-être.

La bière est légère après le cognac. La jumelle de gauche reprend la parole.

— Vous croyez qu'il aurait pu avoir une aventure avec votre mère ?

— Je sais pas. J'ai l'impression que je cherche dans la mauvaise direction. Je pense que mon père est mon père. Il faut que je m'en tienne là.

Je termine ma bière en silence et je sors prendre l'air sur la petite place, entre l'hôtel de Maurice, la boutique de Mathilde et la mairie de Ben. J'ai envie d'une cigarette, mais je me suis déjà enfilé deux chocolats.

Si je cours à gauche, j'atteins la forêt. Si je m'enfuis à droite, j'atteins la maison de Maxence au bout de la rue, puis la fin de Douve et le début de la route qui me ramène vers la civilisation.

Je remonte dans ma chambre récupérer mes clés de voiture et mon téléphone, puis je quitte l'hôtel sans jeter un œil aux doyennes que j'imagine terminant leur Alaska en murmurant des hypothèses sur mes origines.

Comme si c'était leur place logique, je jette mon portable et le livre de ma mère sur le siège bébé à l'arrière et je démarre en trombe. Sortir de Douve, voilà ce dont j'ai besoin.

Je traverse le village en sens inverse et fonce le long de la tige du pissenlit. Je ne regarde pas le compteur, je m'enfuis. Pourquoi cette impression soudaine d'oppression ? Qu'a voulu me dire la bille ? Il y a quelque chose qui ne tourne pas rond, quelque chose de plus grand, de plus effrayant que ce village moribond et ses habitants glauques. C'est devant moi quelque part, l'un d'entre eux a dit, montré ou esquissé quelque chose. Au fur et à mesure que la bille avance, le malaise m'enveloppe. Mon passage à tabac dans le bois n'était qu'un avant-goût. Il y a pire à venir. J'en ai la certitude. Mon passage à tabac… Qu'est-ce que j'ai envie d'une cigarette.

17

Je contemple l'étiquette de ma bière du Colonel avec satisfaction. Être sorti de Douve me soulage d'un poids. Après avoir erré en voiture sur ces routes qui n'offrent que bitume mal entretenu et conifères à perte de vue, je me suis réfugié à l'auberge des Trois Sapins. J'affiche un sourire radieux pour convaincre la tante massive de Maurice que Douve me comble et que je ne suis là pour rien d'autre que pour apprécier l'ambiance toute particulière de son restaurant typique et une bonne bière artisanale de la région.

Elle n'a pas confiance pour autant. Elle me scrute avec des yeux soupçonneux. Je ne dois pas son scepticisme à mon incapacité à faire semblant, mais aux multiples hématomes qui gondolent mon visage. Puisqu'elle est la tante de Maurice, elle est soit la sœur de Dédé, soit sa belle-sœur. À moins que ce ne soit qu'une désignation commode qui signifie qu'elle fait partie de la famille au sens large. Je devrais l'interroger. Pas aujourd'hui. Je balaie la salle du regard.

Il y a moins de monde qu'à ma première visite, où les routiers et vacanciers en tout genre remplissaient leurs estomacs avant de rouler vers leur destin. Il est un peu plus de dix-huit heures et la clientèle est surtout composée d'habitués qui célèbrent entre collègues la fin d'une journée de travail.

Comment j'ai pu ne pas la voir? J'étais trop appliqué à faire bonne figure devant la tenancière. Tout au fond de la salle, concentrée derrière une pile de livres, Mathilde travaille, lunettes sur le nez. Après la responsable de l'intendance de Douve, je découvre l'étudiante en droit. Elle est incontestablement jolie, quelle que soit la casquette qu'elle arbore, épicière ou apprentie juriste. Elle ne m'a pas vu non plus. Ou elle fait mieux semblant que moi.

Je ne veux pas la déranger. Je ne saurais pas quoi lui dire, de toute façon. Je n'ai pas encore dîné avec Maxence et sa famille, je n'ai pas pu tâter le terrain de la culpabilité de Dodi comme elle me l'a suggéré. Une idée m'arrête net au moment où mes lèvres s'apprêtent à se poser sur le goulot de ma bière. Je sors mon téléphone et vérifie que j'ai un nombre de barres suffisant pour une communication intelligible, puis je cherche le lieutenant Marchand dans mes contacts. Ensuite, ce sera le tour de Bergeron. Un embryon d'idée, ça ne vaut pas une bille en branle, mais quand on démarre de rien, on prend tout.

— Tout va bien, Boloren?

Je ne crois pas que le gendarme ait déjà entendu l'intégralité de sa sonnerie de téléphone.

C'est exceptionnel, cette capacité à répondre sans laisser aucune tonalité. C'est un don. Pas très utile comme talent, mais il y a quelque chose de prodigieux.

— Tout va bien, Marchand. Je me demandais, est-ce que le nom d'Hervé Grandchamp vous évoque quelque chose ?

— Absolument. On l'a retrouvé mort il y a deux ans.

— Qu'est-ce qui lui est arrivé ?

— Il gisait au fond d'un ravin. Encastré dans sa voiture de location. Il y était depuis six mois.

C'était donc lui. Je fais celui qui ne savait pas pour ne pas trahir la confiance de ma loueuse de voitures qui n'aimait pas les arbres.

— Accident ?

— Jusqu'à preuve du contraire. Vous avez une preuve du contraire ?

— Non. Je trouve quand même que le drame est à son aise dans les alentours de Douve. Merci, Marchand.

Pourquoi aurait-on voulu éliminer le comptable du Douve ? Et pourquoi après tant d'années ? Une sortie de route, ça arrive, après tout. Douve rend méfiant. D'autant que je savais au fond de moi que Marchand aurait des informations sur Grandchamp. Je tourne autour. Je ne sais pas encore de quoi exactement, mais je frôle quelque chose.

À Bergeron maintenant. Avec un peu de chance, il n'est pas encore rentré chez lui.

— Comment se passent tes vacances, Boloren ? Le soleil brille ? Ton enquête avance ?

Je pourrais répondre « non » aux deux questions sans hésitation, mais je ne veux pas donner davantage raison au pessimisme qui me guette.

— Une vraie bouffée d'oxygène ! Dis-moi, Bergeron, tu pourrais me faire parvenir les casiers judiciaires d'habitants de Douve ?

— Il te faut ceux de tout le village ?

— Non, uniquement quelques-uns. Je t'envoie la liste des noms par message. Une dizaine, peut-être un peu plus.

Je l'entends soupirer au bout du fil. La paperasse réjouit peu de monde.

— Je m'en occupe dès que j'ai le temps. Sans doute pas avant demain soir.

— Merci, Bergeron. Je te rapporterai un souvenir. Tu aimes la bière artisanale ?

La population de Douve ne se limite pas à cet hôtel désolant. Lorsque je l'interroge sur la tourmente qui accable son village, son maire, Amaury Larsan, s'avère une personnalité beaucoup plus avenante et chaleureuse, bien qu'il soit très affecté par le drame qui touche ses administrés. Douve est désormais au cœur de toutes les attentions de la presse française et islandaise, et ce pour de mauvaises raisons. Il secoue la tête tristement à chacune de mes questions, qui lui rappellent le malheur qui s'est abattu sur eux.

L'homme est cultivé, curieux de tout, il dégage une aura apaisante. Dans ce bout du monde isolé qu'est Douve, pouvoir s'appuyer sur un capitaine aussi aguerri est un atout non négligeable. Nous discutons de son parcours, de ses ambitions... J'apprends qu'il a fait fortune grâce au sapin. Il possède plusieurs scieries dans la région et, originaire de Douve, il aspire à faire profiter son village de son succès. Il a racheté une bonne partie des forêts alentour dans l'espoir de pouvoir les exploiter un jour. J'apprendrai plus tard que son rêve ne se réalisera sans doute jamais.

La forêt est empêtrée dans une cuvette humide qui rend difficile voire impossible une exploitation efficace. Mais son volontarisme optimiste est touchant. Sa femme et lui forment un couple idéal, avec leurs deux enfants qui se poursuivent en riant dans la maison. Le contraste avec l'atmosphère lourde de l'hôtel Le Douve est saisissant.

Dans ce village minuscule, il existe des fossés entre les vies. Je conclus l'interview au moment où des policiers viennent réclamer son aide.

Je sors de leur maison, la dernière du village avant le reste du monde, plus détendue qu'à mon arrivée. Ma colère contre les habitants s'estompe. Ils ignorent peut-être réellement comment Andrès Drengursson s'est enfui et de quelle façon il a été aidé par les Fauvier.

L'inspecteur Levasseur est persuadé que certains villageois ont facilité l'évasion, que c'est la raison de ce silence assourdissant. Mais le mystère reste entier. Nous savons qu'Andrès et le jeune Fauvier se sont enfuis trois jours auparavant, mais les a-t-on laissés partir ? Andrès a-t-il pris en otage le jeune gendarme ? Nous avançons par suppositions. Nous ne pouvons même pas affirmer qu'ils sont ensemble. Et le village tout entier attend, mal à l'aise, comme si le problème ne les concernait pas ou qu'à force de mystère, nous allions finir par partir, lassés de notre ignorance.

Les inspecteurs Boloren et Levasseur réfléchissent à des moyens de pression pour obliger les habitants à sortir de leur mutisme. L'endroit souffre déjà, et la désolation se moque des menaces. Le village a un pied dans la tombe depuis longtemps. Même s'il n'a pas évoqué le sujet, le maire connaît cette envie vengeresse des inspecteurs de donner le coup de grâce à Douve. De rayer cette mention inutile sur la carte de France, comme aime à le dire l'inspecteur Levasseur.

La préfecture a déjà annoncé la fermeture de l'antenne de gendarmerie dès que l'affaire sera classée et les maigres espoirs de Larsan de voir Douve devenir une petite enclave économique s'envolent définitivement.

J'en touche un mot à l'inspecteur Boloren : plutôt que d'utiliser la menace, nous devrions promettre un avenir à Douve en échange d'informations. Le maire est peut-être le seul à pouvoir convaincre Fauvier de sortir de son silence. Il est trop inquiet pour son village moribond. Si on promet un coup de pouce, Larsan va faire tout ce qu'il peut pour que Fauvier lâche enfin quelque chose. Menacer de mort un condamné ne mène nulle part.

La perspective de la carotte plutôt que du bâton ne plaît pas aux inspecteurs. Douve ne leur inspire aucun penchant pour la bienveillance. Mais l'enquête piétine. Leurs hommes poursuivent les battues dans les forêts et villages des alentours sans trouver aucune trace des deux fuyards. Ils n'ont pas laissé le moindre indice quant à la direction qu'ils ont pu emprunter, peut-être même qu'ils sont déjà loin, dans une autre région, voire à l'étranger. Une hypothèse peu probable au vu de la mobilisation policière dans tout le pays et aux frontières, mais le fait est qu'on ne les trouve nulle part.

Je profite de mon humeur apaisée pour me rendre chez Irénée Moustier, le boulanger qui a procédé à l'arrestation de Fauvier. Je frappe à la porte de leur maison adjacente à la boulangerie. Une petite femme vive et souriante vient ouvrir. Elle m'invite à entrer avec bonhomie. Elle se présente comme la femme de celui que je suis venue interroger. Ce sont les mots qu'elle utilise.

Je n'interroge personne, je cherche à comprendre ce village et ses habitants. Je tente de le lui expliquer, elle acquiesce sans m'écouter et me désigne un petit fauteuil usé dans leur salon, près de l'entrée. Je m'y installe en la remerciant. D'un pas lourd et tranquille, Irénée Moustier se traîne au-dessus de nos têtes avant de descendre l'escalier. Les secondes semblent une éternité avant qu'il n'entre dans le petit salon et s'enfonce dans le canapé au côté de sa femme, sans exprimer la moindre surprise. Il m'observe, impassible, et ne dit rien. Des experts du mutisme.

Irénée Moustier est aussi massif que sa femme est frêle. Douve est le lieu de tous les contrastes. Assis côte à côte dans leur canapé, attendant mes questions sans impatience, ils ont l'air détendus, parfaitement à leur place. Ils n'ont pas plus de quarante ans. C'est difficile d'évaluer des visages qui ont vécu. J'entame ma liste de questions. Le couple répond à toutes, mais par des phrases évasives et brèves. Ils n'ont pas l'habitude de parler, ni de donner leur avis.

Irénée est arrivé à Douve juste après la guerre, quelques années avant Fauvier, pour s'occuper de la boulangerie. Il a rencontré sa femme, Solange, à Sainte-Eudoxie où il se rend parfois pour récupérer des commandes de marchandises. Ils n'ont pas d'enfant. Elle travaille avec lui à la boulangerie.

Elle ponctue toutes ses réponses par un charmant sourire communicatif. Elle me propose un thé que j'accepte volontiers, avec des viennoiseries prélevées sur le surplus du jour. Pendant qu'elle fait chauffer l'eau et prépare les tasses, j'interroge Irénée sur l'ambiance dans le village après la guerre. Je parviens à lui faire évoquer brièvement la chasse aux nazis. À sa façon de remuer sur place, je comprends qu'il préférerait changer de sujet. Je dévie la conversation pour ne pas écorner la relation courtoise mais fragile que nous avons réussi à instaurer.

Je lui pose des questions sur ses liens avec le gendarme Fauvier. Solange Moustier répond à la place de son mari alors qu'elle réapparaît dans le salon, les bras chargés de notre appétissant goûter. Leur amitié a débuté presque immédiatement après l'arrivée de Fauvier dans le village. Ce sont les femmes qui en sont à l'origine. Elles ont tout de suite compris que leurs maris, aussi timides et taciturnes l'un que l'autre, étaient faits pour s'entendre. Solange adresse un sourire tendre à Irénée, qui reste impassible. Les deux couples ont passé de nombreuses soirées à jouer aux cartes et à refaire le monde. Le monde vu depuis Douve et sa forêt.

Nous échangeons ensuite quelques banalités sur la qualité de leurs viennoiseries puis je remercie chaleureusement mes hôtes qui m'invitent à revenir quand bon me semble.

Je marche au milieu de la rue principale de Douve, le corps raidi par le froid glacial de cette fin de journée. Il me reste un peu de temps avant le point quotidien avec les brigades de recherches et les inspecteurs. J'aimerais tenter une entrevue avec celle qui a le plus envie de voir toute cette histoire se terminer : Jeanne Fauvier, épouse du gendarme déchu et mère du disparu.

Je découvre une femme prostrée, les yeux rougis par des larmes qui coulent sans interruption depuis plusieurs jours. L'inquiétude la dévore, son visage est pâle et maigre. Elle donnerait tout ce qu'elle possède pour savoir où est son fils. Son mari refuse de lui parler. Elle ne lui en tient pas rigueur, il sait ce qu'il fait, selon elle. Je n'ai aucune nouvelle information à lui communiquer et elle ne cache pas sa déception : c'est la raison pour laquelle elle m'a laissée entrer. Je peux rester ou partir, cela lui est égal.

Elle me propose un thé que j'accepte pour qu'elle se concentre sur une tâche simple, mais elle oublie aussitôt et s'assoit dans un fauteuil du petit salon décoré simplement. Elle fixe le sol, les yeux errant dans le vague. Elle a été belle. Elle l'est toujours, derrière le masque de la douleur. Une mère ne devrait jamais avoir à vivre une telle épreuve.

Je lis en diagonale les pages qui suivent. Ma mère évoque encore quelques personnes qu'elle a croisées à Douve, comme un patchwork d'âmes effacées qui hantaient le village. J'ai lu très peu des récits de ma mère, mais je ne la reconnais pas dans ce texte. Un manque d'essentiel, de vitesse, de précision. Il y a une structure générale bancale que je ne parviens pas à expliquer. Quand je relève la tête pour faire glisser la dernière goutte de bière du Colonel dans ma gorge, mon regard tombe sur celui de Mathilde debout devant ma table.

— J'avais un chapitre à terminer. Étudier le droit, ça demande une concentration implacable.

J'acquiesce en tentant de me rappeler les cours que j'ai suivis il y a maintenant un bout de temps à l'école de police. C'est plutôt l'envie d'être d'accord qu'un réel souvenir.

— Vous n'avez pas oublié ce que je vous ai demandé ? À propos de Dodi ?

— Je dois interroger Maxence et sa famille sur ce qu'ils pensent de sa culpabilité.

— Il y a un truc pas clair dans ce village. Je dis pas ça parce que c'est Douve et qu'on la soupçonne toujours de tous les maux. Je veux dire que là, en ce moment... L'ambiance qui était déjà pourrie s'est encore détériorée après l'arrestation de Dodi. En général, quand on met un criminel derrière les barreaux, les habitants respirent mieux, non ?

Elle pose ses affaires sur la table en bois et s'assoit en face de moi. La plupart des routiers ont rejoint leur camion, seuls deux hommes partagent la longue tablée avec nous, à l'autre extrémité.

— Je me sens plus libre de vous parler, ici.

— On peut se tutoyer, je suis en vacances.

Je m'étonne moi-même de cette explication absurde, mais elle ne relève pas.

— Après ton dîner chez Maxence, tu auras fait le tour en une soirée des gens les plus normaux de Douve. Les plus abordables, en tout cas. Mais le village ne se limite pas à eux. Les autres sortent très peu. Je les vois quand ils viennent chercher leurs courses, parce qu'ils n'ont pas le choix. On n'échange jamais rien de plus que des banalités autour de leurs provisions. Le prix d'une boîte de thon, le grammage de tel paquet… J'ai essayé plusieurs fois d'engager une conversation, mais il n'y a rien à faire, ils sont muets.

J'ouvre mon étui à chocolat sans m'en rendre compte. C'est le coup d'œil qu'elle jette qui me fait réaliser. Je lui propose un carré machinalement et à ma grande surprise, elle en prend un. Comme ça, sans solennité. Je crois que j'ai un faible pour les femmes qui font les choses sans solennité.

— Depuis que Dédé a été assassiné, ça a empiré. Certains d'entre eux ne sortent plus du tout de chez eux. Je crois qu'ils vivent sur leurs réserves. Dans ce genre de coin, on a toujours un garde-manger paré à affronter deux hivers. Les gens ont peur, inspecteur.

— Tu peux m'appeler Hugo.

— Ils se cachent, Hugo. Et depuis l'arrestation de Dodi...

J'écrase le chocolat contre mon palais avec la langue. Elle fixe un point sur la table, soucieuse. Elle a besoin que je dise quelque chose.

— Tu as une idée de ce qui les préoccupe ?

— Dodi n'a rien fait. En tout cas pas tout seul. Ils le savent. Je pense que tout le monde à Douve sait qui a tué Dédé et que personne ne dit rien. Ils protègent le meurtrier, mais ça ne les rassure pas pour autant de l'avoir parmi eux. Si vous trouvez pas qui c'est, ils vont se faire justice eux-mêmes. Voilà ce que je pense. Je me fous qu'un meurtrier se fasse buter, j'étudie le droit, pas la miséricorde. Mais s'ils en viennent là, le village est foutu. Il n'y aura pas de retour en arrière possible. Douve a déjà utilisé toutes ses vies.

J'approuve en silence. La justice vaut ce qu'elle vaut, mais elle permet de garder les esprits à peu près intacts. Les engrenages de la vengeance, dans la police, on connaît, et ils n'ont jamais mené à des conclusions réjouissantes.

— Il était comment, Dédé ?

— Plutôt sympa. Il avait toujours un mot gentil, les gens l'aimaient bien au village. Enfin, pas tout le monde apparemment...

— Les jumelles ont dit qu'il était charmant, qu'il plaisait aux femmes.

— Il était plus tout jeune, mais ça m'étonne pas. Il avait quelque chose de rassurant.

— Ma mère le démolit dans son livre. Elle parle d'un homme taciturne, qui saoule son frère avec complaisance...

— Elle n'a pas totalement tort, Dédé ne l'a jamais aidé à se sortir de l'alcoolisme. En même temps, il aurait probablement bu quoi qu'il arrive. Au moins, à l'hôtel, Dédé l'avait à l'œil. Je veux pas le défendre, c'est juste que c'est difficile de se mettre à la place des autres quand c'est la famille.

Je décèle une pointe de tristesse dans sa voix, un tremblement furtif. Je lui promets de faire tout mon possible pour découvrir s'il se trame une vendetta secrète. J'ajoute qu'elle s'inquiète peut-être trop et que les habitants de Douve sont simplement sous pression depuis qu'ils ont été envahis par la police et les journalistes. Ma présence n'arrangeant pas leur humeur boudeuse. Elle a une moue dubitative. Nous évoquons ensuite les attraits de la région comme une transition vers l'anodin avant qu'elle ne prenne congé. Elle a de la route pour rentrer chez elle.

Je lui propose qu'on dîne ensemble le lendemain pour lui raconter ma soirée avec les seuls gens normaux de Douve. Elle hésite un bref instant. Je crois qu'elle s'interroge sur mes réelles motivations. Je lui adresse un sourire qui se veut innocent. Je suis obligé d'admettre que même si j'ai hâte que Maxence m'en dise plus sur Dodi, mon envie de dîner avec elle n'est pas strictement liée à Douve et son aura violente.

— Je te tiens au courant. J'ai pas mal de boulot.

— Parfait.

Elle rassemble ses affaires et quitte les Trois Sapins en adressant un signe de la main à la large tenancière. Il est presque dix-neuf heures. Je ne veux pas faire attendre Maxence : il doit me faire découvrir la bière du Colonel.

Je règle mes consommations dans un silence glacial. Je n'inspire définitivement rien d'agréable à la tante de Maurice. Même requinqué par ma discussion avec Mathilde, je n'ai pas le courage de l'interroger tout de suite sur son étrange famille et leurs liens divers.

Ma voiture est presque seule sur le parking, j'ouvre la portière et m'apprête à jeter livre et téléphone dans le siège bébé quand je retiens mon geste. Je regarde autour de moi. Personne. Inutile de vérifier les serrures de la voiture, je ne l'ai pas fermée à clé.

Je déchire le papier journal qui cachait la couverture du livre de ma mère et je l'utilise pour saisir l'objet qu'on a placé dans le siège bébé. On ne sait jamais, il y a peut-être des empreintes. Un réflexe inutile, mais les habitudes sont solides. Je le manipule lentement, le fais glisser entre mes mains. C'est bien le même, sans aucun doute. Quelqu'un a consciencieusement remis dans ma voiture le parapluie perdu ce matin dans la forêt.

18

L'accueil enthousiaste de Maxence contraste radicalement avec l'ambiance lourde de la veille, à son arrivée dans le bar de Maurice. Il m'ouvre la porte et lève le bras en indiquant l'intérieur de son foyer, dans un geste d'invitation chaleureux. À peine ai-je fait quelques pas dans la plus belle maison de Douve, au milieu de ses habitants les plus normaux, qu'un délicieux parfum de cuisine familiale parvient à me dérider un instant. Juste ce qu'il faut pour éviter que Maxence ne m'interroge sur la contrariété qui se dessine entre les bosses de mon visage. Je veux garder pour moi le mystère du parapluie revenu, pour l'instant.

Je suis mon hôte qui me conduit dans un large salon où sont assis Damien, le collègue rencontré la veille chez Maurice, ainsi que trois femmes. Tous se lèvent à mon arrivée et j'indique d'un signe poli que ce n'est pas nécessaire. Je devine facilement laquelle des trois femmes est la sœur de Maxence grâce à leur ressemblance évidente. J'ignore en revanche avec laquelle des deux autres il est marié. Je l'apprends en échange d'une tournée de poignées de main.

La sœur de Maxence a la trentaine, plutôt jolie, mais bâtie comme son frère. Des épaules larges et un physique qui impose le respect.

— Michèle, annonce-t-elle en molestant mes phalanges de sa main ferme, un sourire franc sur le visage.

Un prénom androgyne au diapason de sa silhouette et de sa poignée de main fracassante.

La deuxième femme se présente comme Alice, l'épouse de Damien. Plus réservée, plus maigre et plus effacée que Michèle. L'antithèse parfaite de la sœur. Son sourire triste lui confère pourtant un charme indéniable. J'ai toujours trouvé que la mélancolie embellissait les femmes. Elle me donne envie de la prendre par la main pour l'éloigner des malheurs du monde.

Enfin, Rose, la femme de Maxence, me félicite avec chaleur pour les livres écrits par ma mère. Je ne sais pas quoi répondre, je n'y suis pour rien. Rose remporte de loin la palme de la jovialité, riant volontiers à tout et sans concession. Sa gestuelle et sa façon de s'exprimer trahissent un milieu social sans doute un peu au-dessus des autres.

Mon enfance passée à côtoyer les multiples strates de la société dans le sillage de mes parents m'a permis de m'exercer à identifier les statuts des uns et des autres. Je me souviens de ma mère murmurant l'origine sociale de ses interlocuteurs à mon père en fonction des vêtements portés ou des tournures de phrase utilisées. Quand on a eu ma mère comme professeur de sociologie, on apprend que dans la plupart des cas, l'habit fait le moine.

Elle aurait ajouté avec un professionnalisme sans émotion que ces trois figures sont d'une grande beauté et qu'un joli visage n'a pas le même destin qu'une mine quelconque.

— Vous allez enfin pouvoir goûter à la bière du Colonel.

Maxence sourit à pleines dents et m'invite à m'asseoir dans un des fauteuils fatigués du grand salon. Tout le monde reprend sa place et devant l'air réjoui de mon hôte, je me sens obligé de lâcher une réponse qui, comme toutes mes tentatives de dissimulation, sonne faux.

— J'ai hâte de la découvrir.

La pièce est confortable. Elle est aussi chaleureuse, à condition de faire abstraction des peintures de chasse et des aquarelles bucoliques qui pourraient lui donner des allures de *bed and breakfast* un peu suranné. Les meubles en bois brut égratignés par le temps et les fauteuils aux tissus râpés sur le bout des accoudoirs confèrent au lieu une atmosphère rassurante. Je me sens tout de suite dans mon élément et lorsque Maxence me place fièrement une bière du Colonel dans les mains, tout me semble être parfaitement à sa place.

— Qu'est-ce qui vous amène à Douve, monsieur Boloren ? Les rumeurs sont nombreuses, mais vous êtes le mieux placé pour nous dévoiler la véritable raison.

Rose me pose la question avec un intérêt manifeste. Ce n'est pas une tournure de politesse et son sourire joyeux invite à se confier sans rien cacher. La haute société de Douve m'observe avec attention, attendant que je livre ma réponse. J'ai l'impression que chacun a parié sur les motifs de ma venue et qu'ils vont enfin pouvoir se départager.

— Il s'est passé quelque chose ici, à l'époque où mes parents sont venus enquêter sur l'Islandais. Et j'aimerais savoir de quoi il s'agit.

— Quel genre de chose ?

Alice lève les sourcils et son front se déploie dans une courbure interrogative. Ma réponse trop vague n'a pas encore permis de désigner les gagnants.

— Mon père a laissé entendre que ma mère avait eu une aventure avec un homme durant leur séjour ici.

Je suis de moins en moins convaincu par cette histoire, mais je trouve qu'elle fait une excellente version officielle.

— Je m'étais promis de venir à Douve un jour, et le meurtre d'Amédée est apparu comme un signe.

Damien brise le silence dans un rire franc.

— Je me demande bien quel homme d'ici aurait pu séduire votre mère, Hugo.

— Et si c'était papa ? propose Michèle.

Après une seconde de flottement, tous éclatent de rire. Pour une raison que j'ignore, probablement à cause du tempérament de l'homme, un trait de caractère qui rend cette hypothèse incroyable. J'ai appris à me méfier des évidences au sein des familles. Elles cachent parfois des vérités qu'on prend soin de dissimuler.

— Votre père s'appelait Amaury, n'est-ce pas ? Amaury Larsan ?

Michèle me regarde avec étonnement.

— Vous êtes bien renseigné.

— Les sœurs Baldwin m'assistent dans mon enquête. Selon elles, votre père est un candidat crédible, susceptible d'avoir séduit ma mère.

Et les rires à nouveau, trop nets, trop éclatants. Damien jette un œil furtif à Maxence pour guetter sa réaction.

— Les jumelles sont folles, ne prenez pas au sérieux ce qu'elles racontent. Il n'y a pas beaucoup d'occupations par ici. Si vous leur avez demandé de l'aide, elles vont accomplir leur mission avec un zèle exagéré et dépourvu d'objectivité.

Rose change de sujet en nous conviant à passer à table avant que le poulet ne refroidisse. Je suis le petit groupe avec ma bière à la main et me faufile de manière à me retrouver près de Maxence. En passant la porte de la salle à manger, je lui glisse discrètement quelques mots à l'oreille.

— Je ne cherche pas à salir la mémoire de votre père, Maxence. Au fond, je me fiche pas mal que ma mère ait fricoté avec un habitant de Douve il y a quarante ans. Ce qui me préoccupe, c'est la mort de Dédé. Il semblerait que…

Alice m'attrape le bras et m'entraîne vers la chaise qu'elle m'a attribuée.

— Vous serez à côté de moi, monsieur Boloren.

— Je serai plus à l'aise si vous m'appelez Hugo.

Chacun prend place autour de la grande table qui semble faite du même bois brut que tous les meubles de la maison. Du sapin, si on se fie à l'histoire familiale. J'aurais préféré poser des questions sur Dodi en tête-à-tête avec Maxence, mais je ne peux pas risquer d'attendre la fin du repas. Tandis que les morceaux de poulet et les pommes de terre rissolées circulent autour de la table, j'entame mon interrogatoire en tâchant de lui donner des airs de conversation anodine.

— Pourquoi tout le monde ici pense que Dodi ne survivra pas à la prison ?

Michèle répond dans un soupir fataliste.

— Cela fait près de cinquante ans qu'il s'installe tous les jours au Douve du matin jusqu'au soir, à boire autant d'alcool que possible. Son arrestation a créé un vide. Il faisait partie du paysage.

D'un mouvement de tête, je remercie Alice qui a copieusement rempli mon assiette.

— Et vous pensez qu'en dehors du village il va dépérir ?

Les convives poussent de concert un soupir teinté de tristesse. Comme l'écho d'une évidence qui désole.

— Un alcoolisme de cette ampleur qui dure un demi-siècle sans faire des ravages sur la santé, du moins en apparence, cela relève du miracle, m'explique Damien. D'après le médecin de Sainte-Eudoxie, c'est la force de l'habitude et l'effet cocon du village qui l'ont préservé. Un peu comme une momie conservée des milliers d'années dans le désert. Le jour où vous la faites entrer dans un musée, elle commence à pourrir et à se désagréger.

Dodi la momie. L'homme au foie d'acier que seule Douve peut garder en vie.

— Vous pensez qu'il est coupable ?

On se regarde, on dodeline, on cherche une réponse qui résume toutes les opinions. Maxence, en bon chef de maison, prend la parole comme s'il avait centralisé l'avis général.

— Dodi est un rêveur. Il passe ses journées à murmurer ses élucubrations au-dessus de ses verres. Il a une santé de fer, quand on sait les litres d'alcool qu'il a ingérés toute sa vie. L'esprit, c'est une autre affaire... Il a décroché de la réalité depuis longtemps. C'est un doux, il n'a jamais l'alcool violent. Il arrive le matin, il boit jusqu'au soir, grignote ce que lui offre Maurice et rentre se coucher. Il habite la petite maison jaune, près de celle de son père et de l'hôtel. C'est un agneau. Un agneau qui a un sérieux problème de dépendance, mais on l'imagine mal assassiner qui que ce soit, encore moins son propre frère.

La première couche est passée. J'attends les bémols, les zones d'ombre, les doutes. L'agneau-momie Dodi a-t-il une face cachée ? L'évocation de ses travers alcoolisés nous a fait terminer nos verres de vin plus rapidement que prévu et Damien ouvre une deuxième bouteille pour combler le vide.

— On doit cependant préciser...

Un *on* qui prouve que la question a déjà été débattue autour de cette table et que la conclusion fait l'objet d'une sorte d'unanimité. Je m'éloigne de mon assiette et me cale confortablement dans ma chaise. Je veux voir un maximum de visages écouter l'avis commun. J'interrogerai le premier qui a un clignement d'œil dubitatif, un tic à la lèvre qui lui échappe, un signe quelconque de désaccord non assumé. Maxence est en face de moi, sa femme Rose est à sa droite, invariablement souriante, et sa sœur Michèle à sa gauche. Elle se bat avec son aile de poulet pour en gratter tous les morceaux. Comme Alice, Damien est assis du même côté que moi.

J'examine à la dérobée les mines de mes voisins. Personne ne semble irrité par les explications de Maxence ou gêné par la façon dont il présente les choses. Il n'y a guère que Michèle dont le comportement pourrait sembler intrigant. À quoi bon lutter contre une aile de poulet ?

— Ce que je veux dire, c'est que les rares fois où Dodi adressait la parole à Dédé, ce n'était jamais très aimable. Ils étaient en froid. Le fait que Maurice ait repris la direction de l'hôtel à plein temps a soulagé tout le monde. Les deux frères se croisaient moins.

— Dédé a passé le relais à son fils depuis combien de temps ?

— Environ deux ans, mais il travaillait encore avec lui il y a quelques semaines à peine.

— Il n'aura pas profité longtemps de sa retraite.

La tablée ne réagit pas, toujours soudée derrière Maxence. Michèle continue de racler les maigres os de son aile de poulet.

— Dans le village, on a vécu l'arrestation de Dodi à la fois comme une tristesse et un soulagement.

— Vous étiez rassurés de savoir que le meurtrier était derrière les barreaux, et triste que ce soit Dodi.

— C'est ça.

Je pique dans un morceau de pomme de terre pour saucer le jus du poulet. Tout en mâchant avec soin, je regarde Maxence dans les yeux. Il est mal à l'aise. Je poursuis la bouche encore pleine, histoire que ça sonne anodin.

— Certains prétendent qu'il n'a rien fait, que c'est le bouc émissaire idéal.

— Qui vous a dit ça ?

L'espace d'un instant, Rose a perdu son sourire radieux. Il réapparaît aussi vite qu'il avait disparu, comme par enchantement.

— Des rumeurs... Tout le monde n'est pas de votre avis à propos de Dodi. On m'a demandé de retrouver le véritable assassin de Dédé. Vous en pensez quoi, Michèle ?

Elle lève la tête de son os de poulet resplendissant de blancheur.

— Moi ?

Sa figure vire pivoine quand tous les regards se tournent vers elle.

— Vous êtes d'accord avec votre frère ?

— Pourquoi je ne le serais pas ?

Des coups de sonnette répétés interrompent notre conversation. Maxence se lève, suivi par Damien. Le maître de maison me fait signe de rester assis. Silencieux sur nos chaises, nous tendons l'oreille pour savoir de quoi il s'agit. Des voix de femmes affolées parviennent jusqu'à nous. Les hommes tentent de calmer l'agitation, l'échange devient plus apaisé.

Maxence et Damien réapparaissent, suivis des sœurs Baldwin. Maxence attrape deux chaises rangées à l'écart et les installe à l'extrémité de la table. On se serre tous pour les laisser s'asseoir. Rose sort deux verres d'un placard et les remplit de vin à ras bord. Les jumelles visiblement secouées en avalent une bonne gorgée pour tenter de retrouver leur calme. Maxence leur laisse un bref répit avant de briser le silence.

— C'est pas la première fois que ça arrive, on va le retrouver.

— On serait pas venues si on avait pas déjà cherché. Une heure qu'on tourne en rond. Douve c'est pas si grand. Il est nulle part.

Nouvelles lampées de vin. Je les accompagne par mimétisme, toujours aussi fasciné par leurs gestes identiques.

— Il va où en général ?

— François, c'est un sédentaire. Il quitte la maison pour nous prouver qu'il peut le faire, qu'il n'est pas bon qu'à rester vautré devant la télévision, mais il va jamais plus loin que la grand-rue. Où tu veux aller d'autre ?

— Dans la forêt ?

À en juger par l'expression des regards qui se tournent vers moi, c'est l'idée la plus grotesque qu'ils aient jamais entendue.

— Quand je l'ai croisé hier, il était à l'orée du bois.

Les sœurs poursuivent comme si je n'existais pas.

— Jamais il ne s'est absenté aussi longtemps et on a toujours fini par le trouver dans la rue, à la mairie ou à l'hôtel. On a demandé à Maurice, à Ben… Ils ne l'ont pas vu.

Maxence réfléchit un instant puis se lève avec détermination.

— Je vais chercher des lampes de poche, on va vous aider à le retrouver.

Les jumelles terminent leur verre et nous quittons la table, apparemment pour une chasse à l'homme nocturne. J'aurais bien avalé encore quelques patates.

Nous sortons les uns après les autres, quittant le confort de la maison pour nous retrouver dans la nuit pluvieuse et froide. J'utilise la maigre capuche de mon manteau pour me protéger de la pluie. Je me refuse toujours à brouiller les empreintes sur mon parapluie.

Alice et Rose raccompagnent les sœurs Baldwin chez elles pour vérifier que leur frère n'est pas réapparu, pendant que Michèle, Maxence, Damien et moi sillonnons Douve avec nos lampes torches. L'exiguïté du village nous permet de nous rendre rapidement à l'évidence : il n'erre pas dans les rues. Soit il est entré dans une des maisons, soit il a pris la route, soit il rôde dans la forêt. Je marche jusqu'à la barrière qui sépare l'austère civilisation de la nature hostile.

Le faisceau de ma lampe balaie l'orée du bois sur une dizaine de mètres à peine. Les gouttes de pluie réduisent la visibilité déjà trop faible. Je hurle un *François !* tonitruant en direction de la forêt. Ma voix se perd presque instantanément dans les arbres, ralentie par la pluie et l'immensité. Je lui souhaite de tout mon cœur de ne pas s'être perdu dans cette tache noire et moite.

19

Un matin, un policier en uniforme vient frapper à la porte de ma chambre. Le gendarme Fauvier demande à nous voir, l'inspecteur Boloren, l'inspecteur Levasseur et moi-même. Il est résolu à raconter ce qui s'est passé.

L'excitation envahit la journaliste en manque de révélations que je suis. Nous stagnons dans ce village depuis plusieurs jours sans que rien arrive et cette annonce redonne un sens à notre venue. Je rassemble mes affaires, vérifie qu'il y a bien une cassette dans mon enregistreur et me précipite en direction de l'antenne de gendarmerie.

Les inspecteurs m'attendent à l'entrée et m'arrêtent dans mon élan empressé pour établir un semblant de tactique. Ils me font promettre de respecter une règle en particulier au cours de l'interrogatoire. Dès qu'ils sortent tous les deux de la cellule sans un mot, je dois les suivre dans un même mouvement silencieux. Aucune question, aucun commentaire. Nous devons former tous les trois un seul bloc contre Fauvier. J'acquiesce sans savoir exactement ce qu'ils redoutent et je les suis, bouillant d'impatience, dans la petite gendarmerie.

Fauvier me fait une meilleure impression qu'à notre dernière entrevue. Il a l'air plus sûr de lui, moins éteint. Je commence à comprendre l'avertissement des inspecteurs. Il est trop confiant, alors que de notre côté nous n'avons aucune piste. S'il montre le moindre signe de supériorité, il faudra partir pour ne pas entrer dans son jeu. Il perd tout pouvoir si on cesse de l'écouter. J'allume l'enregistreur et reste en retrait.

Boloren: Qu'est-ce qui vous a décidé à nous parler?

Fauvier: C'est ce que nous avions convenu.

Boloren: Qui ça, «nous»?

Fauvier: Vous allez tout connaître de cette affaire. Je vous promets d'être aussi bref que possible, mais il faut m'écouter jusqu'au bout. Je veux que l'on retrouve mon fils et que vos hommes l'épargnent. Pour commencer, vous devez d'abord savoir que je n'ai pas gardé le silence de mon plein gré. J'y ai été contraint.

Boloren: Venez-en au fait, Fauvier.

Fauvier: Drengursson et mon fils ont disparu le 18 mai, mais il faut remonter cinq jours avant pour comprendre l'enchaînement des événements. C'est à partir du 13 mai que les choses ont commencé à dérailler. C'était le matin, on venait de terminer notre partie de cartes, Irénée est retourné auprès de sa femme, Vincent est parti aider Amaury Larsan qui avait un problème à la scierie et je me suis retrouvé seul avec l'Islandais. C'était le lendemain de votre départ, inspecteur.

(Le gendarme s'adresse à Levasseur qui n'a pas la moindre réaction.)

Fauvier: Vous aviez estimé qu'on traitait trop bien notre prisonnier et on savait que vous alliez tout faire pour accélérer son transfert. Ni lui ni moi n'avions envie d'évoquer le sujet. On a parlé de tout et de rien, jusqu'à ce que la conversation arrive sur la vie.

Boloren: La vie?

Fauvier: Oui, le sens de la vie, pourquoi on naît, pourquoi on meurt, ce genre de choses…

(Levasseur pousse un soupir suffisamment bruyant pour qu'il soit audible sur l'enregistrement. Fauvier poursuit, imperturbable.)

Fauvier: Comme Drengursson savait qu'il ne resterait pas longtemps, il m'a demandé un service. Il voulait que je fasse quelque chose pour lui, au nom de notre amitié.

Boloren: Votre amitié? Merde, Fauvier, votre « amitié »?

Fauvier: Je sais, inspecteur. Si je le retrouve, je lui colle une balle au milieu du front. Il s'est servi de moi. Laissez-moi juste vous raconter comment les choses se sont passées.

Boloren: C'était quoi, ce service? Le laisser partir?

Fauvier: Quand il s'est rendu après sa cavale, on l'a arrêté avec toutes sortes de bocaux dans son sac à dos. Il y avait des plantes, des racines… Des trucs de survie, mais pas uniquement. C'est ce qu'il a expliqué, vu qu'aucun de nous au village ne s'y connaît suffisamment. Il avait emporté certaines boîtes en partant de chez lui, et il en a rempli d'autres pendant sa fuite. Tout a été consigné et rangé avec soin.

(Levasseur fait signe à un policier en uniforme d'aller chercher les affaires de Drengursson.)

Fauvier : Il m'a demandé de sortir tous ses bocaux. Il voulait m'en montrer un en particulier et m'expliquer ce qu'il attendait de moi. J'ai sorti de son sac différents pots et depuis sa cellule, il m'a désigné celui qu'il cherchait, en me disant que je pouvais jeter le reste. Avant que vous ne posiez la question, inspecteur, je ne l'ai pas fait. Tout est là.

Levasseur : Il y avait quoi dans ce pot, Fauvier ?

Fauvier : Des champignons. Soigneusement coupés en lamelles et conservés dans de la saumure.

— Toujours pas de nouvelles de François. Passer la nuit dehors, c'est jamais bon signe. J'ai prévenu les gendarmes.

Je pose *L'Évadé* sur le comptoir et lève la tête. Je n'avais pas entendu Maxence entrer. Il plaque les deux mains sur le zinc. Elles tremblent un peu. Peut-être de froid, ou d'autre chose.

— Café ?

Maxence remercie Maurice d'un geste de la main.

— Vous êtes flic, Hugo. Qu'est-ce que vous en pensez ?

— Il a pu quitter le village à pied en empruntant des chemins qui longent la route, ce qui explique que personne ne l'ait vu. Ou alors…

— La forêt.

— Dans le village, quelqu'un aurait dû le croiser. Je sais que cette forêt n'est pas le genre qu'on aime sillonner en famille le week-end, mais j'ai cru comprendre que François n'était pas tout à fait comme tout le monde.

— Je suis allé jeter un œil. Je me suis pas enfoncé beaucoup, mais j'ai cherché des indices, des traces de pas. Il n'y avait rien.

Maxence médite un instant, les yeux dans le vague, avant de tourner les talons et de s'éloigner vers la porte. Il revient sur ses pas comme s'il s'était soudain souvenu d'un détail important, façon fausse sortie théâtrale.

— Le dîner a été écourté, hier soir. Si vous restez encore un peu, passez nous voir. On pourra parler des livres de votre mère, cette fois.

Je remercie Maxence et lui assure que j'ai passé un très bon moment en leur compagnie, malgré la fin de soirée agitée. Il salue Maurice puis sort de l'hôtel, me laissant avec mon café et mes tartines sur le zinc patiné. Je regarde ma montre : sept heures quarante. On a stoppé les recherches vers minuit. Comment peut-on se volatiliser aussi longtemps dans ce trou ?

Maurice se penche exagérément vers moi en remplissant ma tasse de café. Il murmure très doucement à mon oreille :

— Le type assis au fond, c'est Irénée Moustier.

Au lieu de me retourner discrètement comme le chuchotement m'y invitait, je fais un vif demi-tour sur mon tabouret, piqué par la curiosité. Un vieil homme sirote son thé en m'observant. Je ne l'avais pas remarqué en arrivant. Il se tient droit sur sa chaise, les épaules bien hautes.

Un vieillard maigre, au visage gris, mais visiblement encore alerte. Il souffle sur le petit nuage de fumée au-dessus de sa tasse sans me quitter des yeux.

— Il faut éviter de mentionner la forêt.

Et il a du coffre. Je prends ce précepte pour une invitation à le rejoindre. J'engouffre le dernier bout de tartine qui reste dans l'assiette, j'attrape ma tasse de café et je viens m'installer en face de lui.

— Quel est le problème avec la forêt ?

— Vous êtes bien placé pour savoir qu'elle ne porte pas chance.

— Je ne m'y suis promené que deux fois.

— Et la première, vous êtes revenu avec des bleus sur tout le corps.

Il attend que je lui demande comment il sait. Rien ne presse, il finira par me le dire. Je n'aime ni qu'on me balade ni qu'on me force à supplier.

— Tous ceux qui ont essayé de fuir à travers cette forêt sont morts.

Je me retourne pour savoir ce qu'en pense Maurice. Il a le nez dans un livre de comptes. Si tous ici pensent que leur village humide qui a la guigne est de surcroît attenant à une forêt maudite, je me demande bien ce qui les retient encore.

— En vous penchant sur l'histoire de Douve, vous avez certainement entendu parler de ce que cette forêt a fait des nazis qui y ont cherché refuge.

— J'ignore ce que François est allé chercher dans les bois, mais je ne vois pas où il aurait pu aller d'autre.

— Quand on quitte Douve par la forêt, c'est qu'on n'a pas l'intention de revenir.

Irénée Moustier regarde par la vitre. La pluie continue de tomber. C'est donc là qu'il veut en venir. Un suicide. Plutôt que de prendre une corde ou de se jeter dans le vide comme tout le monde, François se serait enfoncé dans cette forêt en pleine nuit, sans se retourner, droit dans les bras du fantôme nazi. Un ras-le-bol définitif, ne plus jamais être le souffre-douleur de ses sœurs jumelles, ne plus être le plus déglingué parmi les déglingués...

Qu'est-ce que le vieux boulanger de Douve ne me dit pas ?

Je me souviens de la description d'Irénée Moustier par ma mère. Un homme taciturne, à la carrure impressionnante. C'est vrai qu'il est grand, mais les années lui ont fait perdre de l'épaisseur. Ma mère avait aussi écrit qu'il n'aimait pas aborder le sujet des nazis. Il a changé.

— Vous trouvez que c'est ridicule ? Vous pensez que nous sommes une bande de fous coupés du monde, que nous sommes forcément responsables, d'une façon ou d'une autre, de tout ce qui nous arrive ?

— Vous cultivez la victimisation. Vous mettez tout sur le dos de la fatalité. Douve a la guigne, c'est un constat pratique et ça permet l'expiation à peu de frais.

Irénée approche son visage du mien, les sourcils froncés, les yeux noirs, presque hostiles. Puis il sourit brusquement de toutes ses dents. Deuxième effet théâtral de la matinée après la fausse sortie de Maxence.

— C'est exactement ce que je leur répète. Il faut relever la tête, aller de l'avant. C'est moi qui ai suggéré de choisir Benjamin comme maire du village. De la jeunesse, du dynamisme, une nouvelle vision, voilà ce qu'il nous faut. Au fond, tout le monde ici aime Douve et croit en des lendemains meilleurs. Même s'ils mettent du temps à venir.

Ma mère avait décrit un homme timide. Le temps l'a rendu plus sûr de lui et prêt à causer nazis.

— Vous avez rencontré ma mère il y a quelques années.

— Une femme très agréable. Nous nous sommes malheureusement croisés dans un contexte douloureux.

Je fais tourner la tasse de café sur la table, comme une toupie. Je voudrais comprendre ce qui lui a redonné le goût de la parole.

— Dans *L'Évadé*, ma mère fait référence à votre femme…

— Solange...

Il prononce son prénom en étirant la deuxième syllabe, comme s'il fouillait dans de vieux souvenirs pour la retrouver. Je pense aussitôt à la visite chez ma mère trois jours plus tôt, les yeux dans le vide au-dessus de sa tasse de thé, réclamant mon père mort il y a dix ans. Je chasse ces images et me concentre sur mon vieillard à la verticalité remarquable.

— Vous venez boire votre thé ici, seul, alors je me demandais…

Il me regarde, amusé. Cette irruption dans sa vie privée ne l'affecte pas.

— Elle est partie il y a longtemps. Quand je lui ai annoncé mon homosexualité. Vous devriez suggérer à votre mère d'écrire là-dessus : l'homosexualité à Douve dans les années soixante-dix. C'était quelque chose.

Il attend une réaction. Il doit avoir l'habitude que cet aveu provoque un certain effet. Je fais glisser la dernière goutte de café au fond de ma gorge en penchant ma tête en arrière le plus loin possible. Une façon de dissimuler ce que j'en pense, c'est-à-dire rien. Je ne sais pas à quoi je m'attendais. Quelque chose de moins personnel, au sujet de Douve et de ses mystères.

Irénée Moustier a commencé à être heureux en devenant enfin lui-même, il ne l'était pas encore à l'époque de ma mère. Une histoire banale et qui ne me concerne pas. Une femme un jour a critiqué mon manque d'empathie. Encore un reproche. Elle m'en a fait quand même beaucoup, à bien y repenser... Mon incapacité à me réjouir du bonheur des autres. Elle savait ce que j'en pensais, que contrairement à la majorité enthousiaste, je n'ai jamais réussi à faire semblant.

— Votre mère, elle n'a pas vu Douve sous son meilleur jour. À l'époque de l'Islandais, l'ambiance était détestable. Tout le village était tendu, le ton montait souvent entre nous et pour rien. Les flics ne valaient pas mieux, ils s'engueulaient pareil. J'étais moi-même au fond d'un gouffre abyssal, à deux doigts de me tirer une balle.

Il parle sans émotion, le constat froid d'une époque lointaine qui semble n'avoir qu'à peine existé. Je prends soudain conscience de ce qu'il vient de dire.

— Les flics s'engueulaient ?

— Tout le monde s'engueulait. Votre père et l'autre inspecteur, ils passaient leur temps à se hurler dessus.

— L'inspecteur Levasseur ?

— Il me semble que c'était son nom.

— Ma mère ne parle pas de dispute dans son livre.

— Elle n'y a jamais mentionné non plus qu'elle était en couple avec votre père.

Je sors mon étui à chocolat et croque un carré nerveusement. Je contemple le fond de ma tasse et Irénée Moustier se penche sur l'étui à chocolat argenté. Levasseur… Comment ai-je pu être aussi aveugle. Une aventure à Douve n'impliquait pas nécessairement que ce soit avec un villageois. Levasseur. Si ma mère avait dû se détourner de mon père ici, dans ce village flasque, l'inspecteur lyonnais était le choix logique.

— Je lui dois beaucoup.

— Pardon ?

Irénée Moustier affiche à nouveau un sourire malicieux.

— L'inspecteur Levasseur. Je n'aurais pas dû oublier son nom.

— Pourquoi ?

— C'est lui qui m'a fait réaliser qui j'étais vraiment.

— Je ne comprends pas…

— Il a attendu la fin de l'enquête, la veille de son départ, hélas… J'aurais voulu prolonger l'expérience. J'avais tant d'années de retard, tant de frustrations à évacuer.

Il me regarde avec insistance, comme pour vérifier que j'ai toutes les informations nécessaires en main. Il soupire devant mon air ahuri et finit par cracher le morceau.

— Il a été mon premier amant.

Le nouveau prétendant de ma mère ne sera pas resté très longtemps sur la plus haute marche du podium. Levasseur retombe de la catégorie des amants potentiels aussi vite qu'il y a été hissé.

— À propos de quoi mon père et Levasseur s'engueulaient ?

— Je ne m'en souviens plus... Peut-être l'organisation des recherches, la question du commandement. Une rivalité de pouvoir. Je n'en suis pas certain, c'est ce qui me vient à l'esprit spontanément.

Je ne prends plus de détour : les jumelles savent, donc tout le monde va savoir.

— Est-ce que ma mère aurait pu avoir une aventure avec l'un des habitants ?

J'ai réussi à le surprendre. Chacun son tour. Il fronce les sourcils et jette un œil vers Maurice derrière son bar. Le maître d'hôtel est plongé une fois encore dans ses comptes. Avec le temps qu'il passe dans ses registres et vu le nombre de clients dans les environs, soit il a de sérieuses lacunes en calcul, soit il nous écoute plus que ce qu'il veut laisser croire. Irénée Moustier s'apprête à ajouter quelque chose, mais il se ravise.

Ma tasse de café n'ayant plus aucune dernière goutte à proposer, je me lève et remonte dans ma chambre sans prononcer un mot. Inutile d'attendre une réponse qui ne viendra pas.

20

En tournant la clé dans la serrure, j'entends la sonnerie de mon téléphone laissé sur la petite table devant la fenêtre. L'unique endroit de Douve où les ondes passent. Un texto de Mathilde qui me propose de déjeuner aux Trois Sapins. Je réponds aussitôt *avec plaisir* avant que la barre de réseau ne disparaisse, bloquée par la grisaille indélébile qui stagne au-dessus du village et le mauvais positionnement du satellite. Une nouvelle qui égaye ma matinée.

Le parapluie est toujours consciencieusement enveloppé dans du papier journal. Même celui ou celle qui l'a déposé dans ma voiture s'amuserait sans doute de toutes mes précautions pour trouver une hypothétique empreinte. Je glisse la pièce à conviction au fond de ma valise. Autant pour éviter que Maurice ne la touche en faisant la chambre que pour qu'elle disparaisse de ma vue.

En regardant la rue par la vitre, j'ai l'impression qu'il manque quelque chose. Je compare avec l'autre fenêtre, celle qui donne sur la petite place, et je ne tarde pas à identifier l'élément absent : il a cessé de pleuvoir. Les carreaux secs changent radicalement la perception. J'attrape mon manteau, je glisse mon téléphone et *L'Évadé* dans une poche et je descends proposer mon aide pour retrouver François.

En attendant l'arrivée des gendarmes, je peux commencer à en apprendre un peu plus sur le disparu afin de mâcher le travail de Marchand et de ses hommes. Je devrais recevoir ce matin la paperasse qu'il m'a envoyée. Le gendarme arrivera peut-être avant son courrier. Même à petite échelle, le monde est mal fait.

En bas de l'escalier, je jette un œil à la salle de restaurant. Irénée Moustier n'est plus là. Il faudra qu'il me dise comment il a su pour mon passage à tabac dans la forêt. Je salue Maurice et rejoins la rue dans une attitude de temps pluvieux. Je rentre la tête dans les épaules par réflexe, pour empêcher les gouttes de s'immiscer dans ma nuque. Mais la pluie n'est toujours pas revenue. Pas de quoi se réjouir, la noirceur des nuages promet le retour des averses pour bientôt.

Par la fenêtre de la mairie, j'aperçois Maxence en grande conversation avec Benjamin. Je frappe trois coups et entre sans attendre de réponse, en poussant simplement la porte toujours privée de serrure. Mon arrivée impromptue interrompt la discussion. J'ai à peine le temps de comprendre qu'ils parlaient de sapins, un sujet plutôt banal par ici. Benjamin me lance un vigoureux *bonjour* auquel je réponds par un sourire.

— Je comptais rentrer demain, une fois que j'aurai jeté un œil au dossier de Marchand. Mais si vous voulez que je reste pour vous aider à retrouver François...

Le jeune maire à lunettes regarde Maxence, plus apte à répondre à ma proposition en tant que responsable officieux des opérations de recherches.

— Votre aide est précieuse, Hugo. Merci de la proposer. Mais une fois que les gendarmes seront là, ils prendront le relais.

— Je voulais vous poser une question. Je me demandais, François, il est un peu, comment dire...

— Simplet. Aucun handicap particulier, juste un peu limité intellectuellement. Il a toujours habité avec ses sœurs.

— Il n'a jamais travaillé ?

— Des petites tâches dans le village... Dès qu'on en avait l'occasion, on faisait appel à lui. Un type sans histoire, gentil.

— Les jumelles m'ont dit qu'il était accro à la télé.

Le maire laisse échapper un rire bref qu'il justifie aussitôt.

— Accro, c'est encore loin de la réalité. On a eu une coupure d'électricité pendant deux jours l'année dernière, j'ai cru qu'il allait devenir fou. Il restait planté devant l'écran noir et hurlait par la fenêtre toutes les cinq minutes pour savoir si le courant était revenu...

Maxence pense exactement à la même chose que moi. Nos regards se croisent et c'est lui qui traduit nos pensées à haute voix.

— Je sais, Hugo. Présenté comme ça, on se demande pourquoi François serait parti aussi longtemps dehors, sans télé.

J'ai envie d'ajouter *et justement quelques semaines après un meurtre mystérieux*, mais je ne veux pas nourrir l'angoisse latente.

Je les salue d'un mouvement de tête et sors sur la petite place. Le ciel est de plus en plus menaçant. Comme s'il prenait une grande inspiration avant de nous balancer sa pluie en mode ouragan. Je reste un instant à contempler ce centre névralgique du village où se concentre toute l'activité économique, sociale et politique.

Pourquoi mon père affirmait-il que j'avais Douve dans les veines ? Qui a tué Dédé ? Je vais repartir sans réponse mais avec de nouvelles questions : qui m'a tabassé dans la forêt ? Pourquoi ? Qui m'a rapporté mon parapluie ? Pourquoi ? Où est passé François ? Qu'est-il arrivé à Hervé Grandchamp ? Je me sens comme un malade qui va à l'hôpital pour soigner sa grippe et qui en ressort avec un staphylocoque.

Il ne reste que trois chocolats dans mon étui, mais j'ai de la réserve dans ma valise. J'en glisse un dans ma bouche et je retourne vers l'hôtel pour faire le plein.

J'ai parcouru à peine quelques mètres que la bille se remet en mouvement avec une violence nouvelle, elle tangue dans tout mon corps. Je me retiens au mur de l'hôtel, elle est tout près de me donner sa réponse, de me susurrer dans l'oreille ce détail que j'ai laissé passer.

Je ferme les yeux en pressant les paupières de toutes mes forces, mais je sais que c'est déjà trop tard. Elle est repartie. La prochaine fois, elle me dévoilera tout, je le sais aussi. D'autant qu'elle ne me laisse pas sans rien. Elle vient de me livrer un indice qui a peut-être son importance : chaque fois qu'elle a surgi pour me secouer, je venais de glisser un chocolat dans ma bouche.

Quel rapport entre le chocolat et ce qui se passe ici ? Inutile de chercher maintenant, on ne peut pas devancer la bille. Je respire un bon coup et franchis la porte de l'hôtel sans jeter un regard vers le zinc et la salle du bar. Je monte directement dans ma chambre pour remplir mon étui à chocolat.

Cette addiction de substitution est peut-être moins nocive pour la santé, mais elle est tout aussi invasive. Je place chaque carré soigneusement un par un dans la boîte pour en rentrer un maximum.

Par la fenêtre côté rue, j'aperçois les jumelles en grande discussion avec Rose Larsan. La femme de Maxence use de son sourire rassurant pour remonter le moral des deux clones. Maxence en meneur d'hommes, Rose en psychologue. Un couple modèle qui a la situation bien en main. J'imagine que Damien et Alice sont à la scierie, chacun sait où est sa place en temps de crise. Et la vaillante Michèle fouille sans doute à nouveau les cachettes maintes fois inspectées en vain... C'est un village qui a l'habitude de faire face. On attend des jours meilleurs mais ils mettent du temps, comme dit Irénée Moustier.

21

Fauvier réclame à boire. Un policier en uniforme lui apporte un verre d'eau avec l'aval de l'inspecteur Levasseur. Au fur et à mesure qu'il avance dans son récit, le soulagement qu'il avait affiché dans un premier temps s'estompe. La souffrance reprend le dessus et l'ex-gendarme sue à grosses gouttes.

Fauvier: L'Islandais m'a réclamé le bocal de champignons. Il l'a manipulé un moment, comme pour vérifier qu'ils n'avaient subi aucune dégradation, et il m'a demandé si je m'y connaissais en mycologie. Je lui ai répondu que je savais l'essentiel, que je pouvais identifier les principaux champignons comestibles. Les autres, je me contente de ne pas y toucher. Il m'a demandé si j'avais une idée de ce que pouvaient être ces champignons-là. J'ai pris le bocal et j'ai essayé de deviner. Je pensais que c'était comme un jeu. On voyait bien les lamelles sous certains morceaux, donc ce n'étaient pas des bolets. Et la couleur ne correspondait pas aux chanterelles ni aux trompettes ou…

Levasseur: Laissez tomber, Fauvier. Je n'y connais rien en champignons, il y avait quoi dans ce bocal?

Fauvier: Des amanites phalloïdes. Un champignon mortel, probablement le plus dangereux qui soit.

(Boloren et Levasseur échangent un regard.)

Boloren : Pourquoi conservait-il des champignons mortels sur lui ?

Fauvier: Il m'a expliqué que l'amanite phalloïde avait quelque chose de fascinant pour les mycologues. Certaines personnes prétendent que son parfum est unique, que son goût est incomparable. Et en même temps il suffit d'en ingérer un tout petit morceau pour s'empoisonner. Il en a emporté dans sa fuite pour se donner la mort quand il n'y aurait plus d'autre issue.

Boloren: Pourtant, il a préféré se rendre.

Aucune ironie dans la remarque de Boloren. Je le sens au contraire particulièrement tendu. Il a peur, à juste titre, de ce qu'il va entendre.

Fauvier: Il n'a pas eu le courage de les avaler, seul dans la forêt. C'était de mourir seul qui l'angoissait. Et une fois à Douve, parmi nous, il s'est senti apaisé. Il m'a dit qu'il avait les idées plus claires, qu'il était prêt. Il m'a demandé de lui préparer une omelette avec tout le contenu du pot. Je n'aurais qu'à dire que je ne savais pas que le champignon était mortel quand on le découvrirait mourant dans son lit. Je serais sanctionné pour négligence, mais pas pour meurtre. C'était sa dernière volonté. C'est comme ça qu'il a présenté les choses. De toute façon, il serait condamné à mort, il en était certain et moi aussi. Alors ça ne changeait rien de prendre un peu d'avance.

Boloren: Vous avez accepté ?

Fauvier: Je sais que ça peut sembler étrange...

Levasseur éclate de rire. Un rire mauvais, qui ne laisse aucun doute sur ce qu'il pense.

Fauvier: On ne rencontre pas grand monde par ici. Et entre Drengursson et moi, une véritable amitié est née. Du moins, c'est ce que je croyais.

Boloren: Les choses ne se sont pas passées aussi simplement?

Fauvier: Le soir même, j'ai reçu un appel de la préfecture. On organisait son transfert pour la semaine suivante. J'ai informé Drengursson et on s'est mis d'accord pour que je lui prépare les champignons dès le lendemain. J'ai passé la nuit à me demander si je ne faisais pas une connerie...

Levasseur: Il était temps.

Fauvier: Je me fous de votre jugement, inspecteur. Vous n'étiez pas là, vous ne savez rien.

Levasseur: J'ai côtoyé Drengursson, on a commencé l'enquête sur le meurtre de sa famille ensemble, avant qu'il ne prenne la fuite. Il m'a montré tout un tas de trucs sur les plantes et les poisons. Un homme très sympathique, très agréable. Moi aussi, je me suis dit que c'était dommage, qu'on aurait pu être de bons amis. Mais contrairement à vous, Fauvier, à aucun moment je n'ai oublié qu'il était le principal suspect dans une affaire de meurtres particulièrement sordides.

Le silence qui suit l'invective de Levasseur installe un malaise profond.

Boloren ne bouge pas, c'est tout juste s'il respire. Il craint que Levasseur ne soit allé trop loin et que Fauvier n'interrompe l'entretien. Mais cette fois, le gendarme est décidé à tout raconter.

Fauvier: Comme je vous l'ai dit, inspecteur, votre avis ne m'intéresse pas. Je me suis levé à l'aube et j'ai préparé l'omelette. J'ai fait à peine cuire les champignons, comme il me l'avait demandé, et je les ai incorporés aux œufs. Le soleil ne s'était pas encore tout à fait levé et je m'affairais dans la petite cuisine silencieuse de la gendarmerie. Il m'observait à travers les barreaux et aucun de nous ne parlait. Je sentais qu'il voulait dire quelque chose. Il a fini par briser le silence. Il voulait passer un dernier appel pour dire adieu à quelqu'un. J'étais en train de m'activer en cuisine à préparer sa mort, je ne pouvais pas lui refuser un au revoir. J'ai tiré le fil du téléphone de manière à ce qu'il puisse passer son appel depuis sa cellule. Je n'avais plus aucune raison de craindre qu'il cherche à se pendre...

D'un signe, le gendarme réclame un autre verre d'eau au policier en uniforme. Il se frotte un moment les yeux puis regarde Boloren.

Fauvier : Je ne sais pas pourquoi je lui ai fait cette omelette... Il aurait suffi que je dise « non » et nous n'en serions pas là aujourd'hui. Les choses m'ont échappé.

Boloren : Que s'est-il passé, Fauvier ?

Fauvier : Je lui ai donné son plat de champignons. Je l'ai posé sur la petite table collée aux barreaux, celle-là même où nous avions fait toutes nos parties de cartes. Il l'a contemplé un moment, puis il a pris la fourchette en glissant sa main entre les barreaux. Et il a avalé une première bouchée. Il m'a regardé. Il avait les larmes aux yeux. Il a juste dit : « C'est délicieux. » C'est à ce moment-là que Vincent, mon fils, est arrivé en trombe. Il était essoufflé. Irénée avait besoin de moi, c'était urgent. Je ne me sentais pas bien. J'étais, comment dire… Je me sentais sale, les idées se bousculaient dans ma tête. Le fait qu'Irénée m'appelle était une bonne occasion de m'aérer l'esprit, d'avoir l'air de contrôler la situation et de ne rien laisser paraître.

Le gendarme avale son verre d'un trait. Il s'essuie les yeux. Difficile de dire si c'est de la transpiration ou des larmes.

Fauvier: J'ai couru jusqu'à la boulangerie et j'ai cherché Irénée un moment. Je ne l'ai pas trouvé. Alors je suis allé chez lui, je l'ai appelé plusieurs fois. J'ai finalement entendu une réponse depuis sa cave. Je suis descendu et je l'ai trouvé en train de trier des bouteilles de vin. Je lui ai demandé ce qu'il voulait et il a eu l'air surpris. Il a rigolé avant de réaliser que ma question était sérieuse. Il a affirmé que je lui avais passé un coup de fil une demi-heure plus tôt en lui demandant de me faire appeler à huit heures pile. Il pensait que c'était une technique de flic qui ne le concernait pas, qu'il servait juste de prétexte, alors il était étonné de me voir. On a encore échangé quelques phrases pour démêler la situation. Il m'a fallu un bon moment pour réaliser ce qui s'était passé. J'étais encore dans une brume à cause de Drengursson et de son omelette, et j'en venais à me demander si je n'avais pas effectivement appelé Irénée dans une semi-conscience.

Et puis je me suis souvenu que Drengursson avait utilisé le téléphone au moment où j'étais censé l'avoir fait. Ça m'a ramené sur terre d'un coup. C'est Drengursson qu'Irénée avait eu au bout du fil. L'Islandais s'était fait passer pour moi pour une raison que j'ignorais. Je me doutais que ça n'allait pas me plaire. J'ai couru jusqu'au commissariat et quand je suis arrivé... que je les ai vus... Je ne sentais plus mes jambes. Je n'arrivais pas à prononcer un mot. Ils étaient là, tous les deux, mon fils et Drengursson, plaisantant et riant de bon cœur, face à face, chacun d'un côté de la porte de la cellule, et se partageant l'omelette.

Un bruit de voiture me fait dresser l'oreille. Je quitte ma chaise pour regarder par la fenêtre. Une camionnette de la poste se gare sur la place. Je referme le livre et sors de ma chambre en courant. Je descends les marches quatre à quatre et me précipite dehors pour ne pas rater le facteur. Je préfère qu'il me donne le courrier en main propre.

Je ressens comme une chaleur agréable dans le cœur en passant à côté de la camionnette. Le jaune postal me rappelle la civilisation. Je passe ma main sur le capot dans un réflexe affectueux qui me fait presque sursauter. Il est temps que je quitte cet endroit. Le facteur entre dans la mairie sans me voir, un paquet de lettres dans la main. Je me faufile derrière lui jusqu'au bureau de Benjamin où il dépose le courrier. Il échange quelques politesses d'usage avec le jeune maire et repart aussi vite qu'il est rentré, sans même s'apercevoir de ma présence. Benjamin sourit.

— Impatient de lire votre courrier? Allez-y. Je parie que c'est la grande enveloppe marron juste en dessous.

J'attrape le petit paquet en question, où mon nom apparaît en lettres capitales, quand une autre enveloppe attire mon attention. Elle est adressée au jeune maire. Je la regarde un court instant, suffisant pour que Benjamin le remarque. L'écriture... Je l'ai déjà vue quelque part.

— Quelque chose ne va pas?

À mon retour à Paris, il faudra que je prenne des cours de mensonge, que je demande aux collègues, à Bergeron et aux autres. Pas au commissaire, il pense que j'ai l'âme pure. Comment font-ils pour annoncer tranquillement au téléphone à leurs femmes qu'ils vont rentrer tard, parce que pris dans la spirale d'une affaire délicate, alors que nous enchaînons les bières dans le bar à côté du commissariat? Une femme m'a dit un jour que mentir, ce n'est pas chercher à faire passer le faux pour du vrai. C'est convaincre la personne à qui on ment qu'on le fait parce qu'on n'a pas le choix, que c'est la meilleure réponse pour tout le monde. Le mensonge n'a pas d'importance, c'est être pris pour une conne qui l'est. Et moi, elle a ajouté, j'ai l'exceptionnelle capacité de prendre les gens pour des cons même en leur disant la vérité. Qu'est-ce qui ne tourne pas rond chez moi?

— Hugo?

Il faut que je découvre comment feindre la normalité quand on me pose des questions auxquelles il ne faut surtout pas que je réponde. Donner l'impression que ma réponse est la seule envisageable.

— Tout va bien?

C'est l'inquiétude dans le timbre de sa voix qui m'en donne l'idée: je m'effondre. Je me retiens à la table puis tombe à la renverse comme si j'avais tourné de l'œil. Une chute en deux temps qui m'évite un bleu supplémentaire particulièrement stupide.

Benjamin se précipite pour m'aider à me relever. Je le remercie chaleureusement en pestant sur les années de fatigue accumulée, sur le manque de repos de la police... Je le rassure, je vais bien, ce n'est rien. Il y a peu de chances qu'il ait cru en ma lamentable démonstration de comédien cascadeur. Et d'ailleurs, tout en m'aidant à m'asseoir à son bureau, il a beaucoup de mal à décrocher ses yeux du tas de courrier.

— Vous vous êtes peut-être fait plus de mal que vous ne pensez en étant... tombé du lit, l'autre jour.

Il a mis une seconde à se rappeler mon excuse aussi crédible que ma chute.

— La tête a peut-être été touchée. Vous devriez voir un médecin quand vous rentrerez à Paris. Ici, nous n'avons rien à offrir, à part un peu de paracétamol et quelques pansements...

Il a retrouvé sa bonne humeur communicative et ne regarde plus en direction du courrier. Il aura tout le temps de le faire quand je serai parti... J'accepte son verre d'eau comme une preuve de mon mal-être avéré et je le quitte, mon enveloppe sous le bras, en avançant d'un pas que je tente fébrile. Je me suis légèrement cogné le genou dans ma chute et je mise sur cette douleur pour nourrir la vraisemblance de ma démarche.

Dès que je suis certain que le jeune maire ne peut plus m'épier depuis la fenêtre, je reprends une allure normale et pénètre dans l'hôtel, soulagé de ne plus avoir à faire semblant.

Maurice a retrouvé son poste derrière le zinc et je fonce lui commander une bière avec l'urgence de celui qui a subi un choc. Il hésite une seconde, peut-être à cause de ma mine défaite, ou peut-être parce qu'il est dix heures du matin.

Benjamin ne sait pas quelle lettre a attiré mon attention. Il ne doit même pas être certain que c'est bien son courrier qui m'a fait dévisser. J'aurais dû le confronter, j'aurais dû lui poser la question. Je ne sais pas pourquoi j'ai fui. Je me suis senti en danger, c'est absurde. Ce n'est qu'une lettre. Il aurait suffi que je lui demande tout simplement s'il avait une idée d'où elle pouvait provenir. Je ne vois pas pour quelle raison il me l'aurait caché, et je serais ressorti de la mairie normalement, sans claudiquer comme un acteur de sitcom. Et peut-être que je saurais à qui appartient cette écriture que j'ai déjà vue quelque part.

— Des nouvelles de François ?

— Pardon ?

— Comme vous veniez de dehors, je me demandais s'il y avait du nouveau à propos de François ?

Il pose le demi devant moi, toujours aussi impeccablement servi. À ras bord, sans dépassement, et la mousse épaisse comme une phalange.

— Je ne sais pas, j'ai récupéré une lettre à la mairie.

Maurice regarde l'épaisse enveloppe marron sur le zinc en acquiesçant. Je profite de ce qu'il aborde le sujet de François pour l'interroger.

— Il s'est déjà enfui auparavant ?
— Vous pensez qu'il s'est enfui ?
— Je ne sais pas. Ce n'est pas rare que les personnes simples d'esprit fuguent. Ou se perdent après s'être éloignées plus que prévu.

Maurice n'a pas le temps de me donner son avis. La porte de l'hôtel s'ouvre, laissant apparaître une partie du groupe de la veille.

Les jumelles avancent vers leur table habituelle sans prononcer un mot, la démarche fébrile, visiblement secouées. Michèle, Rose et Maxence les suivent tout aussi silencieusement. J'en profite pour remercier Rose pour le dîner de la veille, et elle me gratifie de son délicieux sourire. Après avoir installé tout son monde comme un homme qui a le contrôle, Maxence s'avance vers le comptoir et commande cinq cafés.

— Viens t'assoir avec nous, Hugo. Peut-être que la présence d'un policier, je ne sais pas… Les Twins ont sans doute besoin de…

Maxence hoche la tête en direction des jumelles Baldwin. Je descends de mon tabouret et je le suis jusqu'à leur table, armé de ma bière matinale. Je tire la chaise en la soulevant bien haut pour ne pas la faire crier sur le parquet et je m'assois lentement. Après quelques secondes d'un silence pensif, j'adopte le ton le plus doux dont je sois capable.

— Est-ce que c'est la première fois que François…

Les deux sœurs lèvent la main droite en même temps, dans un mouvement qui m'invite à me taire.

— Parlons d'autre chose, Hugo, si ça ne vous fait rien.

Je ne m'attendais pas à cette réaction. Rose se mord la lèvre inférieure, un tic de compassion face à la douleur de ces femmes. Michèle les regarde sans ciller, comme si sa carrure impressionnante clouait plus facilement ses émotions, et Maxence hausse doucement les épaules en me jetant un œil pour montrer qu'il partage mon incompréhension. Maurice apporte les cinq cafés et repart derrière son comptoir. Ma bière dorée toute en verticalité au milieu des petites tasses sombres accentue davantage mon impression d'être de trop. Je ne suis pas un des leurs et je n'ai rien à faire autour de cette table si l'aide d'un flic ne les intéresse pas.

Comme personne ne semble avoir l'intention de mettre fin à l'ambiance silencieuse façon enterrement, je me concentre quelques instants en contemplant la mousse onctueuse de ma bière.

Je tente de graver durablement l'image de cette écriture sur l'enveloppe de la mairie. Je la connais, impossible de me rappeler qui, où, comment. Je sais que c'est inutile d'insister. Je fonctionne à la bille. Quand ça ne vient pas tout de suite, c'est qu'il y a un besoin de macération dans les méandres de mon inconscient.

Je laisse reposer cette enveloppe dans un coin de ma tête et me tourne vers l'autre, celle qui m'est destinée. Je sors les documents de Marchand de sorte qu'ils ne soient vus que par moi. Inutile de montrer des photos du crâne fracassé de Dédé à un groupe en détresse.

Marchand commence sa lettre en résumant ce que lui ont dit ses amis de la police de Lyon. Quelques photos de la scène de crime illustrent les données récoltées, ainsi que le compte rendu de l'interrogatoire de Dodi. Le gendarme a bien bossé.

Dédé a reçu trois coups de marteau sur le crâne, l'hémorragie interne l'a tué en quelques minutes. Un quatrième coup a été donné un peu plus tard, post mortem. Sans doute pour s'assurer qu'il ne se relèverait pas. Les enquêteurs sont sceptiques quant à la thèse d'une dispute qui a mal tourné. On a cherché à le mettre hors d'état de nuire pour de bon, selon eux.

Dodi a avoué le meurtre mais il ne se souvient de rien. Il était saoul au moment des faits. Sans doute à beaucoup d'autres moments aussi. Le marteau retrouvé sur place portait ses empreintes. Le mobile est flou. Il n'hérite de rien, puisque tout revient aux enfants de Dédé, sa femme étant morte d'un cancer il y a plus de vingt ans. La seule explication à son geste serait une vieille rancœur qui perdurait depuis des années entre les deux hommes. Leurs disputes étaient nombreuses et les éclats de voix n'étaient pas rares au bar de l'hôtel où il se rendait pourtant tous les jours depuis des années. *Rien n'est logique à Douve*. La remarque est écrite en rouge dans la marge avec un paquet de points d'exclamation rageurs. Un enquêteur las ou exaspéré.

L'élément le plus intéressant, c'est la raison pour laquelle Dodi a été arrêté sans que l'on donne d'explication aux villageois ou aux journalistes. Plusieurs informations ont fuité dans la presse durant l'enquête. Au début, ils ont pensé qu'un des flics était bavard. Ils ont pris des mesures internes pour que les fuites cessent, mais elles se sont poursuivies. L'une d'elles concernait le nombre de coups de marteau infligés par le meurtrier. Aucun flic n'avait divulgué quoi que ce soit sur le sujet, l'information n'avait pas encore circulé en interne, et pourtant la presse savait. Quelqu'un du village les renseignait, et cette personne connaissait étrangement bien les détails du meurtre.

Ils ont donc procédé à une arrestation sans divulguer aucune information afin d'observer ce qui se passerait. Les fuites se sont aussitôt arrêtées. Soit Dodi était la source anonyme de la presse, soit un complice a cessé de donner des informations quand Dodi a été arrêté.

Les flics de Lyon n'ont pas complètement fermé le dossier, mais ils piétinent et rien ne semble pouvoir débloquer l'enquête. Je comprends leur scepticisme. Les habitants de Douve ne parlent pas, personne n'a rien vu, rien entendu. Parmi les doutes qui planent, l'un d'eux concerne l'arme du crime.

Le marteau est censé provenir de la boîte à outils de Dédé. Alors comment expliquer qu'il n'y ait que les empreintes de Dodi ? Est-ce qu'il a été nettoyé puis glissé dans la main du suspect pour lui faire porter le chapeau ? Selon les enquêteurs, il ne fait aucun doute qu'il est mêlé au meurtre d'une façon ou d'une autre, il connaît trop de détails. Mais il est complètement rongé par l'alcool, son corps rachitique tremble presque sans interruption, il n'a pas le profil qu'on attend.

Marchand conclut ses notes par un message des flics de Lyon : en échange des documents envoyés, ils attendent de moi que je poursuive officieusement l'enquête en toute discrétion. Ils veulent que je travaille sous couverture, celle du touriste en vacances incognito.

J'ai du mal à réfréner un sourire : on ne peut pas avoir une couverture plus trouée que la mienne. Les gens d'ici savent que je suis flic, que mon père l'était, que ma mère est journaliste et que j'ai Douve dans les veines. Je n'ai rien de très consistant à proposer aux Lyonnais à l'exception d'un passage à tabac sans motif apparent et d'un parapluie qu'on a glissé dans ma voiture. Peut-être que les enquêteurs vont revenir quand ils apprendront pour François. Ce sera sûrement le cas si on retrouve son cadavre.

Je lève la tête en direction des jumelles. J'espère qu'elles ne m'ont pas entendu imaginer leur frère sous forme de macchabée. La tablée est toujours silencieuse. Seul Maxence lâche quelques mots par intermittence, donnant des conseils au hasard, des messages d'espoir plats.

Je continue de feuilleter les différentes dépositions recueillies, toutes aussi désespérément vides. L'une d'entre elles attire mon attention.

Un camionneur affirme que la nuit qui a suivi le meurtre, alors qu'il était stationné devant l'auberge des Trois Sapins pour se reposer avant de reprendre la route, il a vu une voiture surgir depuis la départementale qui mène à Douve. Le véhicule a ralenti en passant devant l'auberge puis accéléré à pleine vitesse. Le témoin a eu l'impression que c'était lui qui avait fait fuir la conductrice. Il n'a pas distingué suffisamment nettement l'habitacle pour en être certain, mais pour une raison qu'il ne parvenait pas à expliquer, il avait le sentiment qu'il s'agissait d'une femme.

Contrairement aux déclarations des habitants de Douve, ce témoignage a au moins le mérite de faire plus de deux lignes. Je pense que les flics de Lyon l'ont glissé exprès. Il n'apporte aucun éclairage sur le meurtre, mais il démontre qu'à l'extérieur de Douve, on est plus volubile qu'au cœur même du village où le crime a eu lieu. Ils ne font que confirmer les craintes de Mathilde : un mystère encombrant pousse le village dans le mutisme et l'arrestation de Dodi semble n'y avoir rien changé.

— Il se comportait bizarrement, depuis quelque temps.

La jumelle silencieuse regarde sa sœur, sidérée. Il doit y avoir bien longtemps que les deux n'ont pas exprimé une pensée individuelle. L'émancipation soudaine de la moitié du bloc apporte un sursaut bienvenu.

J'avale une lampée de bière en observant la bavarde. C'est une technique qui a fait ses preuves : y aller avec des pincettes quand on veut encourager une langue qui se délie.

— Il faut se rendre à l'évidence. Il a fini comme Dédé. Ça lui pendait au nez.

— Qu'est-ce qui lui pendait au nez ? je demande, doucement.

— Après Dédé, il était le prochain sur la liste, c'est logique.

— Vous pensez que la disparition de votre frère est liée au meurtre de Dédé ?

La moitié silencieuse sort de sa léthargie et se lève pour prendre sa sœur dans ses bras. Elle me lance un regard furieux.

— Vous voyez bien qu'elle est chamboulée, non ?

Michèle, Rose et Maxence restent muets. *Le Silence des Larsan*. Ça ferait un bon titre pour la suite de *L'Évadé*. C'est plus vendeur que *L'Homosexualité à Douve dans les années 1970* suggéré par Irénée Moustier.

— J'ai besoin de savoir pourquoi vous dites que François était le prochain sur la liste.

Maxence fait un geste d'apaisement avec les mains, dans une attitude de pasteur évangélique qui commence à me taper sur les nerfs.

— Hugo, je crois que...

— Si vous voulez avoir une toute petite chance de retrouver votre frère en vie, dites-moi ce que vous savez, madame Baldwin.

— C'est trop tard. On l'a toujours su, au fond, que ça finirait mal.

Maxence se lève et vient à son tour réconforter la jumelle volubile. Rose et Michèle lui prennent chacun une main et en quelques secondes, un véritable rempart affectif entoure la femme. Ils ne cherchent pas à la consoler, ils veulent qu'elle se taise.

— Qu'est-ce que vous cachez ? Pourquoi vous voulez l'empêcher de me parler ?

Parfois, l'impossibilité du mensonge devient un atout. J'ai touché un point sensible. Maxence se décolle de la jumelle et se met à hurler, d'une rage forcée qui ne cherche qu'à changer de sujet.

— Un peu de décence, Hugo ! Elle vient de perdre son frère, elle n'est pas dans son état normal, vous voyez le mal partout. C'est peut-être la déformation de votre métier, mais cette paranoïa est insupportable !

— Comment savez-vous que François est mort ?

— Quoi ? Je n'en sais rien.

— Vous avez dit qu'elle vient de perdre son frère. Dans le genre indélicat, vous me surpassez.

Il reste un instant interdit, bafouille quelques sons inaudibles, puis les derniers lambeaux de l'homme à la maîtrise parfaite finissent de se dissoudre complètement.

— Laissez-nous, Hugo. Vous ne savez pas de quoi vous parlez. Vous générez de la souffrance inutilement.

Je retourne auprès de mon zinc flamboyant pour m'empêcher de céder à mon envie impérieuse de renverser la table et de les secouer un par un. Maurice fait très bien semblant d'être plongé dans son livre, mais son petit sourire en coin le trahit. Le plaisir d'avoir mis un doigt dans Douve la mystérieuse dissipe ma colère plus vite que je n'aurais cru. Je termine mon demi et en commande aussitôt un deuxième, surtout pour attirer l'attention de Maurice.

— Il y a quelque chose que vous ne dites pas, Maurice. Qu'est-ce que c'est ?

Maurice prépare l'impeccable demi sans décrocher un mot.

— Douve me coule dans les veines. J'ignore encore pourquoi, mais une partie de moi appartient à cet endroit. J'aimerais savoir.

Il pose délicatement un nouveau sous-bock sec devant moi et y installe la bière. Il me dévisage avec son regard doux de barman attentif.

— Vous imaginez des choses, Hugo. Douve n'a rien à cacher.

Je trempe mes lèvres dans le breuvage amer, mais le cœur n'y est pas. Je l'abandonne à Maurice et sors prendre l'air.

Qu'a voulu dire la jumelle ? Quel rapport existe-t-il entre Dédé et François ? Il a peut-être été témoin du meurtre. Mais pourquoi n'avoir rien dit ? Pourquoi personne ne dit rien dans ce village, si le silence ne leur garantit pas même la sécurité ?

22

Emmitouflé dans mon manteau trop léger, je remonte l'artère du village jusqu'à la lisière de la forêt. Je m'assois sur la barrière en bois qui fait barrage, la forêt dans mon dos, pour mieux contempler Douve. La face cachée va finir par se dévoiler, je suis confiant. Il me manque encore quelques morceaux et je saurai. J'ai le cerveau qui tourne en rond du côté de François et Dédé. Je dois connecter mes neurones ailleurs, ce n'est pas bon la réflexion en spirale.

La lettre aperçue chez le maire, c'est un bon changement de sujet. Cette écriture que j'ai reconnue, où est-ce que je l'ai déjà vue ? Embrumés par Douve et les vapeurs d'alcool matinales, mes neurones pataugent. Je tire sur le livre de ma mère enroulé dans ma poche. Rien de tel que de lire au pied des sapins.

La bande du magnétophone continue de tourner, enregistrant le silence qui règne dans la petite cellule. Ni Levasseur, ni Boloren, ni moi-même n'osons commenter les paroles de Fauvier. Les yeux au plafond, il a arrêté de parler. On entend seulement le très infime bruissement de la bande magnétique tournant sur elle-même. Une longue minute s'écoule avant que Boloren ne se décide à reprendre l'interrogatoire.

Boloren : Il faut nous dire ce qui s'est passé ensuite, Fauvier.

Fauvier : Je ne sais pas si mon fils est en vie. Ce détraqué l'a peut-être assassiné et abandonné quelque part dans la forêt. Il connaît les sous-bois comme sa poche.

Boloren : Qu'avez-vous fait après avoir découvert que votre fils partageait l'omelette de Drengursson ?

Fauvier : Une fois le choc passé, je me suis précipité vers la table, j'ai arraché l'assiette et je l'ai jetée à l'autre bout de la pièce. Mais elle était presque vide. Le mal était fait.

Boloren : Comment a réagi Drengursson ?

Fauvier : Il a ri. Un rire sonore, mauvais. Vincent ne comprenait pas. Il nous observait tous les deux sans rien dire. Le rire de Drengursson... J'ai sorti mon arme. Je ne savais pas quoi faire. Il a ri de plus belle en m'encourageant à tirer et à éliminer la seule personne au monde capable de sauver mon fils d'une mort certaine. À cet instant, tout est devenu limpide. Le plan était simple : je le laissais partir avec mon fils et il lui donnerait l'antidote une fois dans la forêt.

Boloren : Je ne suis pas expert, mais il me semble qu'on ne guérit pas d'un empoisonnement à l'amanite phalloïde...

Fauvier : Il se vantait d'être le seul capable de le faire. Je n'avais pas d'autre choix que de le croire. Je ne pouvais pas risquer la vie de mon fils sous prétexte qu'il bluffait peut-être. Je ne suis même pas certain que ce soient des amanites phalloïdes qu'il m'a fait préparer. Il a peut-être choisi des champignons qui leur ressemblent une fois mis en bocal, mais qui sont parfaitement comestibles. Comment savoir ? Il était hors de question que je prenne ce risque.

Boloren : Pourquoi avoir mis tout ce temps pour nous le dire ?

Fauvier : Il exigeait un délai, sans quoi il exécutait mon fils. Il a son arme. Il avait besoin de prendre de l'avance pour augmenter ses chances d'échapper à ses poursuivants, mais aussi pour se soigner. Il a dit qu'ils auraient probablement vingt-quatre heures douloureuses malgré l'antidote.

Boloren : Vous avez une idée d'où ils peuvent être ?

Fauvier : Si Drengursson a suivi les conseils de mon fils, alors je suis persuadé qu'ils sont partis vers le sud.

Boloren : Pourquoi ? Les points de fuite sont plutôt vers l'ouest.

Fauvier : Il y a un point d'eau à une dizaine de kilomètres au sud.

Boloren : L'eau n'est pas ce qui manque, dans cette forêt. Qu'est-ce que cet endroit a de si particulier ?

Fauvier : C'est une zone de chasse pour les loups. Et mon fils préférera se faire dévorer avec ce type que de le laisser s'enfuir.

Boloren : Vous êtes sûr de vous ?

Fauvier : Au moment de leur départ, Vincent a dit à Drengursson : « Votre plan ne marchera jamais. Vous vous jetez dans la gueule du loup. » C'était étrange comme remarque, Drengursson n'a même pas relevé. J'ai compris plus tard que c'était à moi que cette phrase s'adressait. Il m'indiquait où ils iraient.

Levasseur et Boloren transmettent leurs instructions sans attendre. Des flics en civil courent dans tous les sens, attrapent leurs talkies-walkies et relaient les ordres devenus prioritaires : on élargit la zone de recherches, tout le monde doit foncer vers le sud. Les deux inspecteurs attrapent leur manteau, chargent leurs armes et partent en courant à travers la forêt. Je les suis dans les sous-bois sombres. Nos pieds s'enlisent dans la boue pleine d'aiguilles de sapin et nous sommes bientôt obligés de ralentir le rythme. Il est presque midi mais la lumière sombre donne plutôt l'impression d'un crépuscule hivernal.

La pluie aussi soudaine que violente me trempe avant que j'aie le temps de réaliser qu'elle tombe. Je sauve de justesse les fragiles pages de *L'Évadé* en le glissant dans ma poche et je cours vers l'hôtel. Je traverse sans plaisir la minuscule réception ; Le Douve n'exerce plus sur moi l'attrait du premier jour, tout commence à m'y lasser et même le service haut de gamme de Maurice ne m'amuse plus.

Il m'adresse un sourire amical quand il m'aperçoit au pied de l'escalier. Je monte dans ma suite, dégoulinant. Il est presque onze heures trente. Je n'ai plus qu'à attendre, avec l'impatience d'un adolescent, mon déjeuner avec Mathilde. J'observe par la fenêtre, qui ne sera pas restée sèche longtemps, le sempiternel spectacle de Douve sous la pluie. Une monotonie rassurante. Il n'y a que la météo qui soit franche ici.

Le nez collé à la vitre, je m'amuse à créer un petit rond de buée par intermittence quand une brève sonnerie retentit au fond de ma poche. Un message a traversé les nuages opaques pour venir se loger dans mon téléphone à l'unique point de réseau. Unique, mais indéfectible.

C'est Bergeron qui m'apporte des nouvelles. Ou plutôt une absence de nouvelles. Il a profité de son arrivée matinale au commissariat pour se pencher sur les casiers judiciaires de ma liste de villageois. Il n'en est rien sorti. En revanche, en effectuant des recherches sur internet, il a trouvé quelques ouvrages où leurs noms étaient mentionnés. Outre celui de ma mère, des livres sur la Résistance évoquent l'héroïsme de certains habitants de Douve au moment de la chasse aux nazis. Les noms de Larsan, Brotec et Baldwin reviennent souvent.

Une détermination qui, à l'époque, forçait le respect, mais qui rend mal à l'aise avec le recul. Leur vendetta impitoyable n'a épargné personne. Amédée Brotec aurait été le chef de cette petite armée improvisée de Douve. Pas de casier judiciaire, mais du sang sur les mains. Bergeron conclut son long message par cette remarque tranchante. Je pianote un *merci* rapide.

Dédé, le tenancier apathique et mou méprisé par ma mère, en chef impitoyable de la Résistance. Les vraies personnalités se révèlent en temps de guerre. Cet homme était un boucher.

Je me débarrasse de mes habits trempés par la pluie et j'évalue les dégâts sur mon corps dans le reflet du miroir. Je ressemble à un type dans une pub contre la violence conjugale, une campagne où ce seraient les femmes qui cognent. Je fais un tour sur moi-même, les ecchymoses seront parties d'ici quelques semaines. Rien d'indélébile. Je me douche parce que la pluie a l'odeur de Douve. Je ne veux pas sentir le sapin rance.

J'attrape un jean, un tee-shirt et mon pull en vrac dans ma valise. Tous mes habits sont imprégnés par l'humidité. Je prends mon manteau mouillé sous le bras et je glisse l'enveloppe de Marchand, le bouquin de ma mère et mon téléphone à l'intérieur de la doublure à peu près épargnée. Il est près de midi, Mathilde m'a donné rendez-vous aux Trois Sapins à la demie, je serai un peu en avance mais la perspective d'une bière du Colonel me motive davantage que celle de ma fenêtre fouettée par la pluie.

Maurice est plongé dans la lecture de son journal et ne me remarque pas au moment où je quitte le hall. Je cours à la voiture sous une pluie torrentielle et me précipite à l'intérieur en poussant des jurons. Je devrais renoncer aux empreintes et utiliser mon parapluie. Je n'aurai bientôt plus aucun vêtement sec. Je pose mon manteau en boule et son contenu sur le siège bébé et je démarre en trombe. Je traverse le village lancé à pleine vitesse, soulevant des gerbes d'eau qui viennent s'écraser contre les fenêtres des maisons qui longent la grand-rue. Pas de quoi nettoyer Douve de ses noirceurs profondément incrustées. De toute façon, on ne peut pas faire partir une tache invisible.

23

Même en vitesse maximum, les essuie-glaces sont incapables de suivre le rythme infernal de la pluie battante. J'espère que François est quelque part à l'abri. Avec ce qui tombe, même sous un arbre on doit pouvoir mourir noyé. Je roule prudemment dans ce flou torrentiel. La logique darwinienne voudrait que les habitants de Douve deviennent amphibiens d'ici quelques générations.

Je n'ai jamais vu autant de voitures devant les Trois Sapins. La pluie a dissuadé les vacanciers de passage de poursuivre leur route. Je rassemble mes affaires que je tiens serrées contre mon ventre, je respire un bon coup et sprinte jusqu'au restaurant sous le déluge. Je déboule trop vite dans la grande salle bondée. Un solide bonhomme m'attrape par le bras au moment où je m'apprête à effectuer une glissade au dénouement certainement douloureux.

— T'inquiète pas, frangin, un routier te laissera jamais tomber.

Il éclate de rire, imité par ses deux camarades au comptoir. Comme je le fixe avec des yeux ronds, il me demande si je vais bien. Je lui donne une réponse qui ne doit pas le rassurer.

— Frangin...

Je me précipite vers la place libre la plus proche et je récupère l'enveloppe de Marchand pliée dans mon manteau.

— Frangin...

Je la retourne pour en faire tomber les feuilles qu'elle contient et j'attrape celle qui m'intéresse. Je relis plusieurs fois le commentaire du flic de Lyon à propos de l'absence de mobile de Dodi : *Le mobile est flou. Il n'hérite de rien, puisque tout revient aux enfants de Dédé.*

Il y a plusieurs enfants. Maurice a donc des frères et sœurs ? Pourquoi n'apparaissent-ils nulle part dans le dossier ? Ou alors c'est une faute de frappe du policier ? C'est peut-être sans importance, mais dès qu'on peut éclairer une zone d'ombre autour de Douve, il ne faut pas laisser l'occasion s'échapper.

— Qu'est-ce que je vous sers, inspecteur ?

La tenancière imposante se tient debout devant moi, les mains sur les hanches, dans cette attitude de défi qui ne la quitte jamais.

— Quatre bières du Colonel. Une pour moi et trois pour mes amis au comptoir.

Je les désigne du menton.

— Ils m'ont évité un bleu supplémentaire.

Elle lève des sourcils étonnés puis s'en retourne derrière son comptoir en haussant les épaules. Je parcours le dossier de Marchand de long en large à la recherche d'une autre mention de cette mystérieuse fratrie. Je ne trouve rien.

— Frangin !

Je regarde en direction de la voix qui me hèle. Les trois routiers lèvent leur bière fraîchement servie avec l'énergie de la reconnaissance. Je leur adresse un sourire qui signifie *de rien* et je me replonge dans mes vaines lectures.

Après une bonne minute de fouille infructueuse, je sors la tête de ma paperasse. La bière du Colonel m'attend sur la table sans que je l'aie vue arriver. En buvant la première et meilleure lampée, je me fais la réflexion que la tenancière est dotée du même pouvoir de furtivité que son neveu. Je repose la bière brutalement sur la table. Son neveu… Douve me ramollit le cerveau.

Je hèle la tante de Maurice qui me fait signe qu'elle arrive. Elle prend une commande avec le sourire et me rejoint ensuite, non sans avoir pris soin de faire disparaître toute trace de bonne humeur.

— Qu'est-ce qu'il vous manque ?

— Un renseignement.

— Faites vite, y a du monde.

— Maurice a des frères et sœurs ?

— Une sœur, pourquoi ?

— Elle n'habite pas à Douve ?

La tante protectrice me regarde avec un air méfiant. Donner des informations sur sa famille à un flic, c'est toujours rebutant, je ne peux pas lui en vouloir.

— Je peux aider Dodi à sortir, mais j'ai besoin qu'on arrête de se taire.

— Elle est à Lyon, je crois. Ou ailleurs. Ça fait longtemps que je ne l'ai pas vue.

— Vous savez comment je peux la joindre ?

Elle secoue la tête, puis vérifie autour d'elle que personne ne nous écoute. Elle se penche vers moi et me glisse, d'une voix murmurée à peine audible dans le brouhaha de son auberge :

— C'est une petite pimbêche égoïste. Elle vient à Douve quand ça lui chante, et comme vous vous en doutez, c'est pas souvent.

— Elle était en contact avec son père ?

— Je sais pas. Les rares fois où elle s'est pointée, elle est jamais passée me faire coucou. Alors je peux pas vous dire, il faut demander à Maurice. Quel rapport avec Dodi ?

— Aucune idée.

Elle repart vers sa salle et ses commandes, me laissant avec des questions en suspens. Pour quelle raison ma mère ne la mentionne-t-elle pas dans son livre ? Elle est peut-être née après le passage de mes parents, ou alors elle n'était pas à Douve au moment de l'affaire Drengursson... Serait-elle la femme aperçue par le camionneur le soir du meurtre ?

Le flou s'ajoute au flou.

— C'est Dédé sur la photo ?

Mathilde me désigne sans émotion l'image de la scène de crime. Je rassemble rapidement les photos de tête ensanglantée et les glisse dans l'enveloppe sans rien répondre.

— J'ai une copine en fac de médecine. Un jour, elle m'a fait entrer discrètement et je l'ai assistée pendant la dissection d'un corps. Une photo noir et blanc d'un crâne défoncé, ça n'a rien de très effrayant.

Je ne sais pas si c'est son sourire ou sa façon d'occuper son temps libre qui m'effraie le plus.

— Alors ? Tu as interrogé Larsan et les autres à propos de Dodi ?

— Un peu. On a été interrompus. Tu avais raison : personne ne croit vraiment à sa culpabilité. En tout cas personne ne semble penser qu'il ait pu agir seul.

— Vous avez été interrompus ?

— Les jumelles Baldwin ont débarqué en plein repas : François a disparu.

Mathilde sursaute et me jette un regard effrayé.

— Vous l'avez retrouvé ?

— Non, pas encore.

— François...

L'annonce lui fait un choc que je ne soupçonnais pas. J'aurais dû y aller en douceur. Après tout, elle connaît tout le monde dans ce village.

— Tout va bien ?

— Oui, c'est juste que... Je crois que je vais arrêter de travailler à Douve. Je vais demander un congé à la région. Le meurtrier de Dédé, ou au moins son complice, est encore là-bas et je ne veux pas être celle qui remplit son assiette.

— C'est sage.

— Tu as une idée de ce qui est arrivé à François ?

— Aucune. Maxence a prévenu la gendarmerie, ils vont venir fouiller le secteur.

La tante de Maurice vient saluer Mathilde avec beaucoup plus de chaleur que ce à quoi j'ai droit. Avant qu'elle ne reparte crier nos commandes en cuisine, je la retiens pour lui poser une dernière question.

— La sœur de Maurice, elle s'appelle comment ?

— Aude. Je dois y aller…

— Pourquoi il n'est jamais fait mention d'elle dans *L'Évadé* ?

Son soupir exaspéré est très réussi.

— On n'a su que plus tard, bien après l'affaire de l'Islandais, que Dédé était le père. Elle a été élevée par sa mère dans le village, sans que personne se doute de rien.

La tante repart à ses commandes en maugréant contre ce flic de Paris qui fouine partout. Dédé était donc un héros de la Résistance et un mari infidèle. Rien d'antinomique, mais je commence à penser que certains de ses choix ont pu l'amener à élargir son cercle d'ennemis.

Mathilde sourit. Elle me regarde avec une pointe de ce que j'ose prendre pour de l'admiration.

— Maurice a une sœur ?

— Une demi-sœur, apparemment…

— Ça change quelque chose pour Dodi ?

— Pas que je sache, pour l'instant. Tu n'as jamais entendu parler d'elle ?

— Il y a cette femme… Je l'ai vue deux fois. Elle discutait avec Benjamin. Ils avaient l'air proches. Il ne me semble pas l'avoir aperçue en compagnie de Maurice. Mais je ne suis pas à Douve tous les jours et quand j'y vais, je reste dans mon magasin.

On n'arrive pas à Douve par hasard. Je demanderai à Benjamin de m'en dire plus sur cette femme.

— Comment vont les cours de droit ?

Douve est un sujet sur lequel on ne doit pas s'entretenir trop longtemps. Sa moiteur est contagieuse.

Nous abordons ses rêves de voyage, son ambition d'une carrière dans le droit international. Son assurance et sa détermination sont convaincantes et pendant un instant, je me rêve à ses côtés, affrontant l'injustice à travers le monde. Avec dix ans de moins. Travailler à Douve, ça donne des envies de lointain.

Elle me pose des questions sur mon métier, sur la vie à Paris, sur ma mère... J'évite ce dernier sujet, ce qui a pour effet inévitable de lui donner envie d'en savoir plus. Après quelques vaines esquives, j'abandonne et mentionne le problème pour la première fois à haute voix.

— Elle a la maladie d'Alzheimer. Ma mère était une aventurière, c'est une fin cruelle.

— Je trouve au contraire qu'elle a de la chance.

Je commande une autre bière du Colonel d'un geste de la main. La tournure que prend notre conversation nécessite une compensation.

— Je ne dis pas qu'elle a de la chance d'être malade, mais elle a publié la plupart de ses aventures. Je pense qu'il y a peu de malades d'Alzheimer qui ont une trace écrite de leur vie.

Je n'avais jamais considéré les choses de cette façon. Je me laisse volontiers happer par cet angle positif. Je souris. Je ne dois pas sourire souvent parce que je sens la peau qui me tire à la commissure des lèvres. Et la bière du Colonel atterrit comme par enchantement sur la table à cet instant.

J'ai abandonné depuis longtemps toute tentative de séduction des femmes. Je ne sais pas mettre en valeur des qualités que je n'ai pas. C'est corrélé à mon problème de mensonge. Je suis certain par ailleurs que tenter de séduire n'est pas d'une grande utilité. L'amour est une entreprise où la femme décide de tout. Une fois qu'on a montré qu'on est disponible et intéressé, la balle est dans son camp. Elle jauge si on est à son goût, elle pèse le pour et le contre et nous livre sa réponse par des signaux plus ou moins directs. Faire semblant d'être quelqu'un qui vaut la peine entrera éventuellement en ligne de compte, mais les femmes ne sont pas dupes. C'est l'effort qui sera salué. Comme à un entretien d'embauche. Pour obtenir le poste, ce ne sont pas les qualités mises en avant qui font envie, c'est l'attitude générale.

— Tu repars quand ?

— En principe, demain.

— En principe.

C'est ici qu'il faut faire intervenir les signaux de disponibilité. C'est ici que je reste muet.

— Tu as entendu parler de Sainte-Eudoxie ?

— Il paraît que c'est de là que vient la bière du Colonel.

— Il y a une belle vue sur la région.

Je termine ma bouteille d'un trait, je laisse quelques billets sur la table puis je la suis dehors où nous attend toujours la pluie battante. La tenancière répond à notre adieu d'un geste pressé. Son auberge ne désemplit pas.

Après m'avoir donné quelques indications sommaires sur la route à emprunter, Mathilde court à sa voiture pour éviter la pluie. Je l'imite et rejoins mon break familial en protégeant l'enveloppe de Marchand sous mon manteau.

Dès que Mathilde démarre, je me mets dans son sillage, aveuglé par un torrent d'eau que les essuie-glaces s'efforcent toujours en vain de chasser.

Nous roulons un bon kilomètre dans ce tunnel aquatique. Au fur et à mesure que nous nous éloignons de Douve et de ses environs, les nuages disparaissent et l'air devient plus sec. Je me souviens que c'est le printemps au détour d'un virage où des fleurs poussent sur le bas-côté. Le contraste est d'autant plus fascinant qu'il ne nous faut pas plus de dix minutes pour retrouver une météo plus clémente et encore quinze autres pour atteindre Sainte-Eudoxie sous un soleil éclatant.

Le village est situé en haut d'une petite colline et s'organise en colimaçon autour d'une église en pierre sèche. Un bureau de tabac, une supérette et un café me donnent des impressions de mégalopole après trois jours passés à Douve.

Je me gare à côté de la camionnette de Mathilde et je la suis dans une ruelle pavée qui longe l'église. Nous entrons dans une vieille ferme retapée avec un panneau à l'entrée : *Bière artisanale*.

Nous nous installons dans le jardin de la brasserie pour contempler la vue plongeante sur la vallée. Des hectares de sapins à perte de vue. Un type que Mathilde appelle par son prénom nous apporte deux bières. Nous avons quitté l'enfer pour le paradis sans passer par le purgatoire.

— Derrière la colline, là-bas, c'est Douve.

Je hoche la tête. Il n'y a rien de spécial à dire. Tout ce qu'on voit dépasser de la cuvette qu'elle m'indique au loin, c'est une masse de nuages gris. Je ferme les yeux et profite de la chaleur des rayons du soleil. Je laisse Douve là où elle est. Mathilde pose sa tête sur mon épaule et je la serre contre moi sans un mot. Un instant de grâce comme je n'en avais pas connu depuis trop longtemps.

Nous contemplons la vue ensoleillée quelques minutes puis elle se redresse et me dit simplement :

— Viens.

Je la suis à travers le jardin de la brasserie jusqu'à une porte en bois. Elle l'ouvre et nous entrons dans un autre jardin, beaucoup plus modeste, mais qui partage la même vue.

— J'ai acheté cette maison une bouchée de pain. Je viens parfois dormir là quand je n'ai pas le courage de faire la route pour retrouver mon appartement en ville. Et je la loue l'été à des touristes.

Elle soulève une pierre et attrape la clé qui est en dessous. Elle la fait jouer dans la serrure et pousse la petite porte de la maison qui s'ouvre dans un doux grincement. L'odeur de campagne et de vieille pierre m'apaise aussitôt. Un salon avec une cuisine ouverte, une salle de bains et deux chambres composent l'endroit.

Elle me prend par la main et m'entraîne dans la plus grande des deux. Nous nous asseyons sur le lit et je l'embrasse doucement. Elle a goût de soleil, de bière et d'herbe verte.

24

Au fur et à mesure que nous approchons du lieu indiqué, Boloren et Levasseur se ferment, attentifs à tout mouvement suspect, scrutant les bois autour d'eux avec une vigilance accrue. L'ordre est donné aux policiers en uniforme qui nous accompagnent de ne plus prononcer un mot. Nous avançons pas à pas, guettant le moindre son, traquant tout indice d'une présence humaine. Je reste en arrière, escortée par un policier qui ne lâche pas la crosse de son arme rangée dans sa ceinture. Drengursson a emporté le revolver de service de Vincent Fauvier et il y a peu de chances qu'il se laisse attraper vivant.

Les bruits de la forêt trompent sans cesse nos sens et l'avancée est fastidieuse. Les nuages sont hauts et pour une fois, la pluie nous épargne, mais la lumière du soleil filtre mal. À l'affût de tout mouvement suspect, notre chasse à l'homme est laborieuse. Le trop long silence de Fauvier a rendu les patrouilles de recherches d'humeur massacrante et à cet instant, alors que nous marchons dans une tension extrême dans ce coin de forêt misérable, je suis persuadée que

Drengursson n'a aucune chance de s'en sortir. Il sera abattu comme un chien. S'il n'y avait pas le jeune Fauvier avec lui, ils prendraient probablement moins de précautions.

Levasseur lève la main et nous fait signe de nous arrêter. Par réflexe, mon garde du corps se place devant moi et je ne vois pas immédiatement ce que l'inspecteur tente de nous montrer. Deux policiers se dirigent vers l'endroit qu'il indique puis se baissent pour ramasser un objet. Je me dégage de mon ange gardien zélé et marche d'un bon pas pour observer de plus près ce que le policier s'apprête à glisser dans un sac. Je lui fais signe de me montrer, l'homme regarde Boloren d'un air interrogateur. L'inspecteur lui donne son feu vert d'un mouvement de tête. C'est une casquette de gendarme. Elle est constellée de giclures de sang.

Drengursson a pu se débarrasser du gendarme, mais il n'y a aucune trace de son corps dans les environs. Levasseur donne l'ordre à une poignée d'agents de chercher d'autres indices tandis que nous continuons à avancer dans ce même silence approximatif. Au fil des longues heures de marche, nous trouvons encore un mouchoir, une chaussette, un bout de tissu accroché à une branche. Il n'y a plus aucun doute: le jeune Fauvier joue au Petit Poucet.

Boloren et Levasseur reprennent espoir, ils n'ont jamais été aussi proches de l'Islandais. L'excitation de fin de traque a accéléré le rythme de la marche. Les deux inspecteurs ont du mal à freiner l'impatience de leurs hommes, ils n'ont pas droit à l'erreur si près du but. Nous devons les trouver avant qu'ils ne nous repèrent. Drengursson est une bête malade, et une bête malade ne se laisse pas attraper sans avoir tout tenté à n'importe quel prix.

Boloren rassemble ses hommes. Nous sommes en cercle autour des deux inspecteurs. L'équipe est composée d'une dizaine d'agents en uniforme. Les autres sont restés en arrière pour s'assurer de récolter tous les indices laissés par Fauvier. L'inspecteur annonce qu'une pause est nécessaire pour ne pas faillir. Certains hommes soupirent, demandent à continuer mais Boloren reste ferme. Ils ne peuvent pas se permettre de tomber sur les deux fuyards alors qu'ils sont à bout de forces, tenant à peine debout.

Levasseur fait distribuer des morceaux de pain et de fromage et des gourdes de vin coupé à l'eau circulent de mains en mains. Les manteaux tombent par terre pour protéger les fesses contre l'humidité poisseuse imprégnée dans le sol et nous restons serrés les uns contre les autres.

L'ordre est donné de ne parler qu'en cas d'extrême nécessité. Nous mâchons en silence notre casse-croûte, certains à contrecœur, d'autres profitent malgré tout de cette parenthèse pour détendre leurs muscles fatigués. Un pique-nique improbable sous les sombres cimes de sapins qui s'élèvent à des hauteurs impressionnantes. À moins que ce ne soit un effet d'optique créé par la proximité des nuages. Une première goutte tombe. Puis une autre.

Les morceaux de pain sont avalés plus vite et les casquettes de police remises sur la tête pour se protéger. On jure en silence contre cette météo qui ne cesse jamais de décevoir et contre Drengursson qui nous promène dans des forêts absurdes.

Et soudain, au milieu du clapotis des gouttes traversant les aiguilles de sapin, j'entends une voix. Elle est lointaine, à peine perceptible, mais elle est là. Je lève la tête. Je ne suis pas la seule à l'avoir entendue. Les gestes sont avortés, les corps se figent, on met la main sur l'épaule de ceux qui n'ont pas entendu, jusqu'à ce que chacun d'entre nous ait compris. Ils sont là, tout proches. Impossible de dire ce qu'ils se racontent, mais nous savons parfaitement à qui appartiennent les seules voix susceptibles de résonner dans ce coin du monde.

Avec lenteur et application, les manteaux sont remis. Les trois hommes possédant des fusils partent devant, les armes à la main, les doigts dans les environs de la gâchette. Les voix reprennent. On les devine au loin. Nous gravissons une pente, ils sont de l'autre côté de la butte. Peut-être à trois cents mètres. Ils ne nous entendent pas, le vent souffle dans notre direction. Pour une fois, nous avons un peu de chance. Nous avançons lentement, les dos voûtés, le cœur battant à tout rompre. Il est temps de mettre fin à cette cavale qui a duré trop longtemps. L'affaire Drengursson s'apprête à se terminer derrière cette petite butte au sol spongieux recouvert d'aiguilles de sapin pourries.

— On dirait un Schtroumpf.

Mathilde s'est réveillée. Elle passe son doigt sur ma peau bleuie par les coups.

— Tu as croisé la route du grand méchant Douve...

Elle sourit. Je pose le livre de ma mère sur la table de nuit et me penche vers elle pour l'embrasser dans le cou. Elle se blottit contre moi et nous regardons le plafond jauni par les années. Je ne pense à rien. Le privilège du bonheur. Jusqu'à ce qu'une faim soudaine se manifeste à travers un gargouillis terrible. Mathilde se lève en riant.

— Je vais nourrir le schtroumpf.

Sans prendre la peine de s'habiller, elle sort de la chambre, attrape un paquet de coquillettes dans un placard et met une casserole d'eau sur le feu. Elle se place dans l'embrasure de la porte qu'elle a laissée ouverte pour admirer la vue sur la vallée. Je la rejoins, aussi nu qu'elle.

Le soleil n'a pas chômé. Il est déjà très bas. Je suppose qu'il doit être près de sept heures. Ève et Adam contemplant le jardin d'Éden. Est-ce qu'ils en profitaient vraiment, de leur paradis ? Est-ce qu'on profite quand on croit que ça va durer toujours ? Je prends la main de Mathilde parce que je connais la valeur du bonheur. Je la tiens fermement jusqu'à ce que l'eau bouille.

Je verse les coquillettes dans deux bols, avec un morceau de beurre, pendant que Mathilde installe des couvertures dans l'herbe. Une pour nos derrières nus et l'autre pour protéger nos épaules de la brise du soir. Nous dévorons nos bols en silence sous les dernières lueurs du jour.

— Je vais dormir à l'appartement. J'ai rendez-vous à l'université demain pour déjeuner. Reviens demain soir, si tu veux.

— Bien sûr que je veux.

— Je cuisinerai un truc encore meilleur.

J'avale jusqu'à la dernière coquillette et termine son bol qu'elle a abandonné dans l'herbe. La perspective de quitter Mathilde pour retrouver Maurice ne m'enchante pas vraiment.

Je quitterai son hôtel pour de bon demain à la première heure. Je voulais voir Douve, j'ai vu Douve. Je ne peux pas dire que le village m'ait déçu. C'est un coin du globe qui en vaut bien un autre et puis on n'a pas tous les jours l'occasion de visiter un village qui a la guigne. Je comprends l'attachement du jeune maire pour l'endroit. Il y a une fragilité attirante dans le désespoir.

Je m'attendais à pire. J'espérais même un peu le pire. Je voulais croire que le village qui me coule dans les veines était plus infâme, que le meurtrier qui y sème la terreur était un vrai sadique. Au lieu de ça, je me suis fait servir des bières par un maître d'hôtel haut de gamme et leur meilleur profil d'assassin s'est révélé être un alcoolique notoire incapable de faire du mal à qui que ce soit. Sans mes passages à tabac à l'orée du bois, je me serais presque ennuyé.

Mathilde enfile un pantalon, se glisse dans un tee-shirt et attache rapidement ses cheveux en queue-de-cheval. Je contemple sa beauté brute déconcertante et soupire de bien-être.

Je vais rester encore un jour ou deux, pas plus, au-delà je ne pourrai plus partir. Elle remet la couverture en place et jette notre vaisselle dans l'évier avant de me pousser dehors à deux mains.

Je l'embrasse une dernière fois devant sa camionnette, en humant à pleins poumons pour me souvenir de son odeur. Puis la jolie épicière de Douve s'éloigne sur la petite route de montagne qui s'étire loin du village à travers quelques champs épars.

Je vais frapper à la porte de la brasserie artisanale et commande trois caisses de bière du Colonel à expédier à Paris. Une pour Bergeron, une pour la brigade et une pour moi. Je ne pensais pas devenir un jour le genre qui rapporte des souvenirs de vacances.

L'abondance de réseau me permet de demander un dernier service à Bergeron : se renseigner sur Aude Brotec, sœur de Maurice et fille de la victime. On ne sait jamais. Je m'assure que mon message est bien parti et je range mon téléphone dans ma poche.

Le brasseur me tire de mes réflexions sur la famille Brotec en m'invitant à goûter une nouvelle recette de bière finement houblonnée qu'il s'apprête à commercialiser, rien qu'il ne me soit possible de refuser.

Il me fait découvrir ensuite des spécialités culinaires du coin, puis quelques autres bières en cours de validation et je finis par me décider à quitter Sainte-Eudoxie à regret alors qu'il est près d'une heure du matin. C'est au moment où le brasseur m'indique la route à emprunter pour éviter les contrôles de police que je réalise que j'ai bu plus qu'il n'est raisonnable.

25

Les routes de campagne sont étranges la nuit. Le monde s'efface, son existence se limite à ce qui apparaît dans le faisceau des phares. Les quelques lapins que je croise ont des allures irréelles avec leurs larges yeux gris déformés par la lumière aveuglante. Une inquiétante solitude de fin du monde. Je prends mes virages un peu trop serrés et mes réflexions routières philosophiques perturbent mon attention. Le sang martèle mes tempes pour me rappeler mon abus de Colonel. Il est hors de question que je plante ma voiture de location surclassée avec siège bébé gratuit dans un fossé désert au bord duquel personne ne s'approchera avant une bonne dizaine d'heures. J'espère de tout mon cœur qu'Hervé Grandchamp est mort sur le coup.

Je me passe la main sur le visage, je le masse avec vigueur et je respire profondément. J'ai hâte de rejoindre ma suite chez Maurice pour m'allonger et ne plus avoir besoin de me concentrer sur rien.

Quand je découvre l'auberge des Trois Sapins sur le bord de la route, je me gare par réflexe sur le parking. Il est désert. Seule une voiture est stationnée, sans doute celle de la tante imposante qui habite à l'étage. Elle est aussi isolée que Douve, mais au moins on peut passer devant chez elle par hasard.

Je jette un œil au tableau de bord. Il est presque une heure trente. Je me frotte les yeux et redémarre en douceur. Je vais m'appliquer. C'est la meilleure façon de ne pas m'endormir. Une fine pluie éclabousse en postillons le pare-brise comme pour me confirmer que je suis presque arrivé. J'ai une envie insoutenable de cigarette. La perspective du carré de chocolat ne m'enchante pas, mais je n'ai rien d'autre à me proposer. Je roule avec prudence sur la tige de pissenlit qui m'entraîne vers Douve et je sors l'étui à chocolat de ma poche avec précaution.

J'attrape un carré que je fourre dans ma bouche et je glisse la boîte dans mon manteau, à sa place initiale. Je salue ma maîtrise à haute voix et suçote mon cacao millésimé avec satisfaction.

Un frisson me parcourt l'échine, l'adrénaline monte jusqu'au sommet de mon crâne dans une vague chaude envahissante et je sens mes membres se raidir. Je stoppe la voiture au milieu de la route, le souffle coupé. *Ding*.

La bille a terminé sa course.

Elle a cogné contre la petite cloche finale et s'est immobilisée dans un coin de mon esprit. Derrière elle, un champ d'incertitudes vient de livrer ses secrets : l'élément qui coince ne coince plus.

Je dois prendre une série de décisions rapidement, sur une route de campagne au milieu de la nuit, avec pour seul matériau tangible le témoignage d'une bille métallique intérieure. Je réalise alors que mes phares éclairent le panneau *Douve*, je me suis arrêté à l'entrée du village. Il est devant moi, noir, silencieux. J'entre ou, au contraire, je m'en éloigne le plus possible ? Je pourrais retourner à Sainte-Eudoxie, la clé de chez Mathilde est sous la petite pierre. J'aurais tout le loisir de vérifier les confidences de la bille depuis là-bas. Une pensée me traverse : François.

Marchand et son équipe de gendarmes étaient attendus dans l'après-midi pour tenter de le retrouver. La route est longue, il y a peu de chances qu'ils soient repartis. Ils dorment sûrement à l'hôtel. Je vais réveiller Marchand, j'espère qu'il comprendra. Je dois vérifier les accusations de ma bille sans que personne au village s'en rende compte.

Le chocolat... Il m'aura fallu trois jours pour comprendre. La réponse était trop simple : le chocolat.

Est-ce qu'il sait qu'il s'est trahi ? Mon inefficacité m'effraie. J'ai été à ce point naïf, j'ai cru pouvoir faire le touriste, enquêter en dilettante sur un meurtre et sur mes parents. Qu'est-ce qu'il attend de moi ? Je dois en avoir le cœur net. Il faut que je prévienne Marchand. Ensuite, je confronte mon homme.

J'observe la rue principale de Douve, j'évalue la distance jusqu'à la petite place cerclée par l'hôtel, la mairie et la boutique de Mathilde, puis je m'engage au jugé tous feux éteints dans le hameau endormi. Je roule lentement. Les éclairages parasites du tableau de bord rendent l'obscurité extérieure encore plus opaque.

J'ouvre la fenêtre et glisse ma tête dehors pour mieux discerner l'emplacement du trottoir et les éventuelles voitures qui y sont stationnées. J'atteins finalement la petite place et j'éteins le moteur. Je sors du véhicule, claque doucement la portière et attends quelques minutes afin de m'assurer qu'il n'y a aucun bruit.

Autour de moi, je ne remarque que les voitures garées là depuis plusieurs jours. Aucun véhicule de gendarmerie. Est-ce qu'ils sont déjà repartis? Je fronce les sourcils. Je vais contacter Marchand sur son portable, peut-être qu'il est à l'hôtel avec ses hommes et que l'un d'eux a été appelé dans le coin sur une autre affaire. Cela expliquerait l'absence de véhicule. Ou alors ils ont déjà trouvé et rendu François à ses deux terribles sœurs.

Je brandis mon téléphone bien haut au-dessus de ma tête sans trop y croire: pas de réseau. J'entre dans la mairie sans serrure et j'avance à tâtons vers le bureau du maire en éclairant le chemin avec l'écran de mon portable. Il y a un téléphone fixe sur la table de travail.

Je cherche le numéro de Marchand dans mon répertoire puis je soulève le combiné du téléphone et compose les premiers chiffres.

Un mouvement derrière moi. Je n'ai pas le temps de me retourner, un violent choc sur le crâne m'envoie valser par-dessus le bureau. Je m'effondre, sonné, et tente de me relever. Un nouveau coup me plonge plus profondément dans les vapes. Je n'ai pas vu ton visage, mais je crois savoir qui tu es.

Je me réveille par intermittence, l'esprit plongé dans une brume épaisse. On me traîne sur le sol et j'évite de résister parce que c'est aussi inutile que douloureux. Je glisse sur le dos, tiré par les pieds, et je sens l'arrière de mon crâne chauffé par le frottement. Je tâche de donner une impulsion régulière à ma respiration pour ne pas céder à la panique et je me concentre sur mon environnement.

Je n'ai pas dû rester inconscient plus de quelques secondes, je suis encore dans la mairie. Je voudrais soulever la tête, vérifier l'identité de la silhouette qui me fait racler le plancher, mais ma tête est trop lourde.

Il ouvre la porte de la mairie, je sens le courant d'air glacé qui passe sur mon corps inerte. Il avance dehors en me traînant toujours derrière lui. Je me souviens qu'il y a deux marches entre la mairie et le bitume de la petite place. Je n'ai pas l'impression qu'il compte me ménager. Ma tête cogne contre la première marche. Une douleur fulgurante se propage dans tout mon crâne. J'ai l'impression de pousser un hurlement, ce n'est peut-être qu'un vague grognement. Ma vue se trouble, j'ai le souffle coupé.

Quand ma tête heurte la deuxième marche, je m'évanouis pour de bon, surtout par confort. Ça fait bien trop mal.

26

Peu importe où on s'endort, on se réveille toujours quelque part. Cette phrase étrange tourne en boucle dans mon crâne au moment où j'émerge doucement. *Peu importe où on s'endort, on se réveille toujours quelque part.* Ma joue est collée contre un sol froid. Il fait noir. *Peu importe où on s'endort, on se réveille toujours quelque part.* Cette litanie obsédante revient au rythme du sang qui martèle mon cerveau. J'ai pris un sacré coup à l'arrière de la tête. Chaque esquisse de mouvement me fusille le crâne. Un froid humide. Je suis toujours à Douve.

Ma vue troublée s'habitue à l'obscurité. Je décolle très lentement la joue du sol. Chaque centimètre est un effort. Mes mains refusent de m'aider. Elles sont attachées.

Allongé sur le côté, je bascule lentement sur le dos. Une sorte de veilleuse est allumée au fond de la pièce. L'endroit m'est familier, je suis déjà venu. Je dois recouvrer une vue plus nette, ensuite je pourrai me concentrer, comprendre ce que je fais là et ce qui s'est passé. Je ferme les yeux et les rouvre plusieurs fois. Le flou se dissipe. Je recommence. Les formes autour de moi deviennent plus nettes au fur et à mesure que je déploie mes paupières.

Je tourne la tête vers la petite veilleuse. C'est une lampe de poche posée par terre. Elle éclaire un verre placé à côté. Il est plein d'un liquide sombre. Ma bouche est pâteuse. J'ai soif. Pour me redresser sans les mains, je dois soulever mon corps d'un seul élan. Cette simple idée me fusille les tempes.

Je prends une grande inspiration et me relève d'un bond. J'ai la sensation qu'on me plante des milliers d'aiguilles dans le cerveau. La douleur est trop aiguë pour me faire hurler. Je reste la bouche ouverte quelques secondes, paralysé par cette décharge foudroyante, et il me faut beaucoup d'auto-persuasion pour ne pas tourner de l'œil. L'armée d'aiguilles s'éloigne. Ma respiration reprend un rythme normal. Le verre est à quelques mètres. J'avance sur les fesses en pliant et dépliant les jambes pour créer une ondulation efficace. Je maîtrise bientôt cette étrange façon de me déplacer et touche enfin au but.

Je me redresse sur les genoux pour poser mes lèvres sur le bord du verre, dans une posture qui donne l'impression que je me prosterne devant la boisson. J'avale les premières gorgées rafraîchissantes avec soulagement mais je ne peux réfréner une moue de dégoût quand l'alcool réchauffe ma gorge. Les récents abus à la brasserie artisanale de Sainte-Eudoxie ne sont pas étrangers à mon mal-être. Je rêve d'eau et de paracétamol.

Je reconnais ce breuvage hautement titré en alcool qu'on a laissé à mon intention : c'est un Maurice.

Un cocktail remarquable, mais le luxe et le raffinement ont besoin d'être mis en scène. Les mains attachées dans le dos, enfermé dans une salle humide et sombre, ce n'est pas propice à la délectation des choses. Un bruit me fait sursauter.

Un grognement résonne à l'autre bout de la pièce. Je parviens à attraper la lampe de poche avec ma bouche et j'éclaire en direction de cet étrange son. Un homme est étendu sur le dos. Il ronfle. Je m'approche à l'aide de ma nouvelle technique de déplacement par ondulation. C'est François.

On nous réserve peut-être pire, mais en attendant, il n'est pas dans la forêt à subir les foudres hostiles de la météo. Il est profondément endormi, probablement sous sédatif étant donné le confort approximatif du lieu. On a pu droguer également mon Maurice, mais il y a des sacrilèges que même à Douve il me semble difficile de commettre.

Je laisse François à son sommeil et retourne auprès de mon breuvage. J'attrape le verre avec les dents, relève la tête et le propulse avec autant de force que possible. La perspective de mes liens bientôt découpés m'aide à supporter la nouvelle douleur fulgurante qui transperce mes tempes après cette brusque secousse crânienne.

J'attrape ensuite un tesson et entreprends de trancher patiemment l'épaisse corde qui entrave mes mains. Autant éviter les veines, ma situation est déjà assez désespérée.

Je reconnais l'endroit: nous sommes dans la cave de la maison de Dédé. Un lieu idéal pour nous garder au chaud, loin des témoins indiscrets. La corde cède enfin au moment où la porte s'ouvre en haut de l'escalier. Je garde les mains dans le dos pour ne pas faire fuir mon visiteur. Le néon du plafond clignote et je résiste à l'envie de me frotter les yeux. Je me contente de les fermer.

Je reçois un coup de pied dans la cuisse. Je lève doucement la tête en entrouvrant mes paupières. L'éblouissement m'empêche de voir son visage, mais petit à petit, des pourtours plus nets apparaissent. Maurice me regarde avec un air satisfait.

Nous sommes une armée silencieuse, avançant d'un seul mouvement, d'une marche régulière. Nos dos se courbent davantage au fur et à mesure que nous approchons du haut de la butte. Les trois tireurs s'immobilisent. L'un d'eux s'allonge tandis que les autres mettent un genou à terre. Avec un sang-froid imperturbable, ils positionnent leurs visages contre la crosse et visent vers le bas de la petite colline, celle que nous ne pouvons voir encore. Levasseur et Boloren nous font signe de nous arrêter et de nous tenir prêts. L'inspecteur de Paris confie le mégaphone à Levasseur. À lui l'honneur, nous sommes dans sa juridiction.

Les tireurs sont en place et prêts à faire feu, les policiers restés en arrière s'avancent à leur tour en rampant presque. Je reste derrière la ligne d'attaque mais j'atteins le haut de la butte avec les autres. Je devine les silhouettes des deux fuyards à une trentaine de mètres en contrebas. Ils nous tournent le dos et continuent de discuter sans qu'on parvienne à distinguer ce qu'ils racontent. Boloren fait part de son inquiétude à Levasseur. De là où ils sont, il est impossible de déterminer avec certitude lequel des deux est Drengursson. Mais ils ne peuvent plus attendre davantage. Les policiers ont pour ordre de ne tirer qu'en cas d'extrême nécessité. Levasseur allume le mégaphone et démarre l'opération finale.

— Drengursson, vous êtes en état d'arrestation, inutile de résister. N'aggravez pas votre cas.

Les deux hommes sursautent et se jettent en même temps derrière des buissons aux protections approximatives. On entend des cris étouffés, un appel au secours avorté, puis une grande confusion. Les policiers, arme au poing, descendent la pente en deux groupes, le premier tente une approche par la droite et le second par la gauche pour laisser le champ libre aux tireurs d'élite. Et soudain, un coup de feu part du buisson. Le policier chargé de ma protection s'effondre à mes pieds. Une seconde s'écoule avant que le groupe ne réalise que l'un d'entre eux a été touché.

Levasseur ordonne de ne pas tirer, mais c'est trop tard, une dizaine de balles fusent vers le buisson avant qu'il ait réussi à convaincre ses hommes de cesser le feu.

De nouveau le silence. Levasseur se précipite vers le policier tombé devant moi. Il a pris une balle dans l'aine. L'homme assure qu'il va bien. Une main sur la blessure et l'autre sur les yeux *comme pour se concentrer sur autre chose que la douleur. Levasseur marmonne un ordre à l'un des tireurs qui fouille aussitôt dans son sac et en sort un pistolet d'alarme. Il lève l'arme vers le ciel et tire une fusée éclairante. Une poignée de minutes plus tard, le bourdonnement d'un hélicoptère en approche se fait entendre.*

Je jette un coup d'œil furtif vers le buisson silencieux où les deux fuyards s'agitaient plus tôt. Une odeur de poudre flotte dans l'air. Levasseur me fait signe de rester près du blessé. Il sort son arme et descend lentement vers le buisson, accompagné de Boloren et de deux tireurs. Les deux groupes partis chacun d'un côté de la pente se rapprochent du buisson immobile.

Les policiers tous amassés au même endroit m'empêchent de voir. J'entends seulement des éclats de voix, de l'agitation. Levasseur s'énerve, demande qui a tiré, promet des sanctions.

— Il respire !

Je ne sais pas s'ils parlent des deux hommes ou seulement de l'un d'eux. Un policier pratique un massage cardiaque. Nouvelle agitation. L'hélicoptère se rapproche et s'immobilise finalement en vol stationnaire au-dessus de nos têtes. La pente est dégagée mais impraticable pour un atterrissage. Des brancards descendent au bout de cordes qui tombent de l'engin et le groupe s'active à évacuer les blessés.

Vincent Fauvier est le premier pris en charge. Une balle lui a perforé un poumon, il est dans un état critique. Mon garde du corps est évacué dans la foulée. L'hélicoptère s'éloigne en nous abandonnant dans cette forêt humide. Il viendra chercher Drengursson plus tard, on ne peut plus rien pour lui. Il a pris six ou sept balles, dont une en pleine tête.

La traque est terminée, mais elle laisse un goût amer. Le soulagement qu'on attendait n'est pas là. Les choses auraient pu finir autrement et les deux inspecteurs le savent. Ils donnent l'ordre à quelques hommes de rester surveiller le corps et repartent vers Douve sans rien ajouter. Je les observe sur le chemin du retour. Nous marchons en silence dans les aiguilles de sapin humides. Levasseur jure parfois en secouant la tête. Boloren reste impassible, soucieux. Ils savent ce qui les attend à leur retour : les journalistes, les politiques, leur hiérarchie… Ils vont devoir contrer les attaques de toutes parts.

Maurice est assis sur une chaise trouvée en bas de l'escalier. Il se tient à un peu plus de cinq mètres de moi. Il ne prend aucun risque. Il referme le livre de ma mère en prenant soin de replacer le marque-page. Il le manipule un instant comme s'il s'agissait d'un ouvrage précieux. Il sourit.

— Vous êtes presque à la fin. Je ne vous raconte pas, pour ne pas vous gâcher le suspense.

Il joue toujours le serveur poli. Mais comme avec son cocktail, le contexte atténue le charme de sa prestation.

— J'espère que vous avez apprécié votre boisson. Un Maurice à la bière comme vous l'aimez. Rien de tel pour chasser le mal de crâne.

Il n'a pas remarqué les bouts de verre sur le sol. S'il les découvre, je n'aurai pas d'autre choix que d'improviser un assaut maladroit.

— C'était une belle femme, votre maman, Hugo. Elle avait une classe incomparable quand elle déambulait dans les couloirs de l'hôtel.

Il se lève, le livre dans une main et un pistolet dans l'autre. C'est un Luger, une arme utilisée par l'armée allemande pendant la guerre. Je suis coincé.

— C'est un souvenir de vos parents ?

Maurice met quelques secondes à comprendre que je parle de son arme.

— Mon père en prenait soin. Il lui a sauvé deux fois la vie pendant la chasse aux nazis. Et il en a éliminé pas moins de neuf. Sa mission est de protéger ce village, encore aujourd'hui.

Il pointe le Luger dans ma direction. C'est une arme capable de grands dégâts, mais les novices n'ont souvent pas conscience du recul. Je peux me servir de ce maigre avantage. À condition qu'il soit novice. Et qu'il cesse de s'approcher.

Il s'accroupit face à moi et pose le canon du Luger contre mon front. D'un geste très lent, il glisse le livre de ma mère dans la poche de mon manteau. Même avec du recul, on ne rate pas un tir à bout portant. Je ne peux rien tenter tant qu'il est en confiance.

— Vous n'avez pas osé tuer votre père avec son arme. Vous avez préféré lui écraser le crâne à coups de marteau.

Maurice me regarde avec étonnement. Il recule de quelques pas et baisse son arme. Il me dévisage avec son air de barman charmeur.

— Vous ignorez beaucoup de choses, Hugo. Je veux bien vous renseigner, mais il faut un peu de réciprocité. Vous répondez à mes questions et en échange, j'éclaire votre lanterne sur certains détails. Et pour vous montrer ma bonne foi, je commence : je n'ai pas tué Dédé.

Si je pars en courant, il a largement le temps de lever l'arme et de tirer.

— À votre tour : pourquoi êtes-vous venu à Douve, Hugo ?

— Pour savoir qui est vraiment mon père.

Maurice pointe à nouveau l'arme vers moi.

— Je voudrais faire les choses vite et bien. Le soleil va bientôt se lever, je dois préparer les cafés pour les clients.

— L'essentiel de votre clientèle croupit au fond d'une cave.

Il ignore ma remarque et tend son bras armé pour montrer sa détermination.

— Je vous repose la question : pourquoi êtes-vous venu à Douve, Hugo ?

— Je crois que mon vrai père est un homme qui a eu une liaison avec ma mère quand elle était ici. Je suis venu à Douve pour essayer de savoir qui c'est.

— Vous avez été pris de ce désir de connaître vos origines justement quand Dédé a été assassiné ?

— J'ai trouvé un journal par terre devant mon immeuble, il y avait un article sur le meurtre de Dédé. J'y ai vu un signe et je suis venu.

Maurice baisse l'arme et soupire, agacé. Si je lance le tesson de verre dans sa direction, je gagne peut-être une seconde. Il se lève sans un mot, s'approche de François calmement, se place juste au-dessus de sa tête, ajuste l'arme et tire. Comme ça. Dans la lumière criarde du néon, je vois le crâne de François exploser. Je pousse un hurlement.

— Qu'est-ce que vous savez exactement, Hugo ? Dites-moi ce que vous savez.

Un acouphène bourdonne dans mes oreilles, le coup de feu résonne encore dans la cave. Ma respiration est désordonnée, haletante. Je suffoque. Maurice range l'arme dans sa ceinture dans un geste d'apaisement. Comme si j'allais l'oublier en n'ayant plus le Luger dans mon champ de vision.

— Pourquoi ? Pourquoi François ?

Je marmonne la question en boucle, je ne crois pas qu'il m'entende, mais il devine.

— François présentait un risque pour le village. J'avais prévu d'évaluer ce risque, pour prendre une décision raisonnée, mais je l'ai tué à cause de vous, Hugo. Vous me faites perdre mon temps, je n'ai plus le luxe d'attendre. Si vous persistez dans votre version, je vous abats comme François, au cas où. En revanche, si vous ôtez ces doutes de mon esprit, vous repartirez tranquillement chez vous.

Après avoir assassiné froidement un homme sous mes yeux, il y a peu de chances qu'il me laisse un jour gambader hors d'ici. L'arme est toujours à sa ceinture. Il va dégainer si je ne dis rien, histoire d'accélérer la discussion. Il n'y aura jamais de bon moment. C'est maintenant ou jamais.

Je prends un élan rapide et sommaire et envoie le tesson au milieu de son visage. J'ai la confirmation que le bout de verre a atteint sa cible quand Maurice pousse un cri de douleur.

Je ne verrai pas son visage ensanglanté : aux premières notes du hurlement, je suis déjà en train de gravir les marches de l'escalier.

Je cours sans réfléchir, mû par un réflexe de survie, sans plan qui aille au-delà de la seconde suivante. Je traverse le salon et me précipite dans la rue. Il fait encore nuit, tout est silencieux. Maurice doit déjà être en train de grimper l'escalier de la cave, l'arme à la main. Je fonce en direction de la forêt à pleine vitesse, sans ralentir le rythme. À pleine vitesse vers le néant. Au moment où j'atteins la barrière en bois, trois détonations successives éclatent derrière moi. Il se rapproche.

La menace des balles me donne un sursaut d'énergie et j'accélère encore ma course. On sous-estime nos limites dans nos quotidiens trop calmes. L'essoufflement me brûle les poumons mais je n'ai pas d'autre choix que de courir encore et encore. Je pénètre dans la forêt et m'y enfonce sans ralentir ma foulée. Les branches de sapin fouettent mon visage, je parviens à éviter les troncs en zigzaguant entre les arbres. À plusieurs reprises, mes bras percutent un obstacle, mais je continue de m'enfoncer toujours plus profondément dans la forêt, sans me retourner.

27

Je ne sais pas combien de temps je slalome à pleine vitesse entre les sapins. Je m'effondre après avoir percuté une racine, à bout de souffle. Je sens les aiguilles de sapin humides et pointues sous ma tête. Ma respiration haletante m'empêche d'entendre les sons autour de moi. Je dois me calmer. L'image du crâne de François qui vole en éclats m'obnubile. Je ferme les yeux et concentre mon attention sur les battements de mon cœur. Une petite pluie fine désagréable glace mon visage. C'est bon signe. Je prends conscience de l'environnement extérieur. Mes poumons cessent d'être douloureux et je parviens à maîtriser mon souffle.

Je me relève doucement et m'assois contre le tronc d'un arbre. J'ordonne mes idées, je calcule la distance approximative que j'ai parcourue et tente de me remémorer la direction générale. Ma course à tâtons dans le noir rend l'évaluation délicate. J'ai pu tourner en rond. Maurice n'a pas réussi à me suivre. Avec le raffut de mes poumons à bout de force, je serais déjà mort.

Il connaît la forêt, mais l'obscurité et ma course désordonnée ont joué en ma faveur.

Le jour va se lever dans moins d'une heure, il va attendre d'avoir plus de visibilité. Je ne peux pas rester ici. Je dois m'éloigner davantage, trouver un abri sûr en attendant du renfort. Il n'a que deux possibilités : soit il laisse la nature s'occuper de mon sort comme ils ont fait avec leur nazi égaré, soit il se débarrasse de moi aux premières lueurs du jour. Mon seul espoir, c'est que les coups de feu aient alerté quelqu'un qui a prévenu la police. Il n'aura alors pas beaucoup de temps pour m'éliminer.

Un léger bruissement me tire de mes réflexions. Je cherche par réflexe une arme dans mes poches, mais je n'ai rien d'autre que mon téléphone portable et le livre de ma mère. Une branche craque à quelques mètres à peine. Je sursaute. Si j'y prête trop attention, les bruits de la forêt vont me rendre fou. Je remonte la fermeture Éclair de mon manteau jusqu'au cou et je sors le portable de ma poche pour vérifier le réseau. Il n'y a pas la moindre petite barre, même faiblarde. Je tends le bras vers le ciel pour quémander un bout d'onde de satellite, en vain, puis j'éteins et range le téléphone dans ma poche pour économiser la batterie.

Je croise les bras pour conserver la chaleur corporelle. Je ne peux pas continuer à avancer : je n'ai aucune idée de l'endroit où je me trouve. Je serais capable de me jeter au cou de Maurice sans m'en rendre compte.

Maurice… Pourquoi cet interrogatoire improbable ? Que veut-il savoir ? Et pourquoi avoir abattu François ? Je suis pris d'un tremblement incontrôlable en repensant à la boîte crânienne pulvérisée. L'image refuse de me lâcher. Pas une ombre de folie dans le regard de Maurice. C'est peut-être là la vraie démence. Une exécution froide, nécessaire, en tout cas dans son délire que je n'ai pas encore déchiffré.

On ne tue pas parce qu'on a un doute, pas dans le monde réel. Même dans ma vie de flic confronté à des bêtes humaines féroces, je n'ai jamais croisé la route d'un barman capable de servir un cocktail ou tirer une balle dans la tête avec la même maîtrise. Je ne me suis pas méfié de Maurice. J'ai sous-estimé le potentiel de dévastation du tenancier exemplaire. Et pourtant, une personne m'avait prévenu, en un sens : ma mère.

Elle avait vu dans cet hôtel quelque chose de sombre, de mauvais. J'ai été aveuglé par le désir que Douve ne me révèle rien sur mon père. Je voulais m'assurer que ce trou n'était qu'une aigrette de pissenlit sur une carte. Je secoue la tête de dépit, un geste que je regrette immédiatement car il réveille la douleur que l'adrénaline avait endormie.

Je ferme les yeux. Mon corps réclame du sommeil. Le froid et le danger ne suffisent plus. J'ai atteint un niveau d'épuisement qui m'oblige à céder. Je n'ai rien de mieux à faire et je dois reprendre des forces. Je repartirai dans une heure, quand la lumière du jour pourra guider mes pas. Si Maurice attend, tapi quelque part, je serai plus vulnérable en cible mouvante qu'en restant immobile au pied de mon sapin.

Je sombre dans une sieste agitée, perturbée par des réveils en sursaut. Contre un tronc d'arbre glacé, les bras de Morphée n'apportent pas le même réconfort. J'analyse le message de ma bille dans un demi-sommeil. En voilà une qui ne me déçoit jamais. C'est beau, une bille qui a ce niveau de fiabilité dans le cerveau bas de gamme d'un flic dépendant au chocolat millésimé.

Mon étui à chocolat. C'est la bille qui a tout vu. Je me remémore avec précision les gestes et les paroles de Maurice quand j'ai débarqué. *C'est dommage de rien mettre de plus sérieux que du cacao.* C'est exactement ce qu'il a dit en pointant mon étui à chocolat. *Rien de plus sérieux que du cacao*... Comment savait-il que mon étui abritait des carrés de chocolat?

Quand j'ai gobé un morceau, je n'étais pas dans son champ de vision; il ne m'a pas vu mettre le carré dans ma bouche. Il me tournait le dos, appliqué à me servir une bière impeccable. Je fais toujours attention à les gober avec discrétion. Et pourtant, il savait que c'était un étui à chocolat. Personne ne peut deviner qu'il s'agit d'un étui à chocolat sans me voir en prélever un carré. Même ceux qui le voient ont du mal à le croire.

Sa tante l'avait averti de mon arrivée, elle lui avait dit de se méfier de moi, elle lui avait raconté que j'allais fouiner. Mais elle n'avait pas pu lui dire pour le chocolat: je n'en ai pas pris aux Trois Sapins. Alors qui a informé Maurice de mon étrange lubie?

Le commissaire Grosset me lancerait des regards impatients si je monopolisais une réunion d'enquête à propos d'un étui à chocolat. Et pourtant, ma bille me dit que c'est important, que si Maurice savait que je me promenais avec des chocolats, il sait peut-être d'autres choses. Et puis la bille avait vu juste quand je me suis pris un coup sur le crâne, elle a soufflé dès le début : *C'est Maurice...*

Je ris en imaginant la tête dubitative de Grosset à l'écoute de mes conclusions cacaotières. Un rire qui se transforme en une toux sèche douloureuse. Les conifères humides s'attaquent à mes bronches. Je me recroqueville davantage sur moi-même. Je rêve d'une couverture, d'un matelas, de vêtements secs et de Mathilde. L'image de son corps blanc rassurant adoucit mes pensées, je tombe enfin dans un sommeil lourd et profond.

Un claquement continu me tire de ma sieste. Je n'ai pas l'habitude de me réveiller au pied d'un tronc et il me faut un moment avant de rétablir la chronologie des événements. Le soleil est déjà haut, j'ai dormi plus que prévu. Sans surprise, le bruit qui m'a ramené à la réalité est celui des gouttes de pluie qui frappent le sol et les branches de sapin. Je me lève doucement, courbaturé par mon bout de nuit en position fœtale.

Je réprime une quinte de toux qui cherche à s'exprimer : Maurice est sans doute à nouveau à ma recherche. Les nuages m'empêchent de savoir où pointe le soleil. Impossible de différencier le nord du sud ou l'est de l'ouest, je n'ai aucun talent de scout. Je fais quelques pas dans toutes les directions à la recherche d'indices, je vérifie que l'entrée du village avec la barrière en bois n'apparaît pas dans mon champ de vision, j'écoute les bruits éventuels de voix, de véhicules... Mais seul le son piquant des clapotis de la pluie parvient à mes oreilles. Je suis perdu et pourtant je ne dois pas être à plus de six cents ou sept cents mètres du village. Je n'ai aucune idée de la direction à emprunter.

Les barres de réseau sont toujours aussi absentes. Et l'indice de batterie est en nette diminution. Mon plan est simple : je rejoins l'entrée du village, je me faufile jusqu'à ma voiture et je m'en vais loin de Douve pour toujours. Et je préviens Marchand au passage. Où est-il, d'ailleurs, Marchand ? Maxence l'a appelé, il devait venir enquêter sur la disparition de François. C'est du moins ce que l'homme le plus riche de Douve a affirmé.

Quand la moitié des jumelles a craqué dans le bar de Maurice, un bel élan solidaire s'est empressé de la faire taire. Maxence savait peut-être que François n'était qu'à quelques mètres d'eux, à croupir dans la cave de Dédé. Si Maurice n'est qu'une fleur vénéneuse au milieu d'un bouquet toxique, mon retour à la civilisation par la case Douve s'annonce délicat.

Il n'y a rien de tel que de se perdre en forêt pour nourrir ses angoisses. Chaque danger en son temps. La première étape est de rester hors d'atteinte du Luger de Maurice. Une pointe de nostalgie vient titiller mes pensées : la peau de poulet craquante qui fondait dans la bouche. Le diable prend parfois l'apparence d'un chef étoilé. Et j'ai faim, par ailleurs. Je prends un carré de chocolat dans l'étui pour m'apaiser et me nourrir à la fois. C'est un échec. Le carré n'a pas chassé mon envie de cigarette, il n'a fait qu'attiser ma faim et renforcer ma soif. On ne fait jamais bien les choses quand on s'éparpille. Un dicton latin me revient à l'esprit : *Nusquam est qui ubique est. Il n'est nulle part celui qui est partout.*

Je fais quelques pas dans une direction au hasard pour me réchauffer, au cas où Douve serait dans les environs. Mes doigts font défiler parfois les pages du livre de ma mère au fond de ma poche. *L'Évadé* ne pourra même pas me servir pour allumer un feu réconfortant. Avant de trouver du bois sec dans la forêt de Douve, je serai mort de froid depuis longtemps ; l'humanité tout entière aura peut-être même disparu.

Je n'aperçois rien de familier. Ni lisière de village, ni tronc de conifère qui sortirait du lot. Des sapins, des aiguilles, de l'eau. J'ai soif. J'avais oublié, parce que l'humidité est partout, mais mon corps réclame une hydratation par l'intérieur.

Les mares boueuses que je croise ne sont pas engageantes. J'opte pour un arbre déchiré par le vent et la pourriture. Une flaque s'est formée dans le tronc, au niveau de la cassure. Le liquide est trop brun pour être honnête, mais le fait qu'il ne touche pas terre me rassure. Je lape timidement dans le creux de ma main. Je crache les miettes de bois en suspension. J'avale de travers, ce qui déclenche une toux bronchitique douloureuse. Puis je me remets en route, dans l'espoir ténu que ce ne soit pas pour nulle part.

Au bout de deux heures d'errance, le Luger de Maurice me semble moins effrayant que la forêt de Douve. Si au moins le soleil pointait à travers les nuages, j'aurais un indice cardinal. J'espère que Maurice panique un peu, qu'il se demande si je n'ai pas réussi à lui échapper pour de bon. À pied, je n'ai aucune chance. À moins de faire étape à l'auberge des Trois Sapins, mais la tante imposante aura sans doute été informée.

Mon meilleur espoir, c'est Mathilde. En ne me voyant pas chez elle ce soir, elle s'inquiétera. Alors elle appellera l'hôtel et Maurice lui dira que je suis rentré précipitamment pour Paris. Et elle m'oubliera. Un espoir vite déçu.

Il ne faut pas qu'elle vienne à Douve, qu'elle voie ma voiture et pose des questions à Maurice. Le maître d'hôtel distingué a prouvé qu'il n'avait pas de scrupules.

28

Lorsque nous franchissons la barrière en bois qui sépare Douve de la forêt, presque tout le village est là. Ils attendent. Ils veulent connaître le dénouement de cette histoire qui dure depuis trop longtemps, qui a braqué sur eux une lumière non désirée.

La mère de Vincent Fauvier court dans notre direction en hurlant le prénom de son fils. L'inspecteur Boloren l'arrête dans sa course. Il murmure, comme pour adoucir la mauvaise nouvelle, il prononce à peine les mots qu'elle ne veut pas entendre, la balle dans le poumon, la prise en charge par les secours. Elle hurle, frappe le policier, insulte son mari qui n'est pas là, toujours enfermé dans sa cellule, puis elle se tourne vers les villageois qui se taisent, impassibles, insondables.

D'une voix terrible, déformée par la douleur, la mère les maudit un par un, elle prend soin de prononcer chaque prénom, d'articuler chaque syllabe pour s'assurer que la damnation ne commette pas d'oubli. Elle en appelle au ciel pour que tous connaissent un jour sa douleur. Puis elle tombe à genoux et vomit à s'en arracher la gorge.

Amaury Larsan et quelques autres aident la femme à se relever. Le maire demande qu'on la conduise chez elle et que l'un d'eux reste la veiller. La parole du chef fait effet et la mère inconsolable est entraînée par un groupe de quatre hommes qui la soulèvent en douceur. Larsan attend qu'elle soit loin puis se tourne vers les deux inspecteurs et moi-même.

— Et Drengursson ?

À nos mines graves, les villageois comprennent que la vie du médecin islandais s'est arrêtée dans la forêt de Douve. Ils sont nombreux, les fuyards qui sont tombés dans ce bois. Sans prononcer le moindre mot, la petite foule se disperse, chacun rentrant chez soi reprendre sa vie là où il l'avait laissée.

Larsan reste mais n'a rien à ajouter. Que dire de plus ? Toute cette histoire avait mal commencé, elle se termine mal, il n'y a rien qui n'ait été écrit depuis le premier jour.

Levasseur et Boloren s'assoient sur la barrière en bois. Ils reprennent leur souffle, ils profitent de la dernière bouffée d'oxygène avant la déferlante qui va les emporter. Boloren offre une cigarette à Levasseur. Larsan bourre sa pipe et la fume lentement, le regard perdu dans la forêt. Il contemple la face sombre de Douve, ses sapins impraticables, son humidité sale, la mort qui s'y prélasse. Si le jardin d'Éden se cherchait un alter ego maléfique, Douve ferait figure de favori. Être maire d'un pareil échec n'a rien d'enviable.

Nous restons un long moment en silence. Un groupe de policiers en uniforme nous observe depuis la place centrale du village. Ils hésitent.

L'un d'eux s'avance finalement dans notre direction.

— Inspecteur, le gendarme veut savoir si vous les avez retrouvés. On lui dit quoi ?

Levasseur se lève avec énergie. Une étincelle mauvaise jaillit dans ses yeux.

— Dites-lui qu'il y a un mort et un blessé grave, sans préciser de qui il s'agit.

— Inspecteur...

— Faites ce que je vous dis.

Le policier s'éloigne en trottinant. Boloren et moi-même cherchons à comprendre la tactique de Levasseur. À quoi bon cette cruauté brutale maintenant que tout est terminé ?

— Il est responsable de ce merdier. On va nous le faire payer, Boloren. Je veux qu'il ait sa part.

Larsan n'a aucune réaction, son esprit continue de vagabonder parmi les sapins qui emprisonnent Douve. J'aimerais sonder ses pensées, savoir ce qu'il voit dans cette forêt, à quoi il pense ou rêve. Il y a tant de mystères dans ce village, tant de tristesse.

Les cigarettes terminées, quelques soupirs sont poussés puis nous quittons notre barrière de bois et marchons sans nous presser vers le cœur du village. Je traîne des pieds, alourdie par une sensation d'inachevé. Tout se termine sans panache. Drengursson a conclu sa cavale le corps désarticulé sur un parterre d'aiguilles de sapin. Le grand botaniste islandais qui avait su déjouer les polices à ses trousses termine sa course sous les balles. Est-ce qu'il a tué sa femme et ses filles ? Est-ce que les champignons étaient mortels ? Certaines questions restent sans réponse. Un amer retour à la normale.

Boloren et Levasseur entrent dans la petite antenne de gendarmerie. Je n'ai pas le courage de les suivre. C'est contraire à tout ce que devrait souhaiter une journaliste qui a l'opportunité d'être au cœur de l'événement, mais l'envie n'est plus là. Je retourne dans ma chambre d'hôtel du Douve. M'allonger et ne penser à rien.

Je croise en passant le tenancier du lieu, Amédée, en pleine conversation avec son frère Erwan, toujours escorté par sa bière. Quel idyllique portrait de famille, dans ce misérable bout du monde. La déchéance entretenue. Je gravis les marches qui mènent à ma chambre avec difficulté et m'effondre sur le lit dès que j'ai passé la porte. Je m'endors d'un sommeil agité, énervé, avec les images de l'assaut dans la forêt qui reviennent en boucle.

Je lève la tête. Un bout de rayon de soleil se faufile entre d'épais nuages. Je referme le livre de ma mère. Mon portable à la batterie fébrile indique qu'il est près de trois heures de l'après-midi. Me voilà avec une vague direction sud-ouest ; cela vaut toujours mieux qu'une errance totale. La forêt étant approximativement au nord du village, en suivant le soleil, je devrais me rapprocher.

J'avance bêtement, c'est-à-dire le nez au ciel avec pour seul espoir quelques rayons à peine dardés. Je contourne des sapins, évite des flaques ou y trempe mes pieds, d'abord en lâchant des jurons, puis des murmures de mécontentement, puis dans un silence fataliste. Mes pieds sont glacés, comme la forêt, ma toux s'assombrit, comme la forêt.

Je concentre mes pensées sur des considérations optimistes pour ne pas me laisser envahir par le désespoir. Je marche depuis longtemps déjà, j'aurais dû retomber sur le village si la direction était la bonne. Les rayons du soleil ont à nouveau disparu derrière la ceinture nuageuse opaque. Est-ce que j'ai fait fausse route ? J'ai peut-être imaginé ces rais de lumière qui n'ont brillé que dans mon imagination.

La forêt de Douve ne connaît pas le soleil, elle ne connaît pas l'espoir ni le pardon, elle avale, elle engloutit et elle recrache quand c'est trop tard. Je ne survivrai pas une nuit de plus. Je ne suis pas le fils Fauvier ni Drengursson, je n'ai aucun repère. Je ne finirai même pas sous les balles de Maurice, on retrouvera peut-être un jour mon corps fondu dans le sol épineux. Des enfants venus cueillir des champignons me trouveront pourrissant dans la terre, comme le nazi perdu. Non, même pas, il n'y a plus d'enfant dans le coin. Personne ne mérite de finir ici, sous cette voûte hostile et froide, personne. Pas même un nazi. On ne devrait jamais fouler l'enfer tant qu'on est encore en vie.

29

La fièvre et les courbatures prennent le dessus, je marche sans but, mes pensées se mélangent. Pourquoi Drengursson ne s'est-il pas enfui seul de son côté ? Pourquoi a-t-il suivi Fauvier dans son repaire de loups ? L'homme de la forêt aurait-il sous-estimé le pouvoir de destruction de celle de Douve ?

Si cette toux ne me laisse pas tranquille, mes poumons vont se décrocher. Je m'assois un moment sur un arbre plié par l'humidité. L'opacité grise est à nouveau partout. Je ne crois plus au soleil. On entend parfois un oiseau au loin, j'ai l'impression qu'ils se plaignent plutôt qu'ils ne gazouillent.

Je jette un œil à mon portable pour vérifier combien de temps j'ai suivi mon soleil approximatif. Je me redresse d'un bond : j'ai reçu un message.

Je t'envoie le scan de ce que j'ai trouvé sur Aude Brotec et tu dois rappeler immédiatement Grosset, il dit que c'est lié à ton affaire de Douve. IMMÉDIATEMENT (il a insisté pour les majuscules).

Mon téléphone tente péniblement de télécharger le fichier sur la sœur de Maurice. Le sursaut de réseau apparu pendant ma marche s'est définitivement volatilisé dans les branches. Je n'ai jamais eu autant envie d'appeler le commissaire. Pour qu'il me sorte de ce bois surtout, mais aussi pour savoir ce qu'il me veut… Qu'y a-t-il de si urgent à propos de Douve ? Qu'est-ce qu'il a découvert ?

Je me rassois sur le tronc mou, épuisé et les jambes faibles. J'ai faim, j'ai soif et des dizaines de questions martèlent mon cerveau enfiévré. Je lèche des gouttes sur l'écorce, avec un résultat mitigé. Chaque déglutition me déchire la gorge. Mathilde me manque, ma mère me manque. Je voudrais retrouver le quotidien rassurant de la brigade, Bergeron qui dévore les sandwichs gastronomiques de sa femme. Et lui en prendre un morceau.

Je m'endors un bref instant, réveillé par ma chute sur le sol mouillé. J'ai lu quelque part qu'on pouvait survivre jusqu'à cinq jours, voire plus, si on a de l'eau. Je suis perdu depuis un peu plus de douze heures, j'ai du mal à croire qu'on puisse rester en vie beaucoup plus longtemps. J'accepte mon sort et m'allonge dans l'humidité pour reposer mes muscles. Une goutte vient parfois me fermer un œil.

Je ne sais pas combien de temps je fixe les bribes de ciel entre les branches ; lorsque je m'extirpe de ma rêverie ensommeillée, il fait nuit. Je me lève comme un vieillard et m'assois contre un tronc à peu près confortable. Je me redresse pour sucer quelques aiguilles de sapin alourdies par les perles d'eau qui pendent à leurs bouts.

Je me laisse glisser ensuite contre l'écorce et m'assois. Je regarde autour de moi, un long moment. Je suis déjà venu ici. Je me rends bientôt à l'évidence : c'est au pied de ce même sapin que j'ai repris mon souffle après avoir fui Douve. Curieusement, cette découverte me soulage. Si j'ai tourné en rond, ça signifie que je ne me suis pas enfoncé davantage.

La batterie de mon téléphone est mourante, je l'éteins pour économiser son énergie. J'aimerais pouvoir l'imiter et me mettre en veille le temps qu'on vienne me chercher.

La fièvre mêle des images en tout genre dans ma tête. Le livre de ma mère, Maurice et ma boîte de chocolat, Marchand, la sœur de Maurice, Dédé, le nazi, Grosset, Bergeron et les sandwichs de sa femme... Tout ce petit monde court dans mon cerveau, traçant d'improbables trajectoires. Puis soudain, il s'arrête sur l'inspecteur Levasseur.

J'ai du mal à l'imaginer en homosexuel prosélyte, révélant sa sexualité au boulanger Irénée Moustier. Il semble si loin de tout désir érotique dans la description de ma mère. Je sais bien que son récit n'avait rien d'une romance et que son sujet est un crime sordide, mais elle n'a jamais cherché à arrondir les angles. Tous les villageois en prennent pour leur grade. Même Dédé, que les jumelles et Mathilde ont présenté comme charmant et affable, elle en fait un monstre d'égoïsme taciturne et repoussant. Soit elle voulait rendre son récit plus glauque, soit elle a menti délibérément. Je ne vois pas bien pourquoi. À moins que… Une idée me foudroie.

Pour quelle raison mentirait-elle ? Pourquoi aurait-elle travesti la vérité ? Une autre pensée jaillit comme un éclair violent, encore plus perturbante que la première. Puis une autre, et encore une autre, une succession d'hypothèses fourmillent et se rejoignent. Je retiens ma respiration… Pourquoi aurait-elle menti, même à son propre fils ? *Il a Douve dans les veines*.

Mes mains tremblent, mes lèvres s'ouvrent, je serre dans mes poings des aiguilles de sapin. Les arbres vacillent autour de moi. J'ai envie de hurler, les larmes montent. Des larmes de colère…

Je sais pourquoi Douve coule dans mes veines, je sais pourquoi ma mère a menti, je sais pourquoi elle n'a jamais voulu que je lise *L'Évadé*, je sais pourquoi on n'avait pas le droit de parler de Douve à la maison, je sais pourquoi la voix de mon père avait les intonations du désespoir le jour où il a crié que j'avais Douve dans les veines.

Vous auriez dû tout me raconter, papa, maman… Il est trop tard maintenant. L'âme de l'un et l'esprit de l'autre, vous avez tous les deux disparu. Ils ont gardé ce secret toute leur vie à cause de moi, pour moi. Et je me mets à haïr Douve. Je la hais parce que par sa folie, elle a fait de moi qui je suis, je la hais parce qu'elle coule dans mes veines.

J'attrape un morceau de bois épais de près d'un mètre de long qui traîne à côté de moi. Je vais retrouver Douve et nous allons avoir une discussion. Je serre mon bâton entre mes doigts. Dès les premières lueurs de l'aube, je repars au combat et je compte bien le gagner. Tremble, Douve, Hugo Boloren vient demander des comptes, et sa vengeance sera à la hauteur du mal que tu lui as infligé ! Je crois que j'ai atteint les quarante degrés de fièvre. Je tombe dans les pommes.

30

Il fait nuit noire. Je cligne des yeux pour vérifier qu'ils sont ouverts. La différence n'est pas flagrante. C'est le bruissement qui m'a réveillé. Un léger murmure qui se rapproche. Des pas feutrés, étouffés par la terre humide, mais les aiguilles craquent. Une ombre en mouvement à quelques mètres, elle rôde lentement. Elle murmure des sons inaudibles. Ma gorge sèche retient ma question, mon *qui êtes-vous ?* meurt dans un souffle. Des mots parviennent à mes oreilles, des bribes de phrases incompréhensibles. La terreur m'envahit, je voudrais hurler, partir loin d'ici, le sang martèle dans mon crâne, mes cris restent enfermés dans mon corps, l'ombre murmure des mots qui résonnent dans mes oreilles, des mots que je ne comprends pas parce qu'ils sont dans une langue étrangère. On dirait de l'allemand. Je tourne de l'œil.

Quand j'ouvre les yeux, tout est à nouveau silencieux et il fait jour. Je ne peux pas allumer mon téléphone, j'attends une occasion spéciale. Même si j'aimerais connaître l'heure, savoir à quel moment de la journée je me suis réveillé.

Physiquement, je me sens mieux. Les secousses de ma nuit terrifiante m'ont remis d'aplomb. Cette sensation étrange de force retrouvée, je ne suis pas dupe, elle peut s'effondrer d'une seconde à l'autre. Elle est peut-être même le dernier sursaut avant que la machine ne s'éteigne. Je dois profiter de ce regain d'énergie pour partir de ce bois au plus vite. Je me suis réveillé avec une idée. Elle est risquée, elle a peu de chances de réussir, elle peut me faire tuer, bref, elle est mauvaise. Je n'en vois pourtant aucune autre. Je vais grimper en haut de l'arbre le plus haut des environs, repérer Douve et en suivre la direction.

Je slalome entre les troncs, je les contourne, je caresse les écorces, je jauge les cimes. L'un d'eux sort du lot. Son sommet disparaît dans les hauteurs. Les sursauts d'énergie en situation désespérée sont éphémères. Je ne dois pas laisser passer ma chance.

Je laisse le livre de ma mère au pied de l'arbre et j'entame son ascension. Mes gestes sont lents, calculés, je ne me précipite pas. L'envie d'en finir au plus vite est le pire des dangers. C'est dans la dernière ligne droite que s'effondrent les favoris.

Les branches sont cassantes, je les teste avant de m'y suspendre, je grimpe toujours plus haut. Le sol est loin, une chute maintenant serait fatale. Je m'assois sur une branche plus solide que les autres, le temps d'une pause. Je distingue une tache grise à travers les arbres. Elle bouge lentement. Un cerf, peut-être ? Je m'immobilise, pétrifié par l'espoir et la peur. C'est un homme.

31

Je suis sur le point de hurler pour signaler ma présence quand j'aperçois quelque chose dans ses bras. Un fusil de chasse, paré à tirer. Le canon n'est pas cassé en position de sécurité. Il est armé, droit, lisse, à une gâchette du carnage. Ce n'est pas la saison de la chasse, ni le coin le plus approprié. Il avance dans ma direction, je reconnais son visage. Damien, le camarade discret de Maxence Larsan. Qu'est-ce qu'il fait dans la forêt de Douve, une arme à la main ? Je ne veux pas croire la seule réponse qui me vienne à l'esprit.

Une deuxième silhouette se détache quelques mètres derrière lui. Alice, sa femme au regard triste ; elle tient elle aussi un fusil. Il a l'air d'une bûche trop lourde dans ses bras maigres. Elle avance avec lassitude, elle traîne son corps comme un fardeau avec ce même accablement qu'au dîner chez Maxence. Damien marche quelques enjambées devant elle, ils avancent en quinconce.

Les sœurs Baldwin apparaissent dans leur dos, le fusil à la main également… J'ai du mal à croire ce que je vois. Les deux vieilles jumelles avançant l'arme sur l'épaule.

Je scrute à travers les troncs autour d'eux et j'aperçois Maurice. Tous mes espoirs s'écroulent. Ils me traquent. Je suis le gibier.

Est-ce que je n'aurais pas préféré mourir de faim et d'épuisement dans ce bois pourrissant plutôt qu'entre les mains de cette bande de cinglés ? Ils vont m'abattre dès qu'ils me verront. À moins que... Maurice a peut-être menti à mon sujet, il leur a dit que j'avais tué François, que je suis un fou furieux à abattre. Si j'ai le temps de raconter ma version, d'expliquer que c'est lui le psychopathe, ils m'épargneront peut-être. Je n'ai pas d'autre choix. Je ne peux pas signaler ma présence du haut de ma branche. Une giclée de plomb et je chute mortellement. Je dois trouver un moyen de descendre sans attirer leur attention. Je m'accroche au tronc et glisse lentement le long du flanc qui leur est encore invisible.

— Pause pour tout le monde ! Restez attentifs.

La voix de Maurice rebondit entre les sapins. Je suis agrippé au tronc vertigineux sans oser bouger ni respirer. Il est trop tard pour remonter sur mon perchoir. Je poursuis la descente, des bribes de conversation me parviennent, je compte sur ces légers éclats de voix pour dissimuler les frottements de mes habits sur l'écorce. Je m'applique, calcule mes gestes, me déplace de façon à rester toujours invisible. Jusqu'à ce bruissement.

Le même que cette nuit. Le craquement des aiguilles de sapin dans le sol, amorti par la terre boueuse. Ne pas laisser la terreur me submerger. Je suis si près du but. Encore un petit effort et je laisserai Douve derrière moi. Les pas se rapprochent, j'ose un regard sur le côté du tronc. Benjamin, le jeune maire, avance dans ma direction.

Parfaitement calé, les pieds posés sur deux branches, j'attends sans bouger. Une fermeture Éclair qui s'ouvre, un bruit de liquide qui percute une surface dure, le maire de Douve se soulage la vessie contre mon sapin sans cime. Et soudain, entre mes jambes, j'aperçois *L'Évadé* resté au pied de l'arbre.

De là où il se tient, Benjamin ne le voit pas, mais il lui suffirait de pencher la tête... Il fredonne. Un petit air guilleret, comme si cette chasse à l'homme était une promenade dominicale revigorante. Je tente un nouveau coup d'œil. Je vois le sommet de son crâne, et son fusil posé contre le tronc. Près du livre. Et merde.

Il se déplace d'un petit pas en arrière, le recul de l'homme qui a terminé ce qu'il avait à faire. Il jette un œil alentour, scrute à travers les sapins. Il remet ses lunettes en place, puis il attrape son fusil sans le regarder. L'arme lui glisse des doigts et il la rattrape de justesse. Il émet un bref cri de surprise, un vague murmure interrogatif qui agit sur mon cerveau comme un signal. Je ne sais pas pourquoi cette exclamation discrète m'a détourné de mes plans initiaux.

Mon raisonnement est trop optimiste. Ils ne vont pas écouter ma défense. Les juges ne viennent pas écouter les accusés le fusil à la main. Le maire s'est penché pour ramasser le livre. Alors je claque mes jambes l'une contre l'autre d'un coup sec et tombe dans le vide bien droit, comme un plomb au fond d'une rivière. Je fends l'air les pieds joints, le crâne du maire dans mon sillage.

Il s'effondre sous l'impact. J'attrape *L'Évadé* au moment où il commence à hurler. J'ai entendu un craquement. Je parie sur la clavicule. Je lui assène un coup de pied puissant dans la tempe, ce qui coupe net son cri strident. Quand je m'empare de son fusil, une première détonation retentit. L'essentiel de la salve vient s'écraser dans le tronc, mais je sens un picotement dans les phalanges et j'entends le plomb s'écraser sur la crosse de mon arme. Je cours.

Deux nouveaux tirs. Les plombs se perdent dans l'air boisé. Je suis protégé par les sapins. À force de foncer à travers les bois de Douve sans savoir où aller, j'améliore nettement mes capacités d'esquive de branches. Ou bien j'encaisse mieux les gifles.

Je file sur une ligne qui me semble à peu près droite et je m'arrête derrière un sapin coupé en deux par la foudre. Une cachette de fortune. Mes doigts sont sur la détente. Avec deux cartouches contre un village, il va falloir faire preuve d'imagination. Je les entends au loin, ils avancent en ligne. Maurice donne des ordres : *armé, dangereux, traître*. Ce dernier qualificatif me fait froncer les sourcils. Traître de quoi ? Je plie et déplie ma main droite en sang, des plombs s'y sont logés.

Ils m'ont canardé sans sommation, ils n'attendent pas d'explication, je suis l'homme à abattre. Et je pense savoir pourquoi.

— Bouge pas, Boloren.

Je tourne la tête vers la voix menaçante. Sortie du contexte, elle ne se ressemble pas. Personne ne se ressemble dans ce paysage désolé. C'est sa façon de tenir le fusil, décidée, intransigeante, qui me met sur la piste plus que son visage déformé par la haine.

L'aubergiste des Trois Sapins, la tante de Maurice. Elle est sur ma gauche, elle n'a pas réalisé que le canon de mon fusil pointe dans sa direction. Il suffirait que je presse sur la détente. Pas sûr qu'elle ne me rende pas la pareille avant de s'effondrer. Et puis quelque chose me retient. Je ne veux pas conclure mes vacances à Douve dans un bain de sang. Elle ajuste son arme et vise mon front.

— Je le tiens, Maurice !

La réponse nous parvient, lointaine, filant à travers les sapins, glaçante.

— Qu'est-ce que t'attends ? Tire ! Tire, bordel !

Le coup est parti avant la deuxième injonction. Mon oreille siffle, et mon épaule me lance. Je n'ai pas eu le choix. Ils ne veulent pas qu'on discute.

Elle est allongée sur le dos, ses yeux clignent de façon irrégulière, elle est livide et sous le choc. Je ne crois pas qu'elle comprenne ce qui lui arrive. Sa veste est lacérée au niveau de la poitrine, les couches d'habits ont ralenti les plombs. Elle s'en remettra, c'est superficiel. C'est ce que je me répète en boucle en courant toujours plus loin d'eux. Je n'aime pas l'idée d'avoir tiré sur une aubergiste. C'est sûrement un truc qui porte malchance, comme briser un miroir. Une aubergiste, c'est accueillant, ça respire le bien-être, ça offre gîte et couvert. C'est encore plus mystique qu'un curé. Elle s'en remettra.

32

J'ai recommencé à fendre l'air et à me faufiler à travers les sapins sans me retourner. L'adrénaline me tient encore debout, mais je sens que le moteur patine. La tête me tourne et ma toux ne demande qu'à cracher sa rage. Une détonation retentit derrière moi, je jure et accélère la cadence. Pas longtemps. Je chancelle et m'écroule de fatigue. À quoi bon, je m'enfuis droit vers le néant. Il me reste une seule cartouche, ensuite je suis mort.

— Boloren !

Assis sur mon parterre d'aiguilles de sapin humides, je n'ai plus la force de me cacher derrière un de ces maigres troncs. L'odeur de sueur et de peur qui imprègne mes habits agresse mes narines. Je suis à bout, les yeux rougis par la fatigue et le désespoir. Quitter le monde poursuivi par une horde de cinglés au fond d'un bois maudit, ça mérite quelques larmes de rage.

— Hugo Boloren ! Montre-toi !

Maurice aussi est fatigué. L'inflexion de sa voix est lasse. Il veut en finir, me faire bouffer les conifères par la racine une fois pour toutes et retourner servir des cocktails incomparables à l'hôtel-restaurant Le Douve en attendant les prochains assassinats, puisqu'ils semblent revenir à intervalles réguliers.

— Boloren ! Je veux juste causer ! Je sens bien que tu te fais de fausses idées sur tout ça !

Avec l'écho dans les arbres, les mots me semblent encore plus irréels. Pour qui, la dernière cartouche ? Est-ce que je ne me la garderais pas pour mon confort personnel...

— On rentre, on boit un coup et on discute calmement ! Un Maurice pour te remettre d'aplomb, qu'est-ce que t'en penses ?

Une fois la défaite admise, combien de temps avant de voir défiler sa vie ? Est-ce que je dois attendre qu'on me troue le crâne ? Le cerveau en bouillie ne m'aidera pas à y voir clair. Ma mère va me manquer. Le commissariat aussi. Bergeron et ses sandwichs, le commissaire et son menton en balancier quand il est contrarié... Paris, la ville immuable et rassurante. Et Mathilde, la caresse, la dernière parenthèse enchantée, la lumière avant le grand saut.

Mon père est mort en lisant le journal, dans son fauteuil, chez lui. Il n'a pas eu de crise cardiaque ou une de ces décharges foudroyantes qui viennent de l'intérieur, il est juste mort. Il se renseignait sur l'état du monde, la météo, son horoscope et tout à coup, il est mort. Le médecin a dit que ça arrivait parfois. La machine s'arrête sans faire de vague. Ni douleur ni soulagement sur le visage, juste l'empreinte neutre du type qui feuilletait un quotidien. *Une mort idéale*, avait soupiré le médecin avec de l'envie dans les yeux. Il n'en rêvait pas pour lui-même, on envie rarement la mort des autres. Il aurait aimé que ses patients terminent plus souvent dans ce calme propre. Je comprenais ce qu'il voulait dire. Dans la police aussi, on retrouve parfois des corps avec des expressions de souffrance à vous demander si la vie valait la peine d'en arriver là.

Ils vont faire en sorte qu'on ne me retrouve jamais, et que je ne sois pas reconnaissable pour le cas où un improbable ramasseur de champignons viendrait à découvrir ma dépouille humide. C'est mieux ainsi. Disparaître de la surface de la terre sans l'encombrer d'une stèle bancale qui prend la mousse. J'ouvre mon sac et vide le contenu sur le sol. J'attrape *L'Évadé* et l'ouvre directement aux dernières pages.

Je les survole, à la recherche d'un ultime indice, pour m'assurer que mes soupçons sont justes, que j'ai percé à jour le secret de ce village. Ce n'est pas le genre de ma mère, de partir sans faire de bruit.

Le calme est revenu sur Douve. Les derniers journalistes ont déserté le village, il ne reste que l'inspecteur Boloren et moi-même. À la boulangerie ou au coin de la rue, seules les discussions autour de l'avenir du bâtiment de la gendarmerie rappellent les derniers événements. Le drame est digéré, oublié. La mort est venue prendre son dû et la forêt de sapins poisseuse a effacé toute trace de son passage. À nous de tirer notre révérence, de laisser les habitants à leur tranquillité retrouvée sans la foule extérieure venue les bousculer, les scruter, les juger.

Je referme ma valise plus lourde qu'à mon arrivée, l'humidité ambiante a gonflé les tissus. Et j'emporte un nœud de bois ramassé en lisière de forêt. Un souvenir à l'image de l'affaire Drengursson, étrange, inextricable. Je le déposerai au fond de mon jardin, là où les haies de rhododendrons fleurissent. L'image de Douve et de son destin tragique se rappellera à mon souvenir chaque fois que je m'y promènerai.

Notre voiture démarre sur la petite place devant la mairie et s'engouffre dans la rue qui traverse le village. Durant tout le temps où nous roulons entre les maisons de part et d'autre, j'observe Douve dans le reflet déformant du rétroviseur. Elle rétrécit, s'estompe, puis disparaît. Et je songe que peut-être, un jour, si le destin veut bien nous être favorable, nous ne reviendrons jamais.

Ma mère termine ainsi son récit, avec une pointe d'amertume et la réponse à ma question. Je le savais. C'était plus fort qu'elle. Une lueur à peine réjouissante dans l'abîme des conifères obscurs. Elle aussi, à sa façon, elle ne sait pas mentir.

— Je me demande bien ce qui te donne cet air satisfait, Boloren.

Maurice se tient à côté de moi, bien droit, avec son sourire de barman haut de gamme parfaitement en décalage avec sa tenue kaki de chasseur fatigué. Il faut avouer que le maintien reste impressionnant, malgré le visage esquinté par trois petites croûtes fraîches sur la joue. L'impact décevant de mon tesson de verre. Je lorgne sur son Luger.

— Il est chargé, armé, prêt à faire feu. Il n'y a pas des masses d'échappatoires.

Il est sincèrement désolé pour moi, ce qui le rend encore plus inquiétant. Le canon est pointé vers le ciel, mais je n'aurai pas le temps d'attraper la pétoire du maire qu'il aura déjà vidé son chargeur sur moi. Je dois redresser mon fusil et lui, abaisser son pistolet. L'attraction terrestre est de son côté. À quoi bon, je me suis déjà fait à l'idée. Et Maurice lit dans mes pensées.

— Après ce que t'as fait à la mère Brotec, ils te feront la peau si c'est pas moi. Elle était appréciée, dans le coin.

— Elle s'en remettra.

— Faudra trouver un moyen de la ressusciter.

Maurice fait un clin d'œil, comme après un bon mot. Il doit me rester un peu d'expressivité derrière mon visage bouffi par les coups et ma nuit dans le froid, parce qu'il éclate de rire.

— C'est la règle depuis toujours dans ce village, Hugo. Personne ne s'occupe de nous, alors on doit se blinder. Pas de blessés, c'est notre code de survie.

— Qu'est-ce que vous lui avez fait ?

— J'ai abrégé les souffrances que tu lui as infligées, Hugo.

C'est le coup de semonce nécessaire pour un retour au réel. Je réalise ce que crever dans cette forêt signifie. Douve et sa joyeuse bande de psychopathes coupés du reste du monde vont poursuivre leur folie. Il faut que je stoppe ce foutoir, j'aurai tout le temps de mourir plus tard. Maurice a décelé un changement et braque maintenant son arme sur moi. Même mes silences ne savent pas mentir.

— C'est pour ça que François est mort ?

— Il perdait la boule. Il allait finir par se mettre à parler. J'ai entendu ce que tu racontais aux Twins : *Tôt ou tard, il y aura de l'embrouille.* Ce demeuré allait finir par craquer.

— Les sœurs Baldwin savaient. Dans ton bar, elles sont devenues fébriles parce qu'elles ont compris que c'était toi qui avais buté leur frère…

— Moi ? On fonctionne pas comme ça, Hugo. Je ne suis qu'une des petites mains de Douve. C'est le hasard qui a voulu que ça me tombe dessus. Pourquoi tu crois que personne n'a appelé les gendarmes, contrairement à ce qu'on t'a dit ?

Je dois trouver un moyen de détourner son attention. Il ne me lâche pas des yeux, pas même quand des voix s'élèvent à travers les sapins, s'inquiétant de savoir où il se trouve. Il leur répond par un laconique :

— Problème quasi réglé.

Ce qui n'augure rien de bon.

— De toute façon, vous êtes foutus. Mes collègues à Paris sont au courant de tout. L'histoire de Douve s'arrête là.

Il baisse son Luger, peut-être parce que je l'amuse, ou parce que l'arme lui pèse. Je mens toujours comme un adolescent, mais j'ai glissé un doute. Une petite interrogation qui va me faire gagner quelques secondes de vie. Je brandis le livre de ma mère sans qu'il réagisse à mon mouvement brusque.

— Ce bouquin, c'est un ramassis de conneries. Les choses ne se sont pas passées ainsi. T'avais quel âge, Maurice ? Onze ? Douze ans ?

— Ta mère a fini par causer ? Je l'avais dit aux autres, que c'était trop risqué.

— Qu'est-ce qui s'est vraiment passé ce dernier soir à Douve, Maurice ? Juste avant que mes parents partent ? Pourquoi ma mère vous a traînés dans la boue ?

Maurice se gratte la tête avec le canon de son arme tout en affichant son sourire marketing. Ça ferait une magnifique publicité pour un stand de tir.

— Tu sais rien, Boloren. Et tes potes flics à Paris, ils en savent pas plus.

Je me redresse en douceur. Je quitte lentement ma prostration vautrée pour une verticalité prête à bondir.

— Ce soir-là, il n'y avait plus que mes parents au village. Ils prenaient un dernier verre avec Dédé, avant de laisser toute cette affaire derrière eux et de rentrer à Paris. Mais il s'est passé quelque chose…

Maurice a le regard dans le vague. Il se souvient. Le gamin de douze ans revit la scène de cette soirée vieille de quarante ans. Il veut garder le contrôle pendant le flashback, alors il me remet en joue.

— Ma mère s'est sentie mal, c'est ça ?

— Elle a perdu l'équilibre dans l'escalier et elle est tombée presque sur moi. J'ai crié…

— Et qu'est-ce qui s'est passé ensuite ?

Maurice hoche la tête comme s'il acquiesçait à une demande d'une autre époque. Le souvenir n'est pas agréable et des images font froncer ses sourcils impeccables. Il y a une brèche, je m'engouffre.

— Elle a eu un vertige, ça m'a beaucoup impressionné. J'ai appris plus tard que c'était fréquent chez les femmes enceintes.

— Après avoir découvert qu'elle attendait un enfant, qu'est-ce qu'ils ont fait?

— Ta mère, si elle t'avait pas eu dans les entrailles à ce moment-là, rien ne serait arrivé. C'est à cause de toi que tout a dérapé.

Il a Douve dans les veines.

Même à genoux, je sens mes jambes qui flageolent. Je tombe à quatre pattes, les paumes de mes mains déchirées par l'humidité s'enfoncent dans le sol. J'ai deviné la suite. Je me redresse, il faut en finir avec ce foutoir.

— Qu'est-ce que ma mère ne devait pas révéler?

— Et tu veux me faire croire qu'à Paris, ils connaissent la vérité? Mentir, c'est pas ton truc, pas vrai Boloren?

— De toute façon, tu vas me trouer le crâne et m'enterrer dans cette terre dégueulasse, tu risques pas grand-chose à me raconter. La bille a pris son temps, mais elle a fini par me mettre sur la piste: Maurice et les chocolats. Je n'avais plus qu'à fouiller de ton côté. Les chocolats étaient la face cachée qui me disait de m'intéresser à toi, je n'avais plus qu'à regarder dans ta direction pour identifier le contexte visible.

— Pourquoi tu me parles de chocolat?

— Et je l'ai trouvé. Ton cocktail, le Maurice. T'as des doigts de fée pour tricoter des boissons de génie, c'est indéniable, mais la magie, ça n'existe pas.

Je l'amuse. Il a le sourire de ceux qui écoutent. Le reste du village garde ses distances. Je reconnais des visages parmi les silhouettes qui nous encerclent.

Le maire qui s'est remis de mon assaut, les Larsan au complet, Maxence, impassible, Michèle au garde-à-vous, les sœurs Baldwin, Damien... Des figures sans expression. Pendant un instant, je crois apercevoir Gérald Fauvier en tenue de gendarme déchu, sans écusson.

Son esprit rôde dans ce cortège assassin, il partage la responsabilité de ce qu'ils ont fait. S'il était encore là, il aurait une place de choix, à la droite de Maurice, tandis que le village assisterait à mon exécution, approuvant en silence et de loin pour ne pas y prendre part directement. Comme ils ont toujours fait. Il en suffit d'un qui fait le sale boulot pour tous et la mauvaise conscience est diluée. Si je maîtrisais le chef, il est probable qu'ils partiraient en courant, la ruche délitée après la mort de la reine.

— Les gens s'interrogent quand j'avale un carré de chocolat, ils commentent en silence ou à haute voix. Ils se font une opinion parce qu'un type qui range ses chocolats dans une boîte en argent, ça interpelle. *C'est un bel étui, c'est dommage de rien mettre de plus sérieux que du cacao.* C'est ce que tu as dit, Maurice.

— Il est dans ta poche ? Je le garderai en souvenir de notre rencontre, si tu veux bien.

— Comment est-ce que tu savais qu'il contenait du chocolat ? Je n'en avais pris qu'un seul carré pendant que tu me servais à boire. Je n'étais pas dans ton champ de vision, tu ne m'as pas vu l'avaler, j'en suis certain. Pourtant, quand tu as posé la bière sur le zinc à côté de ma petite boîte en argent, tu savais qu'elle contenait du chocolat.

J'ai réussi à capter l'attention de mes chasseurs. On tend l'oreille autour de moi, on se redresse. Les villageois sentent qu'il se passe quelque chose qu'ils ne contrôlent pas.

— Ma tante me l'a dit au téléphone, après ton déjeuner à l'auberge.

— Je n'ai pas pris de chocolat devant elle. C'est quelqu'un d'autre qui t'a renseigné. Avant que j'arrive. Au début, je me suis demandé : pourquoi ? Pourquoi Maurice aurait voulu en savoir autant sur moi alors qu'il ignorait que je débarquerais à Douve ? Je ne savais pas moi-même que je viendrais… Alors ça m'a mené à une seconde question : qu'est-ce qui m'a poussé à venir ? Un matin, à Paris, devant la porte de mon immeuble, il y avait un journal régional étalé par terre, avec le meurtre de Dédé en couverture. On croit au destin quand on ne connaît pas la face cachée. Le hasard était une explication pratique, jusqu'à ce que je me retrouve dans cette forêt pourrie avec mon cerveau qui s'interroge pour passer le temps. J'ai commencé à me dire que c'était bizarre, ce journal qui me jetait Douve au visage juste devant chez moi… Quelqu'un l'a mis là, ce journal. Quelqu'un qui voulait que je vienne à Douve.

Il y a des murmures. On se dit des choses à travers les branches de sapin, on réclame des explications à son voisin, on s'intéresse à ce que je raconte.

— Je te félicite, Boloren, c'est bien d'avoir survécu deux jours dans ce coin de forêt moite. Mais ça t'a fait travailler le cerveau de travers. On voit tout de suite que t'es pas bien.

Comme si c'était un ordre plus qu'un constat, c'est le moment que mon corps choisit pour tousser à m'en faire détacher les poumons. Maurice éclate de rire, mais autour de lui, on murmure toujours.

— Pourquoi tu m'as fait venir ici, Maurice ?

Le barman a remarqué l'agitation dans ses rangs et pour la première fois, il jette un œil rapide alentour. Il répond à ma question mais c'est à eux qu'il s'adresse : il hausse la voix pour que tous l'entendent.

— Je voulais vérifier ce que tu savais, Boloren. J'étais certain que ta mère finirait par cracher le morceau.

— Ma mère a toujours refusé de me parler de ce village. Tout ce que j'ai appris, c'est ici, à Douve, que je l'ai découvert. Grâce à toi et à ton cocktail, Maurice.

Il sait que je dis la vérité et les paires d'yeux qui m'étudient arrivent à la même conclusion. L'avantage d'avoir le mensonge bancal, c'est qu'on a la vérité tranquille. Je ne suis pas foutu. C'est ce que répète en boucle ma cervelle épuisée. Avant qu'il ne me mette à nouveau en joue.

Quelques voix s'opposent, on veut entendre ma version. Mon espoir se renforce et s'envole par oscillation, comme si la mort avait décidé de me chatouiller avant de faucher.

Je reconnais la voix de Maxence, il propose un procès avec vote à main levée pour décider de mon sort. Maurice rigole. J'en sais trop pour qu'on me laisse partir comme si de rien n'était. On approuve, on s'agite. Que je termine au moins ce que j'ai à dire, on verra bien. C'est Maurice qu'ils jaugent, c'est lui qui a outrepassé ses fonctions. De quel droit il m'a fait venir ici sans leur demander leur avis? Je suis un problème, mais c'est lui qui l'a attiré à Douve. Je vais le titiller. Si je dois crever, je veux lui arracher un peu de crédibilité dans ma chute.

— J'aurais pu rester à Paris et profiter du printemps au lieu de me retrouver dans ce village éponge à ébranler vos combines meurtrières. Et tout le monde serait content. C'était très con de me faire venir ici.

— T'as aucune idée de ce que ce village a traversé, Boloren. T'es le dernier type encore vivant qui peut tout foutre par terre, le risque en valait la peine. Une fois que la forêt de Douve t'aura avalé, ce village connaîtra le repos qu'il mérite.

— C'est ce que tu avais déjà dit à tout le monde quand tu t'es occupé d'Hervé Grandchamp, non? Il avait découvert quelque chose? Il y aura toujours un dernier à éliminer et après c'est bon.

Les murmures reprennent de plus belle. Maurice sourit. J'avais raison. Ce malade abat tous ceux qui sont susceptibles d'ébranler sa tranquillité.

Un cri interrompt le fil de mes pensées. Damien hurle à tout rompre les mêmes mots en boucle et il me faut un moment avant de saisir de quoi il s'agit.

— Les flics !

33

Il pointe le canon de son fusil à travers les arbres, mais je ne parviens pas à voir ce qu'il vise. Il tire une première fois. Une voix déformée par un mégaphone vient rebondir entre les sapins :

— Arrêtez de faire les cons ! Jetez vos armes !

Damien n'est pas intéressé par la requête et fait feu une deuxième fois. Une détonation répond immédiatement à la sienne et il s'effondre.

— Tirez ! Feu à volonté ! Douve ne se rend pas !

Maurice hurle ses ordres, le visage bouffi par la rage. La folie personnifiée sous les traits d'un barman de luxe. Je crie à mon tour, je les supplie de poser leurs fusils, mais mes mots sont étouffés par les éclats tonitruants des balles qui ricochent sur les troncs des sapins. Les villageois forment une ligne parfaite. Un genou à terre, le fusil à l'épaule, ils tirent dans une attitude d'armée napoléonienne en remplaçant consciencieusement les cartouches tous les deux coups.

Ils tombent les uns après les autres, sans qu'aucun cherche à s'enfuir ou à se mettre à l'abri. Michèle reçoit une balle en pleine tempe et s'effondre, Maxence la suit de près, puis Rose... J'aperçois les jumelles allongées par terre, serrées l'une contre l'autre, leurs robes maculées de sang.

Maurice profite du spectacle le regard adouci, comme si cette violence l'apaisait. Il tourne la tête, me contemple avec une béatitude plus prononcée encore, il pointe le canon de son Luger dans ma direction. Je ne suis plus vraiment là, et la peur de mourir a disparu. La mort a trop joué avec mes nerfs, qu'elle me prenne ou m'épargne, mais qu'elle se décide une fois pour toutes.

J'en veux un peu à mes collègues de la police pour le timing. Ils sont venus à mon secours trop tard pour me sauver et trop tôt pour que j'aie toutes mes réponses.

Puis le crâne de Maurice vole en éclats.

La moitié de sa tête se détache dans une giclée violente, les éclaboussures fouettent mon visage. Je me frotte les yeux pour enlever les gouttes de sang et les bouts d'os.

Irénée Moustier apparaît dans mon champ de vision lorsque le corps de Maurice s'effondre dans le sol poisseux. Le boulanger de Douve s'accroupit près du corps, son arme encore fumante. Sa mine est radieuse. Il murmure un *chut* en plaquant son index sur ses lèvres, il me fait un clin d'œil, puis disparaît à travers les sapins, s'enfonçant dans les sous-bois loin des tirs qui se font plus rares. Village de cinglés.

La douleur des plombs dans les phalanges me lance. Je m'allonge sur le dos, glisse ma main blessée sous mon manteau dans un autre genre d'attitude napoléonienne, et je m'évanouis.

34

Pas de doute possible, c'est bien l'inspecteur Bergeron. Le lieutenant Marchand et le commissaire Grosset l'accompagnent. Un trio viril qui m'observe les sourcils froncés.

— Il se réveille.

Je suis toujours allongé dans mes aiguilles de sapin moites. J'aperçois entre les jambes de Bergeron la moitié de tête de Maurice qui a gardé son œil ouvert. J'étais mieux dans le néant de l'évanouissement, alors je tente de sombrer de nouveau. Ça ne vient pas. Grosset me perce à jour et me tire l'oreille. Je me demande où il a appris ses techniques de secourisme.

— C'est pas le moment de roupiller, Boloren. On n'a pas apporté assez de civières, va falloir vous bouger.

Je reconnais le style de Grosset : direct et sans pincettes. Mais avec un fond de tendresse quelque part parce que sinon, il n'aurait pas toute une brigade qui le suit les yeux fermés sans moufter.

Je lève un bras pour indiquer que j'ai besoin d'une minute, mais Bergeron y voit un appel à l'aide. Il attrape ma main et me tire à lui avec énergie pour me remettre debout. J'ai l'impression que mon crâne va finir comme celui de Maurice, à la différence que la bouillie viendra par implosion.

Marchand scrute derrière nous, l'arme à la main, professionnel, droit, inquiet. On ne sait jamais. Il peut y avoir d'autres villageois tapis autour, prêts à tirer pour venger leurs camarades ou parce qu'ils sont parfaitement cinglés.

Des gendarmes comptent les corps, nombreux, éparpillés entre les sapins. On entend quelques gémissements, certains n'ont pas réussi à mourir. J'avance doucement, soutenu par Grosset et Bergeron. J'aimerais savoir ce qu'ils sont venus faire à Douve, mais je n'ai pas la force d'écouter leur réponse.

Je souris quand j'aperçois la barrière de séparation entre la forêt et le village. J'étais à moins d'un kilomètre. J'ai tourné en rond tout près du but. Des voitures de gendarmerie ont envahi le village désert. Nous entrons dans l'hôtel silencieux et j'ai un pincement au cœur quand je passe devant le zinc doré. Il n'y aura plus personne pour le faire vivre. Le vœu de ma mère est exaucé.

Il aura fallu attendre la dernière page de *L'Évadé* pour qu'elle admette enfin ce que je soupçonnais : ce bouquin est un ramassis de conneries.

Et j'emporte un nœud de bois ramassé en lisière de forêt. Un souvenir à l'image de l'affaire Drengursson, étrange, inextricable. Je le déposerai au fond de mon jardin, là où les haies de rhododendrons fleurissent. L'image de Douve et de son destin tragique se rappellera à mon souvenir chaque fois que je m'y promènerai.

S'il y avait eu des haies de rhododendrons dans notre appartement du boulevard Malesherbes, je m'en serais aperçu.

35

Il paraît que j'ai dormi dix-huit heures. Et que ma chambre a été le dernier salon à la mode où tout le beau monde est passé me voir à tour de rôle. Médecin, gendarmes, policiers… J'étais l'attraction de Douve, m'explique Bergeron en rigolant.

Il a fouillé dans les cuisines de Maurice et m'a concocté un poulet frites avec des œufs brouillés et des pancakes. Je ne sais pas comment il fait pour garder la ligne.

Je dévore mon assiette avec une rage animale. J'y vais avec les mains et je m'interromps parfois pour avaler de grandes rasades d'eau fraîche. Nous sommes assis à la table où, quelques jours plus tôt, les sœurs Baldwin buvaient encore leur Alaska.

Le médecin m'a interdit la bière du Colonel. Il rôde encore dans les parages, au cas où on découvrirait un villageois errant dans la forêt, blessé et affamé. Je vais attendre qu'il soit parti pour ne pas le décevoir. Il paraît qu'il a beaucoup aimé mon cas, ces couches de blessures étalées sur plusieurs jours. La déshydratation a bien mis en relief les différentes strates. Comme les cernes d'un tronc qui donnent l'âge de l'arbre. C'est Bergeron qui me résume.

Il parle pendant que je me régale. J'écoute d'une oreille distraite, je regarde parfois par la fenêtre la pluie qui tombe sur les voitures de police garées dans la rue principale de Douve. Ils continuent de fouiller partout, de relever des empreintes, de vérifier dans les papiers de chaque maison. Un travail de fourmi. Bergeron m'informe qu'on part le soir même, dès que les flics de Lyon m'auront posé leurs questions. Grosset et lui n'étaient pas censés venir si loin de leur juridiction, m'explique-t-il avec un clin d'œil.

— Mais le commissaire, il n'aime pas trop qu'on prélève dans ses troupes.

Il surgit à cet instant, accompagné de Marchand. Ils s'installent à notre table. Le gendarme a le sourire et s'enquiert de ma santé. Grosset a le front plissé par le souci. Je vais apprendre des choses.

— Hugo, finissez votre assiette, il faut qu'on parle.

J'engloutis mon demi-pancake noyé sous une masse d'œufs brouillés. Inutile d'insister, il ne dira rien tant que j'ai la bouche pleine. Les trois hommes me fixent et je me sens obligé d'avaler ma bouchée sans la savourer. De toute façon, je n'ai plus faim. Bergeron a réussi à combler le retard de mon estomac.

— Le village a été décimé. Très peu de blessés et dans un sale état. Il n'y a qu'Irénée Moustier qu'on a vu s'enfoncer dans la forêt. Et Benjamin

Chebot, le maire de ce trou, qui a été arrêté. Il est en garde à vue dans l'épicerie à côté. Il s'était planqué derrière un arbre en attendant que ça passe.

Mon corps se redresse, éveillé par la curiosité. Grosset poursuit en parlant plus fort, comme pour me dissuader de prendre la parole.

— Vous allez pouvoir lui poser toutes les questions que vous voulez, mais les flics de Lyon resteront à côté pour enregistrer. Ça vous va ?

— Commissaire, sauf votre respect, qu'est-ce que vous foutez à Douve ?

— Aude Brotec.

Le commissaire a répondu sans hésitation, il savait que j'allais poser la question. Il n'a pas cet air satisfait de ceux qui ont compris avant tout le monde. Aux têtes que tirent Bergeron et Marchand, je ne vais pas aimer la suite.

— Vous avez demandé à Bergeron de se renseigner sur la fille d'Amédée Brotec, et le hasard a voulu que je passe dans son bureau pendant sa recherche. Il y avait le portrait de cette fille en grand sur l'écran de son ordinateur. Dès que je l'ai vue, ça m'a fait froncer les sourcils.

Il pose un dossier sur la table et en sort une photo qu'il glisse vers moi. En découvrant le portrait, je fronce les sourcils à mon tour.

36

Benjamin Chebot a l'air content de me voir, presque soulagé. Il est assis sur une chaise devant une petite table, les poignets menottés. Dans cette même pièce qui avait servi de cellule à Drengursson puis au gendarme Fauvier du temps où mes parents étaient là. Les cartons de nourriture de Mathilde ont été poussés dans un coin.

— Hugo, dites-leur que je n'appartiens pas à ce village, que je ne suis pas comme eux. J'ignorais tout de ce qui se tramait ici... Hugo, vous devez m'aider à sortir de là.

Je serre le poing pour empêcher ma main de trembler. Je touche au but, il ne faut pas laisser l'émotion me faire déraper. On a un peu joué avec mes nerfs, dans ce village.

Un inspecteur de Lyon allume la petite caméra perchée sur son pied, planté tant bien que mal au milieu des boîtes de conserve. Je me retrouve exactement à la même place que mes parents il y a quarante ans. Avec Benjamin Chebot qui remplace le gendarme Fauvier. J'ai la sensation que le maire et moi, on forme une pâle copie.

On n'a pas la patine rétro qui donne du charme à tout ce qui est vieux, y compris l'horreur. La porte de la remise est ouverte pour permettre à Grosset, Bergeron, Marchand et les Lyonnais d'écouter.

— Monsieur le maire.

L'inspecteur de Lyon lève les yeux de l'écran de sa caméra, surpris par cette introduction. Je poursuis dans une attitude décontractée, celle du type à peine concerné.

— Je savais bien que j'avais déjà vu cette écriture quelque part.

— Quelle écriture ?

— Sur la lettre qui vous était adressée, à la mairie.

Benjamin blêmit. L'espoir absurde qu'il avait mis en moi s'est évaporé. Je ne suis pas l'allié escompté. J'en profite pour lui mettre la photo d'Aude Brotec sous les yeux.

— C'était elle, votre petite amie, avec qui vous êtes venu vous installer ici, n'est-ce pas ? Elle pensait qu'elle pourrait renouer avec Douve, le village de son enfance. Finalement, elle n'a pas supporté et elle est partie.

— Elle m'a fait promettre de prendre soin de ce village, ce que j'ai fait.

— Qui a eu l'idée de me faire venir ? Elle ? Vous ? Son oncle Maurice ?

— Qu'est-ce que ça peut vous foutre ?

Il a capitulé. Le jeune designer barbu fonctionne à l'espoir, je dois trouver de quoi l'appâter. Avec cette photo, Grosset a éclairé le dernier point qui restait obscur et j'ai compris pourquoi mon père avait raison. J'ai bien Douve dans les veines. Mais les aveux de Benjamin permettront aux inspecteurs de Lyon de clore l'affaire. Je leur dois bien ça. Alors je vais faire le flic pour qu'il parle.

— C'est surtout pour vous que ça fait une différence. Le meneur prend plus que les suiveurs.

— Ils ont eu l'idée ensemble, un soir où elle est venue à Douve.

C'est l'avantage des délinquants sortis du droit chemin sur le tard, ils sont facilement impressionnables.

— Ils vous espionnaient de loin, ils gardaient toujours un œil sur vous, et un jour ils ont appris que la santé de votre mère déclinait. Ils ont eu peur qu'elle ne craque, qu'elle ne se mette à parler. Alors Aude a réussi à se faire embaucher comme infirmière pour la surveiller.

J'ai une envie furieuse de lui détruire la mâchoire. Je crois que c'est à cause de ce mot, *déclinait*, l'effet est délétère sur mon moral déjà entamé. Ma mère ne *décline* pas, parce que ce n'est pas sa façon de faire. Dans le déclin, il y a une forme d'abandon. Ma mère est une guerrière.

Je ferme les yeux pour résister à la tentation de lui scalper sa barbe de trois jours. Puis la colère se déplace, elle se retourne contre moi. La vision d'Aude Brotec en infirmière fouineuse auprès de ma mère renforce ma culpabilité. Si je m'étais mieux occupé d'elle, j'aurais démasqué Aude. J'aurais reconnu immédiatement l'écriture des comptes rendus des discussions avec ma mère. La jolie infirmière que ma mère voulait que je remarque, celle qui riait trop fort, qui me félicitait d'avoir arrêté de fumer avec sa voix doucereuse. C'est elle que le camionneur a aperçue dans sa voiture le soir du meurtre, quittant la tige de pissenlit de Douve. Et c'est elle qui a dit à Maurice que je carburais au cacao.

Quand je pense que j'en voulais au commissaire Grosset d'aller voir plus souvent ma mère que moi. Je serais mort s'il n'avait pas été lui rendre visite. Il n'aurait pas reconnu Aude Brotec sur l'ordinateur de Bergeron, il n'aurait pas trouvé la coïncidence bizarre, il ne se serait pas précipité à mon secours en entraînant l'inspecteur et ses sandwichs gastronomiques dans sa course... Et je serais un cadavre à la putréfaction accélérée par l'humidité de la forêt de Douve.

— Avoir quelqu'un à l'intérieur, c'était le meilleur moyen de garder un œil sur vous deux. C'est ce que Maurice a dit. Personne ne voulait vous faire de mal, Hugo, il faut me croire ?

Tous les flics alentour dressent l'oreille en même temps. On ne conclut pas une affirmation par une ascension interrogative sans raison.

— Il faut vous croire, Ben ?

Il a les lèvres qui remuent dans le vide. Elles cherchent les mots à tâtons.

— Ce qu'il vous a fait, dans la forêt...

— Maurice ? Vous voulez dire que c'est lui qui m'a tabassé ?

— J'étais contre, inspecteur, je vous jure que je m'y suis fermement opposé. Mais il disait que ça lui faisait du bien, et que ça vous ferait rester à coup sûr... Il voulait s'assurer que vous ne saviez rien avant de vous laisser partir. Et il m'a dit de vous suivre dans la forêt, pour ne pas relâcher la pression.

— Le parapluie dans ma voiture, c'était vous ?

— Ça m'embêtait que vous l'ayez perdu à cause de moi.

Le jeune maire cherche la rédemption. Douve n'a pas eu le temps de l'aspirer entièrement. Il lui reste un bout de lui-même.

— Pourquoi maintenant ? Pourquoi le besoin de nous surveiller justement maintenant ?

J'ai mis un peu trop d'agressivité. Il veut me convaincre que nous sommes dans le même camp, je dois le caresser dans le sens de ses poils de barbe, sinon il va se refermer.

— C'est à cause de Dédé que tout a dérapé. Il a montré des signes de faiblesse. Avec l'âge, les regrets le rongeaient. Il a dit qu'il ne voulait plus mentir.

Les flics de Lyon à la porte sont tentés d'entrer, je leur fais signe de rester dans l'embrasure. Leurs airs énervés vont effrayer mon causeur. Ils sont remontés, les flics de Lyon. Ils voudraient passer à autre chose, personne n'a envie de s'éterniser à Douve.

— C'est toi qui as fracassé le crâne de Dédé ?

— Non, je vous jure que je n'y suis pour rien. Ils m'ont demandé d'avertir la police, de dire que j'avais découvert le corps. Mais c'est Dodi qui a fait le sale boulot. Il ne supportait plus la pitié de Dédé, ses vaines tentatives pour le faire arrêter l'alcool. Dédé était devenu le symbole de son échec. Maurice n'a pas eu besoin de beaucoup le pousser. Et après, il s'est débrouillé pour que les flics l'arrêtent. Il disait que Dodi était le choix parfait parce qu'il ne dirait rien à la police, vu que l'alcool l'a rendu quasi amnésique.

Le maire se lance dans une analyse psychologique de la situation. Comment Maurice a lavé le cerveau de son oncle pour l'inciter à commettre ce meurtre. Il force le ton complice et scrute partout autour de lui, il nous cherche du regard pour qu'on approuve et qu'on l'accepte dans nos rangs. C'est trop tard pour changer de camp, Benjamin Chebot. Si je ne t'avais pas piqué ton fusil dans la forêt, Dieu sait ce que tu en aurais fait.

— Puis Aude a dit que vous posiez trop de questions à votre mère. Elle voulait régler tous les problèmes d'un coup pour ne plus laisser cette épée de Damoclès au-dessus de Douve. Alors elle a eu l'idée du traquenard. Le journal sur le meurtre de Dédé devant chez vous, c'était elle. Et pour augmenter les chances, elle a placé un exemplaire de *L'Évadé* chez votre mère... Il n'y a pas eu besoin de faire plus, vous avez rappliqué plus vite que prévu. Je vous jure que l'idée, c'était juste de vérifier ce que vous saviez. C'est ce qu'ils m'ont dit.

Je profite d'une quinte de toux qui me secoue la cage thoracique pour demander qu'on nous apporte des verres d'eau. J'attends que le flic qui s'est précipité pour nous abreuver revienne, puis je passe à la phase finale.

— C'était quoi, cette épée de Damoclès ?

Il soupire, se tortille sur sa chaise, il voudrait être partout ailleurs qu'ici, avec tous ces policiers qui le dévisagent. Ils ont tué, comploté, menti pour le silence, pour que personne ne vienne jamais soulever la fange et voir ce qui se cache sous le tapis boueux de Douve. Et voilà qu'il se retrouve, lui, le jeune maire arrivé par hasard dans ce village pour l'amour d'une Brotec, la pièce rapportée adoptée et liée à ce patelin pour l'éternité, voilà que c'est à lui qu'on demande de raconter. Peut-être qu'ils ne lui ont pas laissé le choix. Peut-être qu'il aurait voulu partir lui aussi, mais on ne quitte pas Douve. On s'y enterre, mort ou vivant.

Sur sa chaise, il cogite, il remue, il pèse le pour et le contre. Ce n'est pas la prison qu'il veut éviter. Ce n'est pas non plus la peur des représailles. Les seuls Brotec encore en vie, Aude et Dodi, sont derrière les barreaux. Il n'y a plus de Baldwin, plus de Larsan... La plupart des habitants sont tombés sous les balles, seul Irénée Moustier reste introuvable, mais il s'est enfui pour laisser ce village et son histoire sanglante derrière lui.

Ce qui terrorise le jeune maire, ce n'est rien d'autre que d'être celui qui va raconter Douve. Raconter l'impardonnable. Il sait qu'il n'a plus le choix, que le destin l'a désigné pour mettre fin à ce village. Alors il se redresse, saisit tout le courage qui lui reste et lance, sous les regards médusés des policiers qui nous entourent :

— Le type que Dodi a assassiné, ce n'était pas Amédée Brotec. Dédé, c'était le diminutif d'Andrès. Andrès Drengursson.

37

Je sirote une bière du Colonel en caressant le zinc brillant du bar de Maurice. Le médecin est parti et j'ai détruit le cadenas de la réserve pour dénicher des bouteilles pour tout le monde. Grosset, Bergeron, Marchand et les flics de Lyon m'entourent, tous une bière à la main. Ils n'arrivent pas à rester assis. Les questions qui les agitent les poussent aux cent pas. L'immuabilité du zinc solide et brillant fait contraste avec le petit groupe agité. Ils commentent, s'étonnent, tentent de comprendre l'incompréhensible. Je sens Grosset qui lorgne du côté de ma colonne vertébrale. Ça le démange de savoir, il craque.

— Quand est-ce que vous avez compris, Boloren ?

Aussitôt les conversations s'interrompent. On veut connaître l'avis du type qui s'est fait piétiner par les fous.

Alors je raconte. Un flot de paroles qui jaillit de ma bouche, des mots qui sortent sans que je les choisisse, parce qu'il faut qu'ils sortent. Je leur explique mes parents à Douve, ma mère qui a écrit *L'Évadé*, mon enfance, mon père qui voit Douve coulant dans mes veines, Douve qui devient une obsession pendant quelque temps. Je leur décris tout le contexte, je m'applique à n'omettre aucun détail, puis je leur résume mes derniers jours, les sœurs Baldwin, les Larsan, Maurice, le maire, Mathilde…

Mathilde. Il faut que je la prévienne, que je lui explique pourquoi je ne l'ai pas rejointe l'autre soir. Plus tard, quand les mots n'auront plus besoin de se précipiter. J'irai la voir, je lui dirai que je suis comme Douve, que j'ai besoin d'elle. D'abord, les mots. Profiter de l'auditoire.

La face cachée a comblé mes lacunes. Elle a par exemple pointé du doigt le cocktail magique de Maurice qui guérit tout et glissé le doute dans mon esprit. Une fois le breuvage considéré sous un autre angle, la déferlante des événements depuis mes parents jusqu'à aujourd'hui prenait un sens différent. Comme les comptes de l'hôtel-restaurant Le Douve qui s'améliorent après la fin de la traque de l'Islandais et le départ des policiers. Pourquoi les villageois se mettent-ils subitement à dépenser leur argent dans ce bar insipide ?

Ce cocktail magique me dérangeait, parce qu'un mixologue qui guérit les maladies, ça n'existe pas. À moins qu'il n'ajoute des ingrédients plus efficaces que la bière. Quelques plantes médicinales, par exemple. Un mélange savamment équilibré qui soigne les corps meurtris mais résiste à l'alcool. Mais alors il faut un expert, un spécialiste. Et justement, curieux hasard, Douve a croisé le chemin d'un médecin botaniste qui maîtrise ce domaine. Mais un spécialiste qui n'a jamais, en principe, eu l'occasion de dévoiler ses secrets à Maurice. Sauf si...

Je continue de jeter les mots comme des sacs lourds et mes pensées s'allègent. Les policiers opinent, froncent les sourcils, doutent, s'esclaffent. Ils veulent comprendre.

Et si le village avait préféré garder son sympathique médecin islandais ? Une idée folle, mais diablement séduisante. Les habitants en plaisantent d'abord devant la boulangerie, on en cause sur fond de rire gras, on fait des suppositions, on manie le cynisme et l'humour noir. Mais à force, la graine est plantée, elle germe. C'est dommage d'envoyer à la guillotine un homme affable qui soigne gratuitement. Est-il seulement coupable, d'ailleurs ? Sûrement pas, il est bien trop serviable. Toujours un mot gentil, une petite attention. Le diable a les yeux rouges et dégage une odeur de soufre. Celui-là est innocent, c'est certain.

Drengursson, c'est un ange. Il y a bien longtemps qu'on n'a pas vu homme si dévoué au bien de son prochain dans ce village. Et le pauvre samaritain est derrière des barreaux. Toujours les bons qui trinquent. Quelle injustice, on murmure dans les rues de Douve, quelle injustice quand on pense à Amédée Brotec, le barman ignoble qui fait vivre son fils et sa femme dans la terreur. Ce psychopathe qui a débarrassé le village des nazis par plaisir, juste parce que tuer l'excitait plus que tout. Et on l'a décoré pour ça. Il a même gardé un pistolet allemand en souvenir. Le village tout entier en sait quelque chose, il menace de l'utiliser chaque fois qu'on le contrarie. Cet homme est une plaie, une épine dans la quiétude de Douve. Quelle injustice. Le monde est mal fait.

Des voix s'élèvent, des poings sont tapés sur la table. À force de se plaindre sans agir, c'est tout le village qui est responsable de son malheur. Il est temps que Douve se prenne en main. Drengursson doit rester. Il n'y a qu'à trouver comment. Question rhétorique, on a déjà secrètement songé à la meilleure des solutions. Personne n'ose prononcer le mot qui hante déjà les esprits : échange.

Peut-être est-ce le maire, Amaury Larsan, qui fend les non-dits du haut de son statut ? Il n'y a pas d'autre façon de procéder. Il faut sacrifier l'un des leurs et le choix est fait depuis longtemps.

La glace est brisée, on tombe d'accord à l'unanimité moins Amédée Brotec. Il reste à élaborer le terrible plan et le mettre à exécution. C'est le fils Fauvier qui s'occupera d'emmener Amédée dans la forêt. Il est jeune, solide, déterminé. Il sait se servir d'une arme.

Pendant ce temps, les parties de cartes à la prison sont remplacées par un cours accéléré d'hôtellerie à l'Islandais. On explique à Drengursson le fonctionnement de l'hôtel-restaurant Le Douve. Il n'a que quelques jours pour connaître l'essentiel. Quand les flics vont débarquer, il ne doit y avoir aucune suspicion. On le maquille aussi, on modifie son apparence. On l'engraisse, on le décoiffe, on le rhabille, on laisse sa barbe prendre de l'ampleur. Il apprend à se voûter, à se faire discret... On craint Levasseur, le flic de Lyon, le seul qui ait côtoyé l'Islandais de près. Il ne doit pas le reconnaître, il ne faut même pas qu'il le remarque. Il suffit d'un doute et tout s'écroule. Drengursson endosse son nouveau rôle, un personnage qui va le suivre pendant des années, jusqu'à sa mort.

La future veuve accepte, parce qu'elle n'a pas le choix. Et peut-être même qu'elle est satisfaite de remplacer son infâme mari par ce brillant médecin qui a ensorcelé le village.

Le jeune Vincent Fauvier prépare son départ avec son otage. Ils l'ont sûrement drogué avec l'aide du médecin islandais pour éviter toute résistance. Cela explique pourquoi Fauvier père se mure dans le silence plusieurs jours avant de lancer les flics sur eux. Ils ont besoin d'avance.

On rappelle à Vincent Fauvier son ultime mission : dès que les flics les auront rattrapés, il faudra abattre Amédée Brotec d'une balle dans la tête pour rendre l'identification impossible. Puis ils disparaissent dans la forêt sous les yeux des villageois silencieux. Aucun retour en arrière n'est possible, désormais. Dans la petite foule qui observe ce plan dément se mettre en place, seule la mère du jeune Fauvier voit cette mise en scène folle d'un mauvais œil.

Elle a peur pour son fils. Mais il est trop tard. Ils sont tous liés par ce qu'ils viennent de fomenter. Irénée Moustier prévient la police de Lyon qu'il a procédé à l'arrestation du gendarme Fauvier et le jeu commence.

Je tente pour la troisième fois de tirer une dernière goutte de ma bouteille de bière. On dirait que ça irrite ce flic de Lyon qui m'en tend une nouvelle. Parler donne soif. L'horreur donne soif.

Le flic de Lyon me regarde de travers. Il a les yeux dubitatifs, la moue qui doute.

— Comment l'autopsie a pu passer à côté de la vérité ?

— Quelle autopsie ?

Les consciences professionnelles sont heurtées. On lance des murmures de désapprobation, on souffle fort et finalement on pioche à l'unanimité dans la réserve de Colonel, parce que la soif est collective et la bière particulièrement bonne.

Ils connaissent le fonctionnement des choses, les rouages faussés, la puissance des influences politiques infiniment supérieure à celle du travail bien fait. Ils n'ont pas besoin de plus d'explications.

Un médecin islandais qui a tué sa femme et ses enfants, ridiculisé la police française et mis à mal les relations entre deux pays, on s'en débarrasse. C'est un pestiféré qu'on renvoie chez les siens sans plus y toucher. Et si ceux-là veulent une autopsie, qu'ils se fassent plaisir, qu'ils ouvrent et dissèquent leur psychopathe ou qu'ils le donnent aux chiens, mais qu'ils l'anéantissent une fois pour toutes. L'important pour chacun des fonctionnaires concernés, peu importe son rôle, c'est de limiter les pots cassés, de faire en sorte que sa tête ne fasse pas partie de celles qui sauteront. Le village tout entier a vu Drengursson partir avec Fauvier dans les bois, le type est mort, l'affaire est classée.

Quelques visages se détendent. Même sur une deuxième bière, la première gorgée apaise. Il me reste des phrases à dire. Je dois terminer ce que j'ai commencé. Et puis ils ont l'attitude de ceux qui réclament la suite, le corps qui penche vers l'avant comme pour mieux recevoir. Je reprends où j'en étais.

Le plan élaboré par le village fonctionne parfaitement. Tout se déroule exactement comme ils l'ont prévu et les flics ne se doutent de rien. Amédée est mort, tous ces visiteurs indésirables qui ont envahi Douve, les flics, la journaliste, tous s'apprêtent à partir. C'est un sans-faute. Ils ont gagné.

Mais il faut se méfier de la victoire savourée trop tôt. Ce n'est pas parce que la route est droite qu'on ne peut pas chuter sur la ligne d'arrivée. C'est ma mère qui va gâcher la fête.

Ce jour-là, le dernier passé à Douve, elle tombe dans l'escalier de l'hôtel. Elle a fait un malaise.

Mon père, l'inspecteur Pierre Boloren, demande qu'on aille chercher de l'aide. Mais le village à peine débarrassé des indésirables en uniforme n'a pas envie d'en rappeler de nouveaux. Et puis, ils ont Andrès Drengursson, que tout le monde s'entraîne à appeler Dédé, leur hôtelier tout frais qui est plus médecin que tavernier.

Il calme mon père, s'occupe de ma mère, l'ausculte en faisant semblant de s'y connaître mais pas trop. Un subtil dosage qu'il ne va pas parvenir à équilibrer longtemps. Le scientifique se prend au jeu, oublie son identité trop fraîche et comme il est un médecin d'un genre plutôt consciencieux, il établit son diagnostic sans hésitation et lâche à mon père dans un sourire sincère :

— Félicitations, monsieur, votre femme est enceinte.

C'est beau à voir, une tribune de flics bouche bée. À cette même place où je me trouve, un meurtrier en cavale a annoncé à mes parents ma future existence.

— Mais Drengursson n'a pas fait qu'omettre son rôle de tenancier ignare, il a aussi oublié qu'il s'adressait à un flic en train de tenir la main à sa femme journaliste. Je connais mes parents comme s'ils m'avaient fait. Ils ont échangé un regard, un de ceux qui révèlent la convergence exacte des pensées. Et Drengursson s'est rendu compte de son erreur. Trop tard. Les choses se sont déroulées à peu près de cette façon. J'imagine que dans le hall du Douve, où étaient réunis la fine fleur du village et mes parents soudain éclairés, il devait régner une ambiance flottante.

Je n'ai pas pensé à demander à la petite brasserie de Sainte-Eudoxie pourquoi ils avaient donné le nom de Colonel à leur bière. C'est une drôle d'impression de contempler un parterre de flics et de gendarmes arborant des bouteilles de bière sur lesquelles on peut lire Colonel en grosses lettres. Il y a de quoi donner des vertiges à un objecteur de conscience abstème.

Le plus jeune de mon auditoire me tend une bouteille fraîchement décapsulée.

— Et ensuite, inspecteur ? Ils ont fait quoi, vos darons ?

Certains parents prétendent avoir des souvenirs plus précis du jour où ils ont appris qu'ils allaient avoir un enfant que du jour de la naissance même. Il y a de grandes chances que cela se vérifie avec les miens. Je ravale la colère qui monte. Le village s'est autodétruit, il n'y a plus rien à haïr qu'un tas de cendres encore fumant. Ce n'est pas bon de se défouler sur du vide.

Cette fois, les mots ont du mal à venir. Il y en a un pourtant qui me déchire la gorge quand il se déploie. *Chantage*. Un chantage immonde et pourtant tellement évident. Je leur résume, la boule au ventre.

Mon père est prêt à procéder à l'arrestation d'Andrès Drengursson et de tous ses complices. C'était le genre de flic qui agit dans l'instant mais qui sait se modérer si le contexte n'est pas favorable. Et le contexte n'était pas favorable. Il l'a sûrement vite compris. Pas facile de menotter tout un village. Peut-être que c'est le maire, Amaury Larsan, qui lui a fait remarquer. Le notable de Douve est la tête pensante du village. Même s'il n'y a pas besoin d'avoir un quotient intellectuel à trois chiffres pour savoir que l'inspecteur Boloren ne pourra pas mettre tout le village sous les verrous. L'Islandais assassin qui se fait passer pour un hôtelier, oui. Les deux gendarmes, sûrement. Le maire, peut-être. Mais les autres… On leur tapera sur les doigts, on leur donnera du sursis, on les a obligés, ils n'avaient pas le choix, monsieur le juge. Ils seront remis en liberté, ma mère n'aura même pas encore eu le temps d'accoucher.

Et c'est là que la menace prend forme. Que feraient les habitants de leur liberté si vite retrouvée quand ceux qui font vivre le village sont sous les verrous ? Douve est une communauté soudée, une grande famille unie jusque dans la mort. Si quelqu'un de l'extérieur vient perturber l'équilibre, il doit en payer le prix.

Il y a des gorgées de bière qui ne résolvent rien. Comme cette lampée qui vient mousser vainement sur mes papilles. J'en enchaîne d'autres, mais le charme houblonné n'opère plus.

— Ils ont menacé vos darons ?

Sur mon visage où transparaissent toutes les vérités, mon auditoire découvre l'horreur abominable dont ce village sait user sans ciller. En menaçant le fils qui n'avait pas même encore vu le jour, le village s'assurait plusieurs décennies de tranquillité. Si le flic ou la journaliste se sentait pris d'un irrésistible besoin de vérité, c'est l'enfant qui paierait. Un tarif clair, non négociable, imparable. Il resterait toujours un villageois en liberté pour exécuter la sentence. Ces deux amoureux de la justice à tout prix ont fait vœu de silence pour l'amour d'un bambin qu'ils ne connaissaient même pas encore. *Il a Douve dans les veines.*

38

— C'est pas de veine, quand même.

Bergeron et la moitié de la brigade me tripotent la main à la recherche du souvenir que m'a laissé Douve avant de s'éclipser. Un plomb de chevrotine qui s'est logé entre le majeur et l'annulaire. On le sent rouler en le tâtant doucement sous la peau. Les médecins ont dit que je risquais plus gros à me le faire retirer qu'à le garder. Au milieu des croisements nerveux et ligamentaires, la bille va faire son trou. Elle ne me dérange pas. C'est même le contraire, je trouve qu'elle s'est fait désirer. Depuis le temps qu'elle venait rouler dans les méandres de mon inconscient, à déambuler dans les sphères souterraines de ma matière grise, je l'attendais. C'est rassurant quand le mystère se matérialise.

Je leur demande poliment de me rendre mes doigts et je promets aux déçus qui n'ont pas encore caressé le porte-bonheur un entretien privé avec mes phalanges dans les plus brefs délais. J'ai rendez-vous.

Le commissaire Grosset fend la foule pour moi en ordonnant à ses troupes de se remettre au travail. Je suis mon brise-glace à travers le commissariat jusque sur le trottoir. Il a les yeux solennels et il ne plaisante pas quand il me réclame un chocolat. Je sors mon étui de la poche intérieure de ma veste et je lui offre un carré avant d'en prendre un à mon tour. Nous fumons par procuration en silence sous le regard dubitatif du policier en faction. Il nous aurait certainement dégagés de là si la moitié d'entre nous n'avaient pas été commissaires.

— Hugo, je vous dois des excuses.

— Acceptées.

Grosset fronce les sourcils en prenant une taffe de chocolat.

— Vous ne voulez pas savoir pourquoi ?

— J'ai rendez-vous.

Il crève d'envie de me demander où, avec qui, pourquoi. C'est vrai que je lui dois de ne pas croupir dans les marais de Douve à refaire le monde avec un fantôme nazi, alors je lui livre un tout petit bout.

— Ma mère m'attend.

— Mes excuses sont justement liées à votre maman.

Le mot sonne étrangement dans la bouche du commissaire. *Maman*. On imagine toujours l'autorité se tenant sagement auprès de sa mère, jamais lovée dans les bras d'une maman.

— J'ignorais évidemment toute cette histoire de Douve. Vos parents, Hugo, je n'ose même pas imaginer ce qu'ils ont enduré toutes ces années… Est-ce que vous pouvez arrêter de jouer avec ce plomb, Boloren ? J'ai assez de mal comme ça à expliquer…

— Vous étiez en colère parce que je négligeais le cerveau de ma mère à la dérive. Vous restiez plus souvent à son chevet que moi alors que mon père n'était rien de plus qu'un collègue que vous aviez en estime. Et depuis l'épisode de Douve, vous ne savez plus quoi penser. Une famille, après tout, ça ne se comprend que de l'intérieur. On ne peut pas juger à partir d'un arbre généalogique. Vous aviez le contexte visible, il vous manquait la face cachée. À moi aussi, il manquait la face cachée. Je savais seulement qu'elle existait. Je vous ai déjà dit, commissaire, excuses acceptées.

C'est difficile de se mettre à la place des autres quand c'est la famille. Les mots de Mathilde à propos des Larsan. Mais je les garde pour moi, Grosset a compris de toute façon.

Il fait une moue mitigée. Sa conscience est soulagée mais je lui ai sapé sa confession. Il prend un bonbon à la menthe pour faire passer le goût du chocolat millésimé puis il pose une main sur mon épaule. Et comme il n'a rien à ajouter, il rentre en secouant doucement la tête.

Dès que je suis certain que le commissariat a englouti son chef pour de bon, je m'engouffre dans un taxi qui passe par là.

— Aéroport de Roissy, terminal 2F.

J'ai une chaleur au cœur toute nouvelle. Un sentiment de légèreté. J'ai menti sans sourciller. Ce n'était qu'un petit mensonge, c'est vrai que j'ai rendez-vous, mais j'ai cette sensation agréable du progrès accompli parce que je ne vais pas voir ma mère. Enfin, pas tout de suite. Le chauffeur augmente le volume de la radio, j'ai dû siffloter. Je regarde la vie citadine par la fenêtre. Je ne suis pas fait pour les forêts de sapins. Je somnole jusqu'à l'aéroport, apaisé par la vue rassurante du béton et le doux bruit des roues sur l'asphalte.

39

Le taximan me crache devant l'une des nombreuses portes tambours et je pénètre un peu hagard dans cette antichambre démesurée du voyage et de l'exploration. Il y a une brasserie aux airs vaguement élaborés qui correspond à la description qu'elle m'a envoyée. Je la retrouve assise à une table du fond, en train de prendre des notes, un livre ouvert sous les yeux. Exactement comme à l'auberge des Trois Sapins.

— Tu pars où, déjà ?

Mathilde lève la tête et me sourit, ses cours de droit encore gravés sur les pupilles.

— Shanghai. Tu m'accompagnes ?

J'ouvre la bouche pour répondre quelque chose d'intelligent, mais rien ne vient. Et mes aptitudes au mensonge s'amenuisent déjà. Alors je commande deux bières.

— Tu me montres ?

Je tends la main en écartant bien entre le majeur et l'annulaire. Elle tâte la bille et hoche la tête comme si c'était à la hauteur de ses attentes.

— Joli souvenir.

Il y a quelque chose. Peut-être dans le ton de sa voix, ou dans son regard un peu ailleurs. Il y a un tracas. Je laisse venir. Il ne faut rien forcer.

Le serveur habitué à la clientèle toujours en retard des aéroports nous apporte nos pressions avec une précipitation toute maîtrisée. Un peu de mousse glisse le long de mon verre. N'est pas Maurice qui veut. Le silence dure. J'espère qu'elle le brisera avant l'avion. Je tente du bavardage.

— Combien de temps, à Shanghai ?

— Je sais pas. Six mois ? Un an au maximum, je dois revenir pour les examens à la fac. Tiens, prends ça.

Elle pose une clé à côté de mon verre. Une grosse clé de campagne en fonte, pas une petite clé maladive d'appartement parisien.

— Il y aura des locataires parfois, mais le reste du temps, tu peux y aller quand tu veux. Appelle la brasserie du Colonel, ils te diront.

Sa petite maison de Sainte-Eudoxie. Je serre la clé dans ma main pour montrer ma reconnaissance et je sens le petit plomb qui remonte à la surface. Il veut voir ce qui se passe.

Elle regarde sa montre, boit une trop grosse lampée de bière, comme s'il n'y allait pas en avoir d'autres, et elle repose son verre avec la puissance des départs.

— Toute cette affaire, c'est… comment dire. C'est terminé ? Le dossier est clos ?

— Tu n'as rien à craindre, Mathilde.

Elle lève des yeux étonnés. C'est vrai que j'ai prononcé *Mathilde* avec une étrange vibration.

— Qu'est-ce que j'aurais à craindre ?

— Je sais que c'est toi qui as fracturé la porte de la mairie de Douve, la veille de mon arrivée.

Son visage change encore d'expression, l'étonnement se mue en gravité. Ses yeux se froncent, sa tête oblique en avant.

— Il n'y aura aucune poursuite. Si les policiers de Lyon trouvent tes empreintes, ils ne vont rien en faire.

— Comment tu l'as découvert ?

Le moment de grâce est définitivement passé. Même en fermant les yeux, le mensonge ne revient pas.

— C'était juste une intuition. Que tu viens de confirmer.

J'attire l'attention du serveur à l'autre bout de la salle et exécute une série de gestes au message limpide : mon verre vide aurait besoin d'être remplacé par un plein.

Mathilde tourne son verre sur lui-même, signe de nervosité et de mots que l'on cherche. Il y aurait des livres entiers à écrire sur les significations de la gestuelle appliquée à un verre à bière.

— Je me demande… Pourquoi Aude et Maurice se sont donné tant de mal pour cacher le secret d'Andrès Drengursson ?

— La culpabilité ? Leur père a été sacrifié au nom du bien-être du village. On a estimé qu'un Islandais suspecté du meurtre de sa famille valait mieux que leur père. Pas facile de vivre avec un poids pareil.

— Tu les plains ?

— Non, j'essaie de les comprendre. Ils ne supportaient pas l'idée que la vérité puisse remonter un jour. Même si Aude n'a jamais connu son père, elle l'avait dans les veines. Et crois-moi, je sais ce que c'est que d'avoir du poison dans les veines.

Je remercie le serveur aéroportuaire et essuie la mousse qui coule sur le bord du verre.

Mathilde est happée vers des pensées lointaines qui lui donnent un air brumeux. Infiniment beau, mais brumeux. Je l'aiderais volontiers à déchiffonner ce qui la chiffonne, mais je ne peux rien sans un peu de matériau de départ.

— Même s'ils avaient réussi à m'enterrer dans la forêt de Douve, ils ne se seraient pas arrêtés là. Ils ont tué le comptable, Hervé Grandchamp, puis Drengursson, puis François… Tout le village y serait passé. Peut-être même que le frère et la sœur auraient fini par s'entretuer.

— Pourquoi avoir tué Drengursson après tout ce temps ?

— Le maire dit que l'Islandais avait le mal du pays. Il voulait retourner à Reykjavik pour y finir sa vie. Ça faisait un trop gros trou dans sa couverture, suffisant pour qu'on voie au travers. Benjamin dit que c'est l'expression que Maurice a employée.

Le malaise persiste. Je ne sais toujours pas comment défroisser le tracas. On tourne autour.

— Pour quelle raison tu penses que j'ai fracturé la porte de la mairie ?

— J'imagine que tu voulais pousser les flics de Lyon à continuer d'enquêter. Une façon de leur dire qu'ils faisaient fausse route avec Dodi.

Elle sourit. Je suis passé à côté de ce qui la tarabuste. Je l'ai effleuré, je l'ai rasé de près, mais j'ai tout faux. Et la bille frémit. C'est surtout ce qui m'inquiète. Elle va s'élancer bientôt, elle est en équilibre en haut de son toboggan. Et quand elle part, plus rien ne peut l'arrêter. Ce qui la tarabuste va me tarabuster à mon tour. Je fais rouler le plomb fiché entre mes doigts. Qu'est-ce que j'ai raté ? Qu'est-ce que je n'ai pas vu ?

— Je dois y aller.

Je ne peux pas lui demander de rester. On n'annule pas un voyage de six mois, peut-être plus, pour un machin qui tarabuste.

Elle rassemble ses livres de cours et ses copies d'étudiante studieuse sans un mot. La brume dans son regard est plus opaque encore. Elle se lève doucement et me considère avec des yeux qui me donnent envie de la retenir.

— Ne vous inquiétez pas, inspecteur Hugo Boloren, vous finirez par trouver.

Elle m'embrasse tendrement sur le front avant de s'éloigner vers Shanghai en me laissant avec ma bière et mon visage de livre ouvert.

Pourquoi a-t-elle fracturé la porte de la mairie ? Qu'est-ce qu'elle y cherchait ? La bille s'est jetée du haut de son toboggan, elle entame son domino, elle fuse, elle tourbillonne. Elle s'est emballée dans sa version accélérée, je suis confiant. Il suffit de la laisser faire et elle devrait arriver à bon port sous peu. Je masse mon plomb, pour l'encourager. Je ferme les yeux et repense à Douve, sa forêt, ce n'est pas là qu'il faut chercher, la bille a bifurqué.

Je rouvre les yeux. C'est quelque part devant moi. La boule fonce, elle chauffe, elle trace.

La bière ? Non. Le serveur zélé ? Non plus. Ce n'est pas de Maurice, ce n'est pas de Douve qu'il s'agit. Alors quoi ?

Je tourne la tête, j'observe les visages autour de moi, les hôtesses qui rient, les passagers épuisés, les familles impatientes. Je m'éloigne, je refroidis. Regarde plus près, Hugo. La table. Je pose les deux mains bien à plat sur la petite nappe blanche. Je chauffe. C'est là. Non, c'était là.

Son droit, ses livres, ses copies d'étudiante.

Inspecteur Hugo Boloren, vous finirez par trouver.

Ding. La bille a frappé le gong. Je sors mon portable et je tape mon texto pour Bergeron à toute vitesse, les doigts fébriles.

URGENT Douve, etc. : dis-moi qui est « Bernard ».

Bernard. C'était sur les cours de droit : Mathilde Bernard. Où est-ce que j'ai déjà vu ce nom ? Je termine ma bière d'un trait, le cœur battant, les yeux rivés sur mon téléphone. Puis je glisse la grosse clé de Sainte-Eudoxie au fond d'une poche, je sors un billet et j'enfile ma veste sans jamais quitter le téléphone du regard. Il y a des secondes qui sont des heures. Les vibrations font trembler la table. Je me précipite sur le petit écran qui annonce Bergeron.

— Mathilde Bernard, témoin dans l'affaire Hugo Boloren de Douve.

— Je suis sur les nerfs, Bergeron.

— Et aussi Brice Bernard, son nom est cité dans le dossier du meurtre de la femme et des filles de Drengursson.

— C'est dans le livre de ma mère que j'ai vu ce nom.

— Possible. Les Bernard étaient les uniques voisins des Drengursson. L'Islandais s'est réfugié chez eux le soir des meurtres. C'est Brice Bernard qui a prévenu les flics.

Je tente d'avaler une lampée de ma bière vide, espérant y trouver de l'apaisement. Il n'y a rien d'autre qu'un fond de mousse tiède qui ne fait pas l'affaire.

— Boloren ? T'es toujours là ?

— Il y a autre chose ?

— Non. Le gars était connu pour des faits de violence... C'est tout ce que j'ai. Tu penses que c'est le grand-père de Mathilde ou un truc comme ça ? Bernard, c'est un nom courant.

— On n'arrive pas à Douve par hasard.

Je jette un œil au panneau des départs. Shanghai, porte 54. Je m'enfuis du restaurant en trottinant, le téléphone toujours collé à l'oreille. Pourquoi Mathilde ne m'a rien dit ? Qu'est-ce qu'elle est venue chercher à Douve ?

— Tant que j'y suis, Boloren : les collègues de Lyon ont appelé, ils voulaient qu'on sache qu'un mandat d'arrêt international a été lancé contre Irénée Moustier.

Je cale le téléphone entre l'oreille et l'épaule pour me permettre de courir d'une main et de m'offrir un chocolat millésimé de l'autre. J'aperçois Mathilde en train de passer le contrôle des passeports. J'arrive trop tard.

— Je te rappelle, Bergeron.

Je brandis ma carte de flic à l'agent de la police aux frontières qui garde le couloir réservé au personnel de l'aéroport.

— Je dois accéder à la zone d'embarquement, c'est une urgence.

— C'est la zone internationale, inspecteur. Ici, votre badge a la même valeur qu'une carte de membre du club Mickey.

Il y a une légère fluctuation dans sa voix et un sourire satisfait qui me donnent la certitude que c'est une plaisanterie rodée à laquelle tout le monde a droit. Il la raconte le soir à ses collègues, le week-end à ses amis autour d'un verre et peut-être même à certains repas de famille un peu arrosés. Le monde est peuplé de créatures étranges. Je caresse brièvement l'idée de lui gifler le milieu du visage, mais c'est un désir heureusement fugace. Il ne sort jamais rien de bon de ce genre de dérapage. Surtout dans un aéroport.

— J'ai besoin de quoi pour entrer?

— D'un badge d'identification aéroportuaire. Mais ça peut prendre plusieurs semaines pour en obtenir un.

— Il n'y a rien de plus simple?

— Si, un billet d'avion.

Je balaie les environs du regard et fonce vers le guichet de compagnie aérienne le plus proche. Une femme en uniforme sombre à la bonne humeur travaillée m'accueille avec un sourire commercial.

— Il me faut un billet pour…

— Ça alors! Vous êtes le policier de Douve?

Je suis pris de cours par la question, mais mon bafouillage et mon langage corporel confirment que je dois être celui-là.

— Vous ne me reconnaissez pas?

Je plisse des yeux pour détailler le visage souriant de l'hôtesse, mais j'ai beau toiser, rien ne me vient et ma bille ne semble pas intéressée.

— Notez que c'est normal. Là-bas, on a beaucoup parlé de vous à cause de la forêt et tout, vous avez dû être secoué. Je vous rafraîchis la mémoire : c'est moi qui ai surclassé votre voiture de location. Avec le siège bébé coincé à l'arrière.

Ça y est, je la situe. La jolie loueuse de voitures qui n'aimait pas les arbres. Elle qui rêvait de Paris, elle s'est nettement rapprochée. Et Douve me poursuit.

— Vous voulez partir où, cette fois ? Je ne pourrai pas vous surclasser, je suis nouvelle.

— Peu importe, du moment que mon billet me permet d'accéder à la porte 54.

Son visage souriant devient soudain grave et concentré.

— À la porte 54, il y a une femme ?

— Oui.

— Vous auriez dû me le dire plus tôt.

La jeune femme bondit sur son ordinateur et se met à pianoter avec détermination. En moins de deux minutes, j'ai mon billet pour Francfort. Ma loueuse de voitures reconvertie en vendeuse de billets d'avion me souhaite bonne chance avec des trémolos bizarres dans la voix et je retourne en quelques enjambées rapides auprès de mon douanier humoriste.

— En principe, je n'ai aucune raison de vous laisser passer. Ici, c'est la file réservée au personnel. Vous devez faire la queue comme tout le monde.

— La queue de Mickey.

Je crois que dans vingt ans encore, je ne pourrai toujours pas expliquer d'où m'est venue cette repartie étrange. Mais la formule fait effet. Le douanier, d'abord sous le choc, est bientôt pris d'un fou rire incontrôlable et m'ouvre la porte vers l'antre sacré de la zone internationale.

Mon père me disait parfois que les aéroports représentent la plus forte concentration de cinglés au mètre carré. Impossible de garder ses repères quand on évolue dans le fouillis international des voyageurs qui vont, viennent, fuient et s'évadent. Des esprits qui s'éparpillent.

40

L'embarquement pour Shanghai a commencé. Je sprinte jusqu'au contrôle des bagages où mon insigne de police fait plus d'effet. J'ai laissé mon arme de service au commissariat, un oubli bienvenu qui m'évite des désagréments. Je slalome entre les voyageurs qui arpentent les couloirs de la zone internationale, en quête de bonnes affaires détaxées, et j'atteins finalement la porte 54, haletant et suant. Mathilde est dans la queue qui s'égrène dangereusement au fur et à mesure que les passagers disparaissent derrière l'hôtesse qui garde le couloir mobile conduisant à l'avion.

La brume devant le visage de Mathilde s'est dissipée pour laisser place à une teinte rouge, empreinte fraîche d'un flot de larmes. Mais les êtres incapables de mensonge sont dénués de tout talent de réconfort.

— Mathilde Bernard. Petite-fille de Brice Bernard, voisin de la « ferme de l'horreur ».

Elle m'observe avec un sourire triste, sans même une pointe de surprise. Je lui montre le précieux laissez-passer que je tiens fermement entre mes doigts, mon billet pour Francfort qui m'a mené jusqu'à elle. Je n'ai rien d'autre pour l'extraire de sa mélancolie. Et les questions que je vais lui poser n'aideront pas. Elle regarde le bout de papier sans le voir. Je me lance avant que l'hôtesse ne m'arrache Mathilde pour la jeter vers Shanghai.

— Qu'est-ce que tu es venue chercher à Douve ?

Elle hésite. Ses yeux fixent la moquette trop souvent piétinée par les voyageurs de la porte 54. Une larme tombe sur un cercle noir incrusté dans le sol. Un chewing-gum qui a fusionné dans le poil synthétique au fil du temps. Comme un mauvais souvenir qui s'estompe sans jamais vraiment partir. Elle me pose la question dans un sanglot ravalé.

— Est-ce que tu penses qu'Andrès Drengursson était coupable ?

— L'Islandais ? Il a fui la police, participé à l'élimination d'Amédée Brotec et usurpé son identité...

— Et s'il n'avait pas eu le choix ?

Je ne me suis jamais intéressé à la culpabilité de Drengursson. À se battre sur tous les fronts, on ne remporte aucune bataille. Le médecin islandais, c'était la face cachée complexe de mon problème de Douve. Il a réussi à convaincre un village de l'échanger contre un des leurs. Il fallait que le bonhomme soit persuasif. Un manipulateur charismatique, c'est un bon début pour aboutir à un psychopathe, mais si tous les tordus étaient des meurtriers, il n'y aurait pas de problème de surpopulation. Je ne sais pas si

Drengursson était coupable et je me concentre de toutes mes forces pour qu'elle ne lise pas sur mon visage qu'au fond, ça m'est égal.

— Il faut un mobile pour tuer, quel était celui de Drengursson ?

— Il ne supportait pas l'idée que sa femme le quitte, qu'elle reparte en Islande avec leurs deux filles.

— C'est ce que tu as lu dans le bouquin de ta mère ?

Et le bouquin de ma mère est un tissu de mensonges. Parfaitement ajusté, le coup fait mal. Je ne sais pas où Mathilde m'entraîne, mais elle n'a pas l'intention de me ménager. Tout en scannant les billets des voyageurs pour Shanghai qui continuent de disparaître derrière elle, l'hôtesse de l'air me lance des regards noirs. Elle me prend pour un amoureux transi. Le genre qui retient sa maîtresse pour l'empêcher de disparaître derrière la porte 54. Elle anticipe le moment où elle devra me botter les fesses. Le temps presse. Je touche le vieux chewing-gum avec le bout de ma chaussure. Il a au moins un an, il est parfaitement sec.

— C'est quoi le problème avec Drengursson ?

— Je me suis portée volontaire pour tenir l'épicerie.

— On n'arrive pas à Douve par hasard.

— Je voulais en savoir plus sur ce village...

Elle y est presque. J'espère que l'hôtesse nous laissera aller au bout. Je résiste à l'envie de la secouer. Mais on n'accélère pas le débit d'un robinet en tapant dessus.

— Et surtout sur Andrès Drengursson. J'aurais sans doute dû t'en parler avant, Hugo, mais je te jure que je ne savais pas que Dédé était Drengursson.

— Me parler de quoi ?

— Brice Bernard n'était pas mon vrai grand-père. C'était Drengursson.

— Je ne comprends pas…

L'hôtesse se manifeste sans cacher son exaspération. Mathilde Bernard est la dernière passagère et il faut maintenant qu'elle procède à l'embarquement.

— Il n'y avait que deux fermes là-haut, dans cette forêt isolée. Celle de mes grands-parents, et celle de la famille Drengursson. Et ça ne respirait le bonheur dans aucun des deux foyers. Ma grand-mère a eu une liaison avec Drengursson. Quelques escapades en forêt et mon père est né.

— C'est lui qui te l'a dit ?

Mathilde hoche doucement la tête. L'hôtesse de l'air écoute Mathilde avec un intérêt soudain.

— Et il m'a dit autre chose aussi.

— Brice Bernard savait.

Mathilde hoche à nouveau la tête. L'hôtesse plaque sa main sur sa bouche.

— C'est un sacré mobile de meurtre.

— Mon grand-père n'a pas tué sa femme et ses enfants.

J'imagine qu'elle parle de Drengursson quand elle évoque son grand-père. Il ne faut pas perdre le fil. L'hôtesse fronce les sourcils.

— Ce jour-là, je ne sais pas comment, Brice Bernard a appris pour sa femme et Andrès. Il s'est rendu à La Merveilleuse, la ferme des

Drengursson, pendant que le médecin cherchait ses plantes dans la forêt, et il a forcé la femme et les deux filles à boire du poison pour faire accuser le médecin. Il s'en est ensuite vanté auprès de sa femme en lui promettant le même sort si elle le racontait à qui que ce soit. Ma grand-mère a attendu la mort de son mari pour tout raconter à son fils, mon père.

J'aperçois au loin, derrière la porte 54, un stewart et une hôtesse remonter le couloir à contre-courant. La cavalerie arrive. Les larmes de Mathilde tombent à nouveau sur le chewing-gum.

— Quand je l'ai appris, j'étais révoltée, perdue… J'éprouvais de la haine pour mon grand-père.

Elle parle de Brice Bernard, cette fois.

— Et j'étais effondrée en songeant à ce qu'avait dû traverser Drengursson. Le deuil impossible, la suspicion… Je voulais passer un peu de temps à Douve parce que c'était le dernier endroit où il avait vécu. Et chaque semaine, j'ai parlé avec Dédé de tout et de rien sans jamais savoir que c'était mon grand-père.

Le chewing-gum retrouve des reflets brillants sous la douche lacrymale. L'hôtesse se fait sermonner par ses deux collègues, l'échange est vif.

— Après le meurtre de Dédé, j'ai suivi de loin l'enquête des flics, les questions posées aux villageois… Il y avait un truc bizarre. Je sentais que l'ombre d'Andrès Drengursson rôdait dans cette histoire. Alors dès que les flics sont repartis avec Dodi, je suis allé fouiller dans les dossiers de la mairie. Mais je n'ai rien trouvé. C'est seulement quand tu m'as appelé pour me raconter ce que le village avait fait que j'ai découvert que j'étais passée à côté de mon grand-père sans savoir.

Mon insigne de flic brandi bien haut a ralenti temporairement le trio des gardiens de la porte 54, mais déjà le pouvoir du badge faiblit. Et avant qu'ils ne prononcent un mot, j'accompagne Mathilde jusque devant la porte où son billet est scanné sous les regards inquisiteurs des trois PNC.

— J'aimerais que l'innocence d'Andrès Drengursson apparaisse quelque part dans l'histoire de Douve, Hugo.

Elle m'embrasse, ce qui rassure le trio puisqu'il y a toutes les caractéristiques du baiser d'adieu, puis elle disparaît dans la passerelle mouvante qui la conduit vers des horizons chinois.

Je m'installe au comptoir d'un bistrot sans âme coincé entre deux boutiques de cigarettes détaxées et je commande une bière. Le chocolat millésimé tout droit puisé dans ma boîte en argent n'a aucun effet sur le cafetier qui a pourtant suivi tous mes gestes. Il ne montre pas non plus le moindre signe d'étonnement quand je déchire mon billet pour Francfort. Trop de cinglés dans les aéroports. Les repères de la normalité deviennent flous.

Je refais ensuite le chemin en sens inverse, à la recherche d'un agent volontaire pour m'escorter du côté du commun des mortels, là où on paye son tabac au prix fort. Je finis par en trouver un, à qui j'explique que j'ai changé d'avis, que je ne veux plus prendre l'avion, mais un taxi pour Paris à la place. Il fronce les sourcils, me demande où j'étais censé partir. Francfort apparaît comme une bonne raison de changer d'avis et sa contrariété disparaît. Il m'emmène même jusqu'à la queue des taxis. Peut-être qu'il veut être certain que je quitte l'endroit. Bergeron appelle au moment où j'ouvre la portière.

— 124, boulevard Malesherbes.

Le chauffeur se met en route avec une moue boudeuse, comme si l'adresse manquait d'ambition, rapport à sa connaissance en profondeur de Paris et de ses ruelles bien plus secrètes.

— Tu vas chez ta mère, Boloren ? Je croyais que tu y étais déjà.

Tout le commissariat connaît l'adresse de ma mère. Et mon aventure avec Mathilde Bernard. Il va falloir que je me reforge un peu d'intimité.

— Et au fait, Boloren, merci pour ta bière du Capitaine.

— Colonel.

— Ouais, Colonel. Elle est sacrément bonne. Je laisse la caisse au commissariat parce que ma femme est contre, mais ça fait plaisir d'en siroter une ou deux avant de rentrer.

Dédé, Brice Bernard, Maurice, les sœurs Baldwin, la forêt, le nazi, Irénée Moustier… Je vais tout raconter à ma mère. L'essentiel, elle le connaît déjà, mais je crois que c'est Douve qui lui a détraqué le cerveau. À force de vouloir oublier ce village, elle a emporté tout le reste. Peut-être que ce n'est pas trop tard. Peut-être que sa mémoire peut accepter le marché : on garde tout, même Douve.

— Dis voir, Boloren, les Lyonnais viennent de rappeler. Ils ont cherché à en savoir plus sur les gendarmes Fauvier père et fils. Ils se sont volatilisés juste après le passage de tes parents. Impossible de savoir s'ils ont changé de vie, de pays... ou si les villageois les ont rangés quelque part dans le bois. Il n'y aura pas d'enquête. De toute façon, pour le meurtre d'Amédée Brotec, il y a prescription. Ils espèrent que ça ne te chiffonne pas.

Je lui raconterai aussi Mathilde. Il n'y a pas meilleure journaliste que ma mère. Elle réécrira le bouquin, avec Andrès Drengursson sous un meilleur jour. En grand-père islandais réconfortant.

— T'es encore là, Boloren ? Tant que j'y suis, Grosset m'a demandé de rédiger le rapport sur la fusillade de Douve. Et il y a un détail... Tu peux peut-être m'éclairer.

J'entends la capsule de la bière qui saute et l'inspecteur qui jure. La mousse est sortie trop vite. Je le laisse profiter de la première lampée, celle qui rassure et qui apaise. Celle qui fait poser les vraies questions.

— Comment on appelle un habitant de Douve ?

Remerciements

Ni Douve ni moi n'aurions osé nous montrer à un lectorat du monde extérieur sans l'aide précieuse de mes correcteurs fidèles. Nathalie, Mélanie, Élisabeth et Vincent, vos yeux de lynx, vos encouragements et votre dévouement ont toute ma gratitude.

À cette bande des quatre, je dois ajouter mes soutiens indéfectibles qui ont répondu présent pour Douve comme pour tout le reste : Bérénice, Edmond, Laetitia, Thierry, Maxence, Germain, Céline, Damien, Ludovic, Amaury, Béranger, Jean-Baptiste, Sinclair, Élodie, Li Song, Stanislas, Marion, Chloé, Jean, Samuel, Jeanne, Sarah, Mahaut, Gabrielle... Et toute la clique associée qui se reconnaîtra.

Je voudrais aussi vous dire, lectrice ou lecteur, qu'il existe dans le fin fond de l'Aveyron la résidence d'écriture la plus exceptionnelle que la littérature ait connue. Même Balzac aurait été jaloux et Céline tenté. Immense merci à mes hôtes et amis, Mylène et Benjamin.

Enfin, je voudrais remercier chaleureusement Bertrand Pirel, mon éditeur, pour son enthousiasme, sa rigueur, son amitié et sa confiance. Sans toi, Douve aurait encore moins existé sur une carte de France.

13430

Composition
PCA

Achevé d'imprimer à Barcelone
par CPI Black Print
le 11 janvier 2022

Dépôt légal : mars 2022
EAN 9782290365090
L21EPNN000531N001

ÉDITIONS J'AI LU
87, quai Panhard-et-Levassor, 75013 Paris

Diffusion France et étranger : Flammarion